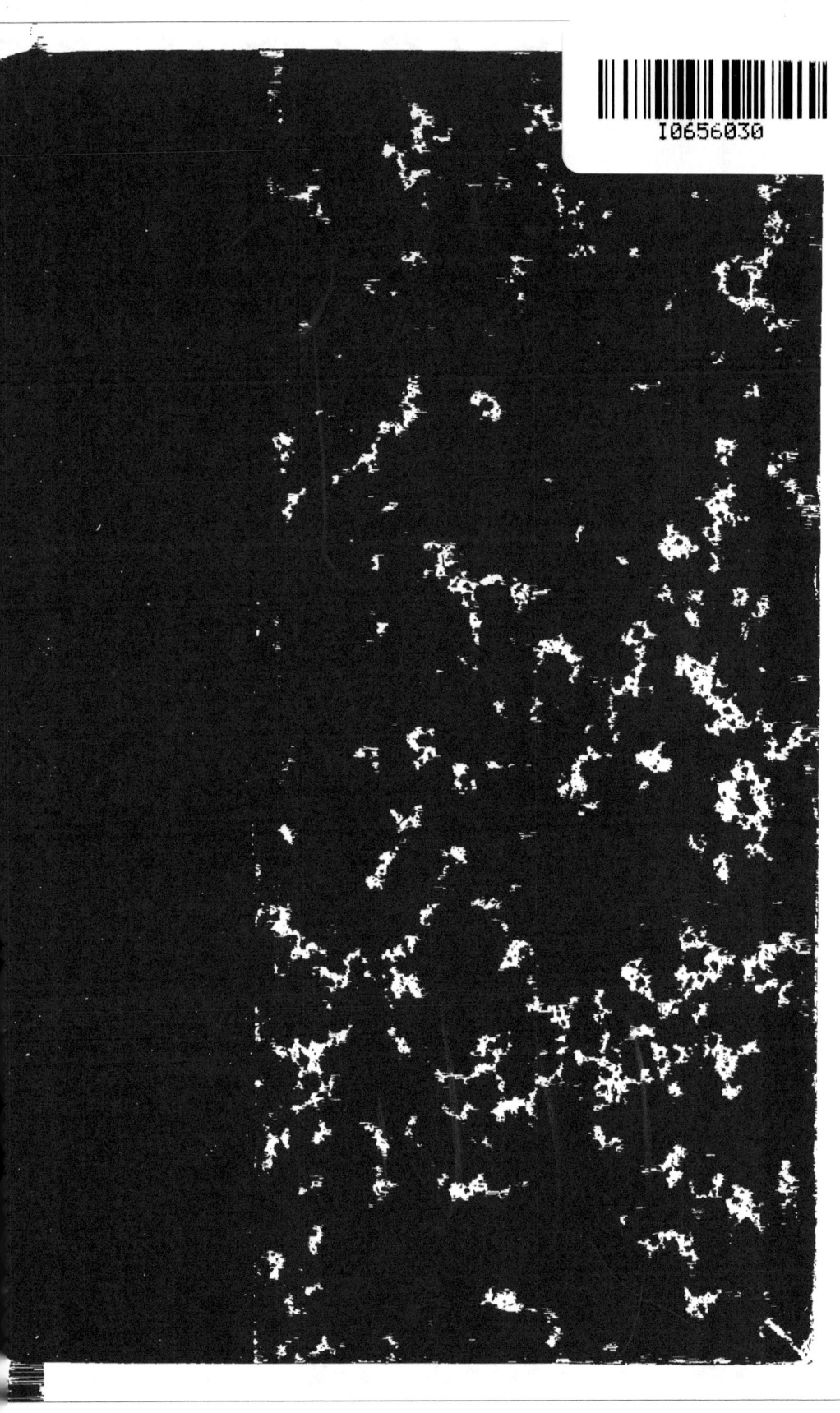

# L'IMPURE

DU MÊME AUTEUR

# VEILLÉES POÉTIQUES

1 vol. in-18. Lemerre. — Prix : 3 fr.

F. Aureau. — Imprimerie de Lagny.

# ERNEST BENJAMIN

# L'IMPURE

## PARIS

### C. MARPON ET E. FLAMMARION

26, RUE RACINE, PRÈS L'ODÉON

Tous droits réservés.

# L'IMPURE

## I

Hortense Germier naquit, au faubourg Saint-Germain, dans un coquet hôtel qui avait écuries et remises, salle de bains, bibliothèque, jardin d'hiver et valets à culotte courte.

Sa mère était tout uniment une jolie fille à qui un jeune crétin était, un jour, apparu comme Jupiter à Danaé, sous forme de pluie d'or. Le jeune crétin avait eu des ancêtres fameux.

La chambre à coucher était tendue en grenat. Sur le panneau de droite, entre un pastel de Robert Nanteuil et une gravure de Pierre Drevet, ces deux glorieux de Louis XIV, se dressait une colonne en vrai porphyre d'Égypte, au pied en serre d'aigle, supportant une Phryné qui n'était déjà plus devant

1

ses juges et pas encore sous ses habits. Sur le panneau de gauche, entre deux toiles de Carle Vanloo
et de François Boucher, représentant des satyres
en délire à la poursuite de nymphes en belle
humeur, et sur un piédestal en marbre du Mont-
Marpesse il y avait un groupe en bronze — l'Enlè-
vement de Proserpine. — Pluton était effrayant de
vérité : on le voyait écrasant de jeunesse et repoussant de laideur : ses bras noueux et durs enchaî-
naient et meurtrissaient la douce Proserpine à demi
pâmée qui laissait échapper de ses doigts les tendres
fleurs qu'elle venait de cueillir dans la vallée d'Enna.
Dans le trumeau qui séparait les deux fenêtres, il y
avait, à un mètre du sol, une panoplie composée
d'une couronne de fer bizarrement traversée par
deux épées nues reliées par un collier de médailles
frappées à l'effigie d'un lion : ce trophée avait un
grand prix, car il avait été exécuté par Thomas Ger-
main, ce célèbre sculpteur et orfèvre dont presque
toutes les œuvres ont été fondues pour les besoins de
l'État en détresse. Au centre de la cheminée, il y
avait un groupe adorable qui représentait les Heures
au nombre de dix, ouvrant les portes du Ciel et dé-
couvrant un cadran où se mouvaient deux aiguilles
d'or : de chaque côté, en petits groupes légers sous la
forme de génies et d'enfants ailés, les Ris et les Jeux.

Le lit était comme la femme, impur et moderne ; il criait, il jurait dans cette pièce où les murs gardaient en caractères impérissables le souvenir des âges poétiques et virils.

N'eût-il pas mieux valu que la mignonne enfant vînt au monde dans une mansarde entre une tête de Marianne sur papier d'Épinal et un litre de vin sans bouchon ! Elle fût, sans doute, morte en bas âge de froid et de faim, et la société eût été bien débarrassée.

C'est un de nos plus célèbres accoucheurs qui lui offrit la main quand elle apparut. Le jeune crétin l'avait rencontré dans une de ces soirées bariolées du grand monde : tandis qu'un comédien adossé à la cheminée demandait ce que la Russie pensait de l'avènement de Louis-Philippe Ier, et qu'un diplomate se vantait de comprendre Alceste mieux que Molière lui-même, le jeune inutile avait murmuré à l'oreille du grand accoucheur : — « C'est pour ma maîtresse, mais je vous jure que vous serez content. » — Et le docteur qui aimait autant l'argent que la science, avait accepté.

L'accouchement s'était fait, par une nuit d'hiver, devant un foyer qui pétillait sans relâche, dans un luxe effréné de linge brodé de fleurs et de couronnes, et devant un concours insolite de matrones au tablier blanc et à l'âme noire.

Bientôt le docteur quitta la jeune mère : sur un geste, les matrones rentrèrent dans l'ombre, et l'heureux père souleva une tapisserie d'où s'échappèrent en grappe deux couples, soit quatre fous de haute lignée, qui se ruèrent sur le berceau de l'enfant, comme les sauterelles d'Afrique sur les tendres moissons.

La jeune accouchée avait eu peur de mourir en cette épreuve, et elle avait impérieusement exigé que ses deux meilleures amies, assistées de leur amant respectif, fussent mandées pour recevoir son dernier soupir.

Ce fut tout aussitôt des exclamations touchantes de stupidité. — Comme elle est jolie ! — Elle ressemble à son père. — Je vous avais bien dit que ce serait une fille ! Baptisons-la.

Et la marraine, Hortense, courut à un meuble d'ivoire travaillé par toute une génération de Japonais, et elle en fit sortir une coupe de vermeil antique et un flacon de champagne moderne.

O turpitude des hommes ! Devant cette fille-mère exsangue, prostrée par les douleurs de l'enfantement, dans cet hôtel où ce jeune noble se faisait imbécile en célébrant cette heure, comme l'alouette célèbre l'aurore, une courtisane aux lèvres peintes en rouge, aux yeux bordés en noir, versa du champagne sur le front du bébé, et s'écria, la coupe en main :

— Hortense, ma filleule, je te baptise : sois comme moi, fille de la gaîté; mais quand tu n'auras plus soif, ne bois plus.

Elle joignit le geste à la parole : elle envoya la coupe rouler sur le tapis, et sortant comme une bourrasque, elle entraîna les trois autres fous, en leur disant : — Laissons la maman dormir ; elle en a vraiment besoin ! —

Le silence se fit grand. Le jeune homme s'effondra sur une chaise basse placée près du lit, et de cet accent traînard spécial au gamin gouailleur et au gentilhomme hébété, il dit :

— Je t'aime trop, tu sais; je donnerai mon nom à la petite !

L'accouchée murmura :

— Non, mon chéri, je ne veux pas briser ta position ! —

Et ce fut tout. Colloque idiot et sentimental à la fois où l'homme poussait l'abrutissement jusqu'à vouloir légitimer l'enfant d'un autre et où la femme n'osait pousser l'infamie jusqu'à prendre pour père de sa fille un naïf qu'elle trompait avec un poète sans sou ni maille.

La petite Hortense grandit comme un charme : elle eut une nourrice du Mâconnais, une femme

superbe, sèche, aux mamelles pourvues, au teint
bronzé, que l'on couvrit de rubans, que l'on bourra
de louis d'or, et qui fit mauvais ménage avec son
mari en rentrant au pays.

Hortense fut mise dans le meilleur coûvent de
Paris : elle venait de renouveler sa première communion, quand sa mère mourut de ce que les ignorants appellent un chaud et froid, et les savants la
phthisie galopante.

Elle venait d'atteindre sa majorité, quand le jeune
crétin, son père adoptif, se tua, après boire, dans
une excursion à Chamounix.

Par testament l'excellent homme lui laissait une
très raisonnable aisance : le testament fut attaqué
par une nuée de neveux riches à millions, et annulé
aux termes d'une nuée égale d'articles de loi.

Folle de désespoir, Hortense interrogea les mânes
de sa mère, et après ample réflexion leur sacrifia sa
vertu.

Orgueilleuse, indomptable, détestant chacun, elle
ne fut aimée d'aucun ; elle quitta la France. Comme
les héros de Lesage, elle parcourut toutes les Es-
pagnes et passa par divers états avec beaucoup de
philosophie ; enfin elle rentra à Paris, et mena, pour
s'étourdir, une existence déréglée.

Elle était très jolie, avait beaucoup d'esprit,

beaucoup d'instruction et pas mal de talent sur le piano. Cependant, comme toutes les pierres qui roulent, elle n'amassait pas mousse : elle ne prenait plaisir à rien ; elle ne riait jamais : ne sachant pas avoir un amant, elle voulut en avoir mille ; et déjà elle compromettait sa santé dans les heurts et les cahots, quand, tout à coup, elle fut remarquée et distinguée par Amable Saveny.

Amable Saveny était un homme de soixante ans ; il était célibataire : il avait les jambes petites, ce qui lui faisait détester la marche, et la bouche grande, ce qui lui faisait aimer la table. Son front, dans ses plis, ne cachait rien de méchant; ses yeux, dans leur flamme, ne révélaient rien de spirituel : la calvitie dévorait sa tête d'une outrageante façon, par demi-rangées, avec des demi-mesures : aussi, chez lui, le pauvre homme se disait-il sujet aux migraines pour avoir le droit de dissimuler son infortune sous une calotte à ramages. Amable Saveny était arrivé à Paris en sabots, selon l'usage; aujourd'hui, il était trois fois millionnaire, et portait des souliers vernis; mais de méchantes langues prétendaient que la seule chaussure possible, pour lui, était encore et toujours le sabot, parce que la caque sent éternellement le hareng.

Amable avait fait fortune dans l'épicerie, la douce

et nourrissante épicerie. Il avait préludé dans une boutique noire, rue Saint-Martin, avec des quinquets fumeux et un carreau recouvert de sciure de bois; puis déjà, il s'était installé, à dix pas de là, dans de superbes magasins parquetés, et bientôt, il avait créé deux succursales dans les nobles quartiers. Il était, avec un art réel, ou sans façon ou plein de dignité suivant qu'il trônait à ses comptoirs de la rive droite ou à ceux de la rive gauche; si bien que la vulgaire bonne à tout faire de la rue de la Verrerie ou l'exquise cuisinière de la rue de l'Université le trouvaient selon leur cœur et lui achetaient fidèlement leur sucre et leur savon.

Une chose entre mille avait décidé de son succès. Il avait rencontré un fabricant malin comme un singe, futé comme un renard, qui lui avait fourré en tête qu'il ne réussirait qu'avec une spécialité. — Trouvez-la, avait dit Amable. — Et le fabricant avait imaginé « la Sardine homogène ». Rien ne peut peindre l'ahurissement avec lequel Amable vendit les premières boîtes de « sardines homogènes »; c'était du chinois bien plus que de la sardine pour lui. Mais comme les recettes s'accentuaient du côté de ces étonnantes sardines, Amable finit par apprendre une phrase toute faite, et désormais, il dit avec un aplomb imperturbable :

— Madame, la sardine homogène est une sardine qui ne s'émiette pas sous la fourchette.

Ce fut à la succursale du faubourg Saint-Germain qu'il distingua Hortense : elle habitait le Quartier Latin où elle faisait baisser le niveau des études, tant elle troublait les étudiants par sa beauté à la Messaline, son esprit à la Juvénal et sa nature rebelle à l'amour.

Un grand étudiant osseux qu'on appelait Bourre-ta-Pipe et dont le sobriquet indiquait assez les occupations diurnes et nocturnes, avait, un jour, troué un nuage de fumée par ces paroles :

— Hortense, ma fille, tu es née pour être éternellement malheureuse : tu es musicienne comme sainte Cécile et tu viens t'échouer chez des étudiants qui n'ont pas seulement le moyen de t'acheter une petite serinette. Je sais ta réponse : tu aimes notre société qui est un peu moins bête que celle d'un marchand de plumeaux ; mais alors, chante l'amour ! Nenni ! tu es taillée pour le plaisir, comme moi pour le trône de Madagascar !

— Oh ! grand Bourre-ta-Pipe ! avait riposté Hortense en riant, si tu étais aussi près d'avoir ton diplôme de médecin que je suis près d'avoir des rentes, tu pourrais commander tes malades !...

— N'empêche que tu es ce qu'on appelle en Sorbonne une ratée, interrompit Bourre-ta-Pipe.

— Tu vois d'ici, continua Hortense, la belle épicerie de la rue du Bac, n'est-ce pas? dans un renfoncement, en face d'un pâtissier?

Il y a un tonneau d'olives à la porte et un gros homme au comptoir.

— Après?

— C'est simple. Le gros homme est amoureux de moi, et moi je suis amoureuse du tonneau d'olives. C'est un coup d'œil qui vaut le voyage. Quand j'entre là dedans, le gros monsieur se lève et dit à ses garçons : « Voyez madame! mais voyez donc madame! » Et quand on a vu madame, il s'avance vers moi en maître de danse, les coudes en dehors, et il me dit avec une bonhomie charmante :

— « Et avec ça, il ne vous faut rien ? »

— Eh bien ! répliqua Bourre-ta-Pipe, ce marchand de mélasse va te faire tenir sa caisse et son linge, huit cents francs par an, et la table...

— Imbécile, pour qui me prends-tu ?

A quelque temps de là, Hortense Germier annonça officiellement qu'elle quittait le Quartier Latin.

— Pas de bêtises, dit-elle d'un petit air farouche, quand vous me rencontrerez, dispensez-vous de me saluer ! Vous n'allez pas m'empêcher de faire ma position, j'imagine. Il faut bien que tout le monde vive ! Quand vous serez établis, au pays, et que vous prescrirez un lavement pour un gargarisme, je n'irai pas vous dénoncer à la police. Adieu pour toujours.

C'était bien décidément une étrange fille que cette Hortense. D'un mot d'argot, Bourre-ta-Pipe l'avait peinte ; c'était une ratée.

Elle avait reçu une très brillante instruction ; mais comme elle avait eu une mère inavouable et un père introuvable, on avait laissé l'instruction créer en elle l'âme et le cœur. Utopie qui amena un résultat pitoyable. Hortense, sans balancier ni gouvernail, se mit à lire tout ce que les littérateurs ont noirci de papier.

Nature indomptée, sauvage, elle restait froide devant la langue d'or de Virgile ; Corneille l'émouvait un peu ; Juvénal, Helvétius, Voltaire et Rousseau la captaient.

A travers cet amas d'idées diverses, tantôt fausses, tantôt justes, mais toujours profondes, elle marchait comme un chien d'arrêt à travers un taillis, nez au vent, oreille droite, muscles tendus. Elle s'apprêtait à fondre sur sa proie, et sa proie, c'était la société.

Que de fois, au lendemain d'une de ces orgies qui la démontaient comme un cyclone démonte un na-

vire ; que de fois quand la luxure avait bistré son
œil, flétri sa joue, décoloré sa lèvre, elle se plongeait
dans ses auteurs favoris ! Après une heure de lecture, elle semblait dominée par une puissance ef-
fondrante : elle se levait, courait chercher son miroir, et précipitamment, elle fermait le corsage qui
livrait sa gorge aux hommes ; bien vite, elle effaçait
le fard qui lui servait d'enseigne ; déjà elle faisait
rentrer dans l'ordre la boucle folle de sa chevelure,
et enfin se contemplant en détail et contente de sa
transformation, elle s'écriait :

— Pourquoi donc n'aurais-je pas, moi aussi, ma
place au soleil des honnêtes gens !

Intelligente et sceptique, elle analysa avec une
science parfaite l'état de l'âme d'Amable Saveny, et
elle en vint à cette conclusion :

— Ce n'est pas un homme, mais ce sera un moyen.

Elle entra donc chez lui dans tout l'éclat de la
beauté et le rayonnement de la jeunesse, force suprême qui masquait l'implacable despotisme sous
l'exquise mansuétude. Tel un grand capitaine qui
pénètre dans une place de guerre : il foule aux
pieds les drapeaux du vaincu auquel il tend la main.

Hortense Germier était irrésistible pour un vieillard : elle était jolie.; et comme elle était brune, elle
avait la beauté dure ; c'était la Volupté un fouet à la

main. Elle avait le pied de Cendrillon : on eût été heureux de fouiller le royaume pour lui trouver une pantoufle de verre : elle avait une taille mince et flexible comme un jonc et une poitrine ferme comme le marbre et plantureuse comme un champ de la Beauce ; ses mains étaient petites, potelées, chaudes comme le nid d'une caille ; son cou semblait fait avec la robe des cygnes, son oreille était fine et transparente comme un coquillage rose, ses lèvres étaient bien dessinées, ses dents étaient blanches; son front large, tranquille, doucement renversé attirait les baisers, comme la dalle de l'église attire la prière ; sa chevelure noir-d'ébène, lustrée, soyeuse, était interminable ; ses grands yeux noirs étaient dévorants : des flammes brûlaient en eux ; ses sourcils resplendissaient comme une couronne, ses cils longs et fins étaient tentateurs.

Et cette femme que la nature avait créée superbe, n'avait jamais aimé : la fleur qu'elle avait cueillie s'était fanée dans sa main ; le soleil qu'elle avait contemplé s'était obscurci; la chanson profane ou la prière sacrée qu'elle avait commencée était morte sur sa bouche. Tout lui passait de l'âme. Et cependant, lorsqu'elle voyait une jeune fille entrer à l'église sous l'habit des vierges, elle était tentée de lui arracher son voile; lorsqu'elle voyait une reine acclamée par un peuple en délire, elle était tentée d'écarter la foule, de se jeter sur cette reine, femme comme elle, et de lui voler cette heure de fête, dût-elle le payer de sa vie.

Tout d'abord modeste, fuyant les regards, craignant les reproches, elle mit de l'ordre dans la maison d'Amable Saveny : elle rangea le linge et disciplina les domestiques.

Bientôt, complimentée à l'excès, sûre d'elle-même, elle fit de la table un attrait puissant. Amable eut des exclamations pantagruéliques qui sonnèrent pour elle comme la trompette de la victoire.

Enfin, détaillant ses charmes sous la lampe, après le repas du soir, elle fascina, dompta et pétrit son maître à son gré.

Elle donnait à sa voix une harmonie enchanteresse, et elle racontait sa vie passée dans un roman éblouissant qui n'était qu'un tissu de mensonges. Amable ouvrait la bouche et les yeux, il écoutait et n'entendait pas; il entendait et ne comprenait point; ainsi les fauves que la charmeuse endort d'un regard et berce d'une chanson !

Amable était avare, il devint généreux ; il thésaurisait, il ne compta plus ; il n'invitait personne, il se mit à recevoir ses confrères, gens nuls comme lui, dont les narines frétillèrent à la vue des bons plats, et qui s'écrièrent après boire : « Nom d'un mâtin ! la cave est bonne, ici, et la patronne est jolie. » Ce qui jeta Amable dans une joie de collégien.

Amable détestait la musique, Hortense l'amena à acheter un piano, chef-d'œuvre d'art. Le lendemain, sa concierge vint à lui :

— Pour le coup, monsieur Saveny, on fait de la belle musique chez vous ! Ma fille s'y connaît ; elle a écouté à votre porte, en montant éteindre l'escalier.

O amour, tu perdis Troie ! O orgueil, tu perdis Amable !

Hortense combina si bien les plats sucrés et la pédale douce, les Andante de Beethoven et la lumière tamisée par l'abat-jour rose, qu'il éclata, enfin, comme un volcan. Il la prit entre ses bras, solidement, comme il eût pris un pain de sucre, et rouge, haletant, comique, il murmura : — « Je vous aime. »

Hortense jeta un petit cri, il l'embrassa ; elle feignit d'échapper, il l'étreignit davantage. Alors, elle lui souffla doucement son haleine d'ambre sur le front ; en un instant, il devint démoniaque ; il lui dit : — « Laissez-vous faire, je suis riche ! » — Elle répondit sans rire : — « Vous me déshonorez ! » — Il reprit : — « Je vous épouserai ! »

Au jour, elle faisait semblant de dormir à ses
côtés ; et lui, sur son séant, la tête en avant, mou-
lant de ses gros doigts velus le drap blanc sur ses
jambes allongées, il disait à voix basse :

— Je l'épouserai ! Ta ra ta ta ! C'est très joli ; mais
je pourrais être son père ! On se moquera de moi
dans l'épicerie, et mes neveux me feront enfermer !

Hortense mordit l'oreiller de ses petites dents
blanches, et égratigna le drap de ses ongles roses :
elle se sentit perdue. Une colère effrayante l'envahit.

Elle annihila ce malheureux : elle se fit plus charmante que Vénus Anadyomène sortant de l'onde
amère, plus criminelle que Valérie Messaline épousant Silius ; elle grisa cet homme de plaisirs ; et
quand il fut gris, elle lui fit coup sur coup vendre
ses trois épiceries et louer un appartement princier
qu'elle meubla royalement ; et lui mettant sous la
main du papier à lettres parfumé à la violette et
dans les doigts une plume d'or, elle lui fit écrire à
ses neveux pour les inviter à dîner ; après quoi, elle
pensa :

— L'épicerie ne rira pas, et nous verrons bien si
nos neveux oseront nous faire enfermer !

## II

A un kilomètre de Versailles, à la lisière des bois du Chesnay que Dieu protège encore contre l'invasion des Parisiens en goguettes, et qu'il garde pour le poète délicat et les jeunes filles pures, s'élève une maison à quatre faces. Coquette et blanche, cette maison souhaite la bienvenue au passant. Elle n'est habitée que par quatre personnes : M. de Melleville, un notaire honoraire qui vit paisiblement de ses rentes, et dont les cheveux blancs sont l'auréole méritée d'une vie sans tache, — sa fille Hélène, — sa domestique, une vieille qui a été jeune et qui veut mourir dans la famille, — et enfin Étienne, un solide gaillard de trente ans, fils de la vieille.

Hélène a vingt ans ; elle est grande et svelte ; elle est belle. Mais comme elle est brune, ceux qui la voient de loin prétendent qu'elle est fière ; ceux qui la connaissent disent qu'elle est distinguée ; et ceux

2.

qui l'approchent remarquent qu'elle a si souvent
regardé le ciel que ses yeux sont restés bleus.

Sa vieille servante la nomme, notre demoiselle,
— son père, mon enfant chérie, — et les pauvres,
la petite fée. Elle a été élevée dans l'aisance ; mais
sa mère lui a appris à mépriser l'or pour qu'elle
n'eût à souffrir dans aucune condition, à penser
pour qu'elle ne fût jamais seule dans la vie, et à
aimer pour qu'elle fût récompensée de tant de
vertus.

Hélène avait quinze ans quand sa mère mourut.
Tout aussitôt, elle prit la direction de la maison, et
elle acquit une autorité peu commune aux jeunes
filles de son âge.

Dans la conversation grave, elle trouve le mot
juste, mais ce mot est d'un siècle passé, d'un siècle
à jamais éteint. Cependant, aux premiers feux du
jour, la mignonne cause avec les oiseaux de sa
volière, et cueillant les fleurs du jardin et les fruits
du verger, elle rit de ce rire enfantin qui sonne
joyeusement comme le grelot d'argent dans la montagne.

Son corps est vierge, son cœur est pur, son âme
est haute ; et voici que son vieux père lui a dit :

— Hélène, un jeune homme t'a remarquée, l'autre
jour, à l'église.

Hélène a rougi ; puis, elle s'est jetée au cou de son père, et elle a dit follement :

— Je le veux fier, je le veux beau, je le veux grand.

Le vieillard a demandé à sa fillette ce que cela voulait dire, et elle a répondu :

— Cela veut dire...

Et, comme elle a vu la figure de son père s'assombrir tout à coup, elle a couru émonder les bouquets de la cheminée ; et, en ramassant les feuilles qui jonchaient le marbre, elle a demandé en trois éclats de rire :

— A-t-il de moustaches ? Quel est son petit nom ? Que fait-il ?

M. de Melleville s'est fâché et a grondé sa fille qui a beaucoup pleuré.

— Ce jeune homme s'appelle Jacques Saveny : il a trente ans ; il est banquier à Paris ; il a cent mille francs à lui ; tu lui en apportes deux cent mille ; son oncle qui est millionnaire, le commandite ; vous pouvez marcher !

Le soir est venu ; et, seule dans sa chambre, l'enfant a longuement prié ; puis, quand elle a su que l'on dormait dans la maison, elle est descendue au jardin pour causer avec ses fleurs favorites et sou-

lager son cœur. Chose étrange ! Elle a pleuré
encore, et les étoiles ont songé à pâlir dans le firma-
ment, parce qu'elles ont pris ses larmes pour la
rosée de l'aurore et le signal du jour.

La fraîcheur de la nuit l'a glacée tout entière ; ses
muscles se sont détendus, sa tête s'est alourdie, son
front s'est penché, et le sommeil s'est emparé d'elle.
Sur un banc de pierre elle a dormi, et elle a eu un
rêve maudit. Dans l'ombre, un homme dont elle n'a
pu distinguer les traits, est venu et lui a arraché le
cœur en souriant ; elle a voulu se débattre, mais elle
a senti qu'elle était enchaînée, et elle n'a pu rompre
sa chaîne.

Enfin, elle s'est éveillée en sursaut ; honteuse de
s'être oubliée ainsi, frissonnant, épeurée, elle a
couru à sa chambre en appelant à elle.

Personne n'a entendu, personne n'a répondu. Elle
s'est précipitée vers la fenêtre, prête à crier plus
fort ; et, soudain, elle a vu dans le ciel une étoile
plus brillante que les autres, et il lui a semblé que
cette étoile lui parlait et la rassurait ; alors, elle a eu
foi en Dieu, et heureuse de ne pas avoir troublé son
vieux père, elle s'est couchée et a dormi du sommeil
calme que Dieu réserve à ses élus.

Dans la même soirée, deux jeunes gens, deux
frères, l'un fort élégant, Jacques Saveny, et l'autre

sans prétentions, son aîné, Alexandre Saveny, se rendaient à l'invitation de leur oncle Amable.

Un valet vint leur ouvrir la porte et leur demanda le plus sottement du monde s'ils voulaient parler à monsieur ou à madame.

Alexandre éclata de rire et répondit par ce mot qui s'adressait à son oncle :

— Voyez-vous le vieux farceur !

Puis, parlant tout à coup, à la personne du domestique :

— Ote-toi de là, mon garçon, et va chauffer les plats ; nous dînons ici, ce soir.

Le domestique s'abîma dans une tapisserie murale et livra passage aux visiteurs. Alexandre entra comme une bombe dans le salon.

— Bonsoir, mon oncle, ma tante et la compagnie !

L'oncle se leva.

— C'est toi, grand fou, dit-il amicalement ; où est ton frère ?

Jacques, alors, s'avança muet, respectueux, solennel ; et dans un premier regard, Hortense Germier devina que c'était un ennemi qui entrait dans la place.

L'oncle ne fit aucune présentation officielle. Le rôle d'Hortense dans la maison s'imposait comme la nudité des sauvages, sans légende à l'appui.

Alexandre et Jacques avaient une sincère affection pour leur oncle ; c'est lui qui les avait élevés ; leur père était un brave homme qui labourait la terre. Leur mère était une paysanne, à l'écorce rude, au dos voûté ; elle allait à la ville vendre des fagots. Amable s'était posé en protecteur et avait offert de faire des enfants deux hommes.

Le père avait un peu protesté, en grommelant :

— Ne peuvent-ils pas pousser la charrue ?

Mais Amable l'avait emporté et il avait emmené les enfants à Paris, les privant ainsi, bien à tort, du foyer de famille.

Jacques avait montré de grandes dispositions pour l'étude ; sa nature semblait perfectible et demandait la culture, comme les blés demandent le soleil ; mais hélas, là encore l'éducation fit défaut, et cet enfant ressembla à ces champs dont la surface est de terre végétale et le cœur de roc. Il avait des succès au collège : l'oncle en ressentait une telle fierté qu'il appendait les lauriers de son neveu aux murs de son arrière-boutique. Les palmes universitaires dormaient ainsi à côté du brevet d'un fabricant d'huile d'olives vierge et la réclame d'un marchand de moutarde à l'estragon.

Alexandre, au contraire, n'était susceptible d'aucun perfectionnement : tel il était né, tel il devait mourir. Par la loi des actions réflexes, il avait appris à compter; nul être humain ne peut se soustraire à cette loi, et l'on prétend qu'Agamemnon savait bien qu'il avait deux jambes avant que Palamède inventât la science des nombres.

Alexandre ne sut jamais mettre l'orthographe, mais il sut faire tenir en équilibre sur son biceps un jeu de haltères et dévorer quatre livres de pain en une séance. Au demeurant, c'était un bon enfant; il venait jouer chez son oncle et il éprouvait un véritable plaisir à tremper ses doigts dans la mélasse.

Amable donna cent mille francs à chacun de ses neveux pour leur établissement.

Alexandre acheta une petite boutique de mercerie, passementerie et nouveautés, rue Saint-Martin, et travailla sous la raison sociale — Saveny aîné — et avec l'enseigne : A Cadet-Rousselle.

Jacques entra dans la finance. Bientôt, promettant à son oncle 7 0/0 de son argent, il obtint de lui une commandite.

Il fit son début dans le monde, comme Louis XIV le sien dans le Parlement, la raillerie aux lèvres, le fouet à la main. Il se composait un visage, comme l'acteur se compose un masque pour la représentation; il usait de quelques vocables à effet, et ces vo-

cables n'étaient qu'une sélection du discours des
autres : il jugeait tout, et son jugement était un
plagiat ; il ne riait jamais, non qu'il n'eût envie de
rire, mais il craignait de gâter sa tenue : A six
heures, le soir, régulièrement, il prenait sa canne et
son chapeau, mettait ses gants et entrait dans le bureau de ses employés sans se découvrir :

— Avez-vous encore quelques signatures à me
demander ? disait-il sèchement.

On lui passait un restant de courrier qu'il signait
sans se déganter, puis il allumait un cigare dont il
envoyait insolemment la première fumée à la tête de
son chef de correspondance, et sortait.

Il descendait le boulevard, achetait une fleur pour
sa boutonnière, et toujours à la même bouquetière
à laquelle il débitait quelque turpitude avec la plus
parfaite insolence, puis enfin il allait dîner. Il avait
de jolies maîtresses qu'il promenait partout et qu'il
n'aimait nulle part ; sa place était marquée à toutes
les premières représentations et à tous les brillants
concerts ; et toujours impassible au milieu des
applaudissements les mieux battus ou des sifflets les
plus stridents, il rajustait la fleur de sa boutonnière
et regardait autour de lui avec un air d'ennui mor-
tel. Sa voix était comme sa personne, insolente avec
un grain d'originalité ; sa parole venait sèche, brève,

avec un bruit de métal dans les tons élevés et un peu d'enrouement dans les tons graves.

— Eh bien ! dit l'oncle Amable aussitôt que les salutations d'usage eurent été échangées, comment vont les affaires, Alexandre ?

— Très bien, mon oncle. Il y a deux choses que je ferai avant six mois : je me marierai et j'agrandirai ma boutique.

Et en disant cela, Alexandre écartait les pans de sa redingote et s'apprêtait à s'engloutir dans un fauteuil en velours d'Utrecht.

Son frère l'arrêta.

— Ne t'assieds pas ; mon oncle va nous montrer son nouvel appartement avant le dîner.

— C'est une bonne idée, s'écria Alexandre ; en route ! Peste, mon oncle, tu te mets bien ; tu es joliment logé : prends garde de te ruiner, au moins !

Hortense qui éclairait les visiteurs avec un flambeau en or ciselé, répondit doucement :

— Oh ! ne craignez rien, monsieur Alexandre ; nous vivons de coquilles de noix.

— Vous avez rudement tort, riposta Alexandre en riant ; c'est comme cela qu'on se démolit l'estomac.

Et il prit le bras de son oncle, tandis qu'Hortense se rapprochait de Jacques tout rêveur.

Le luxe d'Amable était plus massif que délicat.

3

Amable avait voulu acheter les meubles lui-même,
et il s'était plus attaché à la solidité qu'à l'art : il
avait mêlé les règnes, au grand désespoir d'Hortense
qui avait eu une peine inouïe à placer des étoffes
d'ameublement dans cette salade de l'histoire.

Pendant qu'Alexandre, essayant en vain de dis-
joindre un fauteuil d'un coup de poing, répétait
pour la dixième fois :

— Voilà du solide !

Hortense fixa l'attention de Jacques sur une toile
qui représentait le mariage de Vénus et de Vulcain.

— Voyez, dit-elle, c'est l'œuvre d'un tout jeune
homme que nous protégeons, et qui, je crois, réus-
sira grandement. Quelle finesse de dessin et quelle
science de coloris ! L'Olympe est troublé : tous les
dieux sont amoureux de cette belle fille couronnée
de myrtes, et l'état de leur âme se trahit sur leur
visage empourpré. Voici les Heures qui ont éduqué
Vénus; elles sont tristes comme il convient, et voilà
Vulcain, l'époux imposé par Jupiter.

— Il est crânement laid votre monsieur, s'écria
Alexandre que ce flot d'éloquence avait attiré.

— N'est-ce pas qu'il y a du talent dans cette toile ?
interrogea Hortense.

— Certes, répliqua Jacques, et l'infortune de
Vénus me va à l'âme; mais, ajouta-t-il à mi-voix,

dépêchons-nous de dire que la chère déesse s'est bien rattrapée !

Hortense s'empressa de conduire ses invités dans la salle à manger où l'on servit un repas qui acheva de lui gagner la sympathie d'Alexandre.

Après le dîner, on alla prendre le café dans le salon-fumoir. Amable et Alexandre laissèrent fondre dans leur bouche un dernier morceau de sucre imbibé de rhum, et se livrèrent sans réserve ni pudeur au sommeil.

Jacques alluma, avec la permission d'Hortense, un cigare de la Havane, et s'asseyant à cheval sur une chaise dont le siège était de bois plein et le dossier sculpté à jour.

— Vous faites de la musique ? demanda-t-il.

— Un peu, pas autant que je le voudrais ; j'endors votre oncle.

Elle regarda Amable dont la tête penchait à gauche et Alexandre dont la tête penchait à droite.

— Ce soir, ajouta-t-elle finement, il n'a pas attendu le signal ; et, voyez le vilain, il a fait un élève !...

Hortense était rayonnante d'esprit et de beauté : Jacques sentit son sang gonfler ses veines et affluer à son cœur ; il était encore au printemps de la vie ; toutes les sèves bouillonnèrent en lui, les effluves

d'avril l'enveloppèrent de leur vapeur odorante ; il
se leva ; mais soudain une ombre de tristesse passa
devant son âme grisée : tout aussitôt, il se rassit, et
glacial :

— Étrangeté des choses ! dit-il ; comment une fille
aussi spirituelle que vous, devient-elle la maîtresse
de cet homme ?

Hortense fut grande comédienne : elle se laissa
tomber sur un canapé en soupirant, et s'éventant si
adroitement qu'elle envoya tous les parfums de sa
gracieuse personne sur le visage de son interlocu-
teur :

— Vous êtes tous les mêmes ; vous n'avez eu que
la peine de naître, et vous ne comprenez pas que
ceux qui ont dû forcer le sort, aient accepté toutes
les conditions ! Que vous dirai-je ! je suis entrée ici,
un soir que j'avais faim, inquiète sans doute, mais
croyant à la Providence encore ; hélas ! quand je me
suis réveillée, j'avais la honte au front.

— Sa fortune vous avait éblouie ? interrogea
Jacques ébranlé.

— Sa fortune ! reprit Hortense en claquant son
éventail sur son bracelet à tête d'aspic, sa fortune !
Qu'est-ce que cela, à côté de la considération !

— Alors, vous espériez qu'il vous épouserait ?

— M'épouser ! c'eût été de l'inceste ! je pourrais être sa fille.

Jacques était rassuré. Enfant du siècle, il aimait l'or ; et le trouble qu'il ressentait depuis qu'il était entré, n'était dû qu'à la crainte de voir son oncle se marier avec une jeune femme et faire attendre son héritage longtemps.

— Je vivrai ici, reprit-elle, jusqu'à la mort de cet homme qui est bon et qui a besoin d'affection, et quand j'aurai rendu le dernier devoir à mon maître, vous et votre frère, vous me chasserez.

— Oh ! cela, jamais, dit Jacques en se levant.

Il prit la main d'Hortense, la baisa longuement et ajouta :

— Je vous estime et je suis votre ami.

A ce moment, Alexandre se réveilla ; et comme il avait le réveil tapageur, il bouscula son oncle qui jeta un petit cri et ouvrit les yeux. Hortense courut à un guéridon où refroidissait une théière en fine porcelaine de Sèvres, et tendant une tasse à Jacques :

— Un peu de thé, monsieur, oh ! je vous en prie.

— En fait de thé, dit Alexandre, il faut aller se coucher ; quand on dort, on ne pense à rien.

— Vous ne rêvez donc pas ? demanda Hortense.

— Moi, jamais ; je dors comme une souche.

3.

— Mon oncle, dit Jacques, je viendrai vous voir demain; j'ai à vous parler de quelque chose de très sérieux.

Amable écarquilla les paupières.

— Tes affaires vont bien, au moins ?

— Certes...

— Ah ! fit-il, avec un soupir de soulagement, c'est le principal !

Hortense fixa Jacques, et, dans la pénombre :

— Quelque chose de sérieux, lui dit-elle, ce doit être un mariage ?

— Pourquoi pas ?

Elle lui tendit la main et ajouta :

— Vous savez que vous êtes mon ami.

Le lendemain matin, ce bon Alexandre recevait la visite de son architecte qu'il avait mandé par lettre, et lui désignant une pile de jeux de boutons et de pelotes de fil, du geste dont Napoléon désigna les Pyramides d'Égypte à ses soldats :

— Vous voyez? eh bien! il n'y en aura plus ce soir; par conséquent, il faut que le voisin déménage; j'ai besoin de m'agrandir.

— Mais... objecta l'architecte.

— Il n'y a pas de mais... interrompit Alexandre, il faut qu'il déménage; je me comprends. Puis, vous savez, je n'aime pas les maçons : donc, avant un mois, ayez mis le nom de Saveny aîné sur la nouvelle boutique.

L'architecte s'inclina. La chronique prétend même qu'il songea, un moment, à faire de ses fils des marchands de fil et de boutons.

A la même heure, Jacques, mis avec la plus scrupuleuse correction et avec une élégance toute juvénile, se présenta chez son oncle qui le reçut en particulier.

— Mon oncle, dit-il sans préambule, je viens vous prier de demander pour moi la main d'une jeune fille.

— La dot?

— Deux cent mille francs.

— La mère?

— Morte.

— Le père?

— Soixante ans.

— C'est faisable.

— Observez que la jeune fille, Hélène de Melleville, est noble.

— J'y attache peu de prix.

— Elle est bien élevée.

— Tant mieux pour toi. Est-elle bonne enfant?

— Je l'espère pour vous.

— Voyons, mon gaillard, et tes affaires? Parlem'en, que diable! Tu ne m'en souffles jamais un mot : vous êtes dans la finance une collection de croquants dont je me défie.

— Ne vous ai-je pas régulièrement payé 7 0/0 de votre commandite? demanda Jacques impassible.

— Sans doute, mais cela est plus facile à faire que de réaliser des bénéfices : tu as bien connu Joseph Camus?

— Non, pas du tout.

— Mais si; tout le monde connaît Camus, l'épicier du faubourg Saint-Honoré. Eh bien! Joseph Camus achetait de l'argent à dix pour cent : finalement, il a déposé son bilan.

— Mon oncle, le banquier de Camus ne faisait pas une mauvaise affaire, s'il n'avait, lui, à payer que 7 0/0 à son bailleur de fonds!

— Tu m'ennuies. Je te dis que les banquiers sont des faiseurs d'embarras : ils ont chevaux et voitures, et ils ne paient ni le grainetier ni le carrossier. Pourquoi ne t'es-tu pas associé à ton frère? En voilà un qui marche, ton frère! C'est un plaisir de le voir! Tu me diras qu'il a les mains noires à la fin de la journée; mais ce sont les mains que j'aime : on sait où l'on va avec ces mains-là !

Jacques se leva.

— Qu'est-ce que je vous ai fait, mon oncle? dit-il d'un ton presque enfantin.

Amable se radoucit.

— Voyons, petit, reste là; assieds-toi, tu sais bien que j'ai le cœur bon et que je ne t'en veux pas.

Jacques se rassit.

— Je t'ai fait ce que tu es, et je ne m'en repens point; mais pas de cachotteries! Tu caches quelque chose!

Jacques protesta du geste.

— Gagnes-tu de l'argent?

— Oui, mon oncle, répondit clairement Jacques.

Amable engloutit alors ses gros doigts dans les pochetons de son gilet.

— Parbleu! reprit-il, nous ne sommes plus au temps de la patache; et ma foi, j'aime autant le chemin de fer : tu as de l'instruction, tu es un monsieur; moi je ne suis qu'un homme; mais bah! j'ai ma valeur! Enfin, ce n'est pas tout cela : donne-moi l'adresse du beau-père; j'irai le voir; on s'expliquera.

Jacques ajouta seulement :

— Je vous jure, mon oncle, que vous aimerez votre nièce.

— Tiens! riposta Amable, si elle est toute ronde comme son vieux bonhomme d'oncle, elle s'en

trouvera bien ! sans compter que mes gros sous seront à elle, un jour. Dis donc Jacques, qu'est-ce que
tu penses de ma camériste ?

— Elle est jolie et distinguée.

Amable et Jacques se levèrent. L'oncle s'approcha
de son neveu, le poussa du coude, et tournant sa
bouche à gauche, il lui dit dans une horrible grimace :

— Faut-il l'épouser ?

Jacques ne trahit pas la plus légère émotion, mais
il sentit son cœur se serrer.

— Non, répondit-il.

— Pourquoi ?

— Parce que. Aujourd'hui, elle est votre chose,
vous la payez ; elle vous fait valoir : on vient chez
vous et on dit : — Est-il heureux ce Saveny ! il a une
maîtresse ravissante. C'est beau la fortune tout de
même !

Amable rayonnait.

— Tandis que demain, elle est votre femme, elle
élève la voix, bientôt elle commande ; déjà elle in-
vite un tas de péroreurs sans le sou qui sortent de
chez vous en disant : Est-il bête ce gros épicier !

Amable bondit et rugit.

— Eh bien ! je te jure par tout ce qu'il y a de sang
dans mes veines, qu'elle ne sera jamais ma femme.

Et il répéta par deux fois : Est-il bête ce gros épicier !

A ce moment, la porte s'ouvrit, et Hortense s'avança.

— Bonjour, monsieur Jacques, dit-elle, je suis heureuse, ce matin. J'ai lu dans le journal une nouvelle qui me ravit.

— Laquelle? demanda Amable.

— Vous savez bien, répondit-elle, les banquiers Dubuis frères, qui ont failli, il y a six mois? ils avaient un commanditaire. Le bonhomme avait retiré ses fonds avant la déconfiture : il vient d'être condamné à rapporter; c'est de toute justice.

Amable tressaillit. Jacques lui tendit la main, salua Hortense, et se retira.

Hortense alors se suspendit au cou d'Amable, et en lui faisant mille agaceries, elle lui dit :

— Nous irons donc bientôt à la noce, mon gros bébé?

Amable fléchissait sur ses jarrets.

— A laquelle? fit-il.

— Parbleu! répondit-elle, en éclatant de rire, ce n'est pas à la nôtre; et elle ajouta : A table! à table! il y a de la langouste! tu l'aimes tant!

## III

Pour la vingtième fois, M. de Melleville répéta :

— Hélène, va donc t'habiller !

Et pour la vingtième fois, Hélène répondit :

— Mais père, je me suis déjà habillée, ce matin. Qu'est-ce que tu veux ! si ce monsieur ne me trouve pas bien, il me laissera.

Enfin, on sonna à la grille. Étienne, le valet de chambre, alla ouvrir et introduisit Jacques Saveny et un agent de change avec lequel on était en relations de part et d'autre et qui faisait le mariage.

La présentation fut comme toutes les présentations, assez gauche.

On était au mois de mai ; on visita le jardin. L'agent de change donna aux fleurs des noms qu'elles n'avaient pas, et dit :

— C'est mademoiselle Hélène qui les cultive.

Il confondit dans la volière le rouge-gorge et le

chardonneret, la mésange et la fauvette, et ajouta :

— C'est mademoiselle Hélène qui les élève.

Mademoiselle Hélène qui avait envie de le gifler lui sourit de bonne grâce. Quand on vint annoncer que le dîner était servi, il fit une théorie sur Lucullus, et M. de Melleville ne se récria pas. Si bien qu'avant d'avoir déplié sa serviette, il chuchotait à l'oreille de Jacques :

— Vous voyez ; la fille aime les fleurs et les oiseaux, et le père ne déteste pas le luxe de table.

Le dîner fut étrange. Le menu était fort bien composé, et l'agent de change et M. de Melleville y faisaient honneur ; mais Jacques qui ouvrit la bouche pour manger, ne parla pas : quant à mademoiselle Hélène, elle n'ouvrit la bouche ni pour manger ni pour parler.

Le dîner terminé, on descendit au jardin, et l'agent de change allait recommencer sa généalogie des fleurs et des oiseaux, lorsque Jacques, hardiment, offrit son bras à la jeune fille qu'il entraîna sous un berceau de clématites.

— Mademoiselle, dit-il, cette demeure est un paradis terrestre, on se croirait ici à deux cents lieues de Paris.

— Mon père et moi, nous vivons beaucoup par la pensée, répondit Hélène.

4

— Voilà bien la vie que j'ambitionne, répliqua Jacques. Ici on oublie que les hommes sont méchants et que les choses sont tristes.

A ces mots, Hélène fixa Jacques, et se rapprochant de lui :

— Vous avez souffert ? demanda-t-elle.

— J'ai perdu ma mère ; mon père vit encore, mais il est loin de moi ; il m'aime peu, et je n'entends pas parler de lui. J'ai pour toute famille un frère : il est marchand de passementerie, dit-il en souriant d'une façon sinistre.

— Pourquoi pas ? répliqua Hélène avec la douceur de la femme qui panse un blessé.

— Sans doute pourquoi pas, poursuivit Jacques. J'ai même un oncle qui a gagné une belle fortune dans l'épicerie. Pourquoi pas ? C'est le meilleur des hommes.

— Il est marié ?

— Non, il est célibataire ; c'est lui qui m'a élevé ; c'est à lui que je dois tout.

— Vous vivez avec lui ?

— Non.

— Pourquoi pas ? dit-elle en appuyant sur le mot.

— Parce que, reprit Jacques embarrassé, parce que je ne suis pas marié et que...

— Mariez-vous donc, et votre femme gâtera cet

homme qui le mérite tant et l'appellera : mon père.

A ce moment, la voix de M. de Melleville retentit.

— Ma petite Hélène, si tu nous faisais un peu de musique.

Hélène vint retrouver son père.

— Ah ! vive la musique ! s'écria l'agent de change : la grammaire latine le dit fort judicieusement : *Musica me juvat* ou *delectat ;* et c'est si vrai que Mahomet a mis des musiciens dans son septième ciel !

Et comme Jacques redoutait quelque sottise à propos du septième ciel de Mahomet :

— Mademoiselle, dit-il, je joins ma prière à celle de ces messieurs.

Hélène rentra dans le salon dont elle ouvrit la fenêtre à deux battants. La nuit n'était pas venue assez complètement pour qu'il fût besoin d'allumer les bougies du piano, et cependant le soleil était couché, et les grands peupliers d'alentour qu'aucun zéphyr ne troublait, laissaient l'ombre envahir leurs cimes, et s'immobilisaient dans la soirée douce et tranquille.

Hélène joua la symphonie pastorale de Beethoven : c'était merveille de l'ouïr. Ce chef-d'œuvre vivait et se détaillait sous ses doigts comme la nature sous le pinceau du paysagiste Claude Gelée : il y avait dans cette exécution la vérité saisissante et le

coloris superbe de ce Raphael du paysage. Hélène
faisait passer son âme entière dans cette page où
éclataient les orages de la vie et les chants de l'a-
mour.

Avant la fin du morceau, l'agent de change se mit
à applaudir brutalement dans le jardin où il était
resté avec M. de Melleville.

Hélène eut un mouvement de révolte qu'elle fondit
dans un arpège ; enfin, elle plaqua l'accord final, et
Jacques, avec cette froideur étudiée qui le rendait si
original, lui dit :

— Je n'oublierai jamais cette soirée.

— Vous aimez beaucoup la musique ? demanda
Hélène.

— Beaucoup, mademoiselle : la musique ainsi que
la poésie fait passer l'âme par mille sensations déli-
cieuses, et même à côté d'un brutal.

Les applaudissements de l'agent de change re-
commençaient et détonnaient comme une fusée oubliée dans un feu d'artifice.

La nuit était complète. Hélène ferma le piano et
se disposa à quitter le salon.

— Allez - vous  souvent  à l'Opéra ?  demanda
Jacques.

— Jamais, monsieur, répondit Hélène avec la
moue de toutes les jeunes filles qu'on élève bien, ja-

mais ; mon père me traite toujours en petite fille.

— Affranchissez-vous, dit résolument Jacques ; mariez-vous.

Hélène dut rougir dans l'ombre ; car elle pressa le pas.

Jacques lui prit la main, et glacial, vainqueur, et déjà tyran, il répéta :

— Mariez-vous.

Et il ajouta :

— Soyez ma femme !

Quand les hôtes furent partis, Hélène, avec la parfaite innocence du jeune âge, s'assit sur les genoux de son vieux père, et lui dit en l'embrassant :

— Il me plaît.

M. de Melleville fut ravi de la confidence ; et Hélène qui ne s'endormit qu'à l'heure où l'aurore quitte son palais vermeil et ouvre de ses doigts de rose les portes du jour, eut des rêves bénis :

Elle était l'épouse d'un époux qui lui apprenait que la vie est faite d'amour, et que l'amour est un rayon d'étoile sur la terre attristée.

A quelques jours de là, M. de Melleville reçut la visite officielle d'Amable Saveny.

Il n'était pas possible de résister à cet homme dont la bonté éclatait jusque dans sa rondeur grossière. Il remonta jusqu'au déluge, il raconta dans un

4.

discours émaillé de proverbes vulgaires et d'exclamations populaires, ses luttes et ses victoires : il donna le décompte de ses heures de travail et de plaisir, le chiffre de sa fortune et le montant de ce qu'il avait en poche : il fit le panégyrique de ses neveux et de lui-même; et, comme s'il eût été devant la cour de justice, il termina par ces mots :

— Je vous jure que voilà toute la vérité; d'ailleurs, prenez des renseignements sur moi; je suis assez connu sur place.

Après cette loyale explication, il demanda qu'on lui présentât mademoiselle Hélène; et, comme la jeune fille vint à lui ouverte et rieuse, il se livra davantage et dit :

— Alors, c'est vous qui allez épouser mon mauvais sujet de neveu?

Eh bien! ma nièce, vous n'aurez pas un méchant oncle.

Hélène l'assura gentiment qu'elle n'en doutait point. Il reprit :

— Vous me plaisez; permettez-moi de vous faire un petit cadeau.

Il sortit d'une de ses poches un paquet fermé par du gros papier à chandelles et par une série de bouts de ficelle rapportés. Hélène ne put se contenir et elle éclata de rire. Son père la dévora des yeux, mais elle n'arriva pas à se maîtriser, et comme elle ne pouvait décemment pas quitter le salon, elle prit le parti de rire de plus belle.

— Grand Dieu! monsieur, dit-elle, entre deux éclats de rire, qu'est-ce que cela?

M. de Melleville fit un geste d'excuses pour sa fille. Amable ne se troubla pas.

— Comme ça rit, dit-il, les jeunes filles!

Il offrit le paquet à Hélène en la priant de l'ouvrir La pauvre enfant riait, riait toujours : une idée comique venait de lui traverser le cerveau : elle s'imaginait trouver dans le papier un morceau de savon de Marseille; mais elle recouvra tout son sérieux, quand elle vit dans un écrin une superbe parure.

— Oh! fit-elle, cela est trop beau pour moi; c'est la parure d'une reine!

Amable faillit mourir de plaisir : la joie fait peur. Ses yeux s'injectèrent de sang, ses joues se colorèrent visiblement, il eut un tic dans la figure; et franchement, carrément, sans ambages, il traduisit son bonheur comme il le ressentait.

— Cela prouve, mademoiselle, qu'un épicier peut parer une reine! Laissez-moi vous embrasser.

Hélène lui tendit ses joues.

— A la bonne heure! dit-il, en faisant claquer ses

lèvres sur les joues de la belle jeune fille, vous êtes sans façons ; nous nous entendrons, tous les deux. Vous viendrez dîner souvent chez moi ; et, vous savez, s'il y a un plat que vous aimiez bien, on vous le fera ; puis, aux étrennes, vous me direz ce que vous voulez que je vous donne ; je serai l'oncle Gâteau.

Hélène était une de ces natures fines dont la supé-riorité même est de se mettre à la portée de tous.

Elle faisait la charité, non comme les grandes Parisiennes, qui trouvent dans l'aumône le moyen de tuer l'ennui qui les dévore, non comme les nobles dames qui y trouvent le relief qui les met au-dessus de leurs rivales, mais comme les bonnes âmes qui veulent vraiment adoucir l'infortune des affligés.

Elle comprit qu'Amable était un homme sans cul-ture intellectuelle, mais elle vit qu'il avait lutté ; elle soupçonna qu'il devait avoir le sot orgueil du maçon qui se prend pour l'architecte, mais elle sentit qu'il avait du cœur ; et elle fut sincère dans le franc accueil qu'elle lui fit.

La journée s'achevait. M. de Melleville invita Amable à dîner.

— Non, dit-il en se levant pour sortir, on m'at-tend.

— Ah ! cela est bien regrettable, dit Hélène en

intervenant. M. Jacques Saveny dîne ici ce soir; il doit amener son frère; j'ai invité ma meilleure amie et son mari; vous nous manquerez; cédez, je vous en prie, monsieur.

Amable ne répondit pas. Pour la première fois, il sentait l'attachement qu'il avait pour Hortense Germier et le suprême pouvoir qu'elle exerçait sur lui. Il lui avait dit qu'il rentrerait, elle l'attendait; s'il ne rentrait pas, il serait grondé; il eut peur d'être grondé.

— Eh bien ! reprit Hélène, qui ne dit mot consent.

— Non, je vous assure, répliqua Amable avec un visible embarras, je vous assure que je ne fais pas de cérémonies; on m'attend chez moi.

M. de Melleville crut comprendre. Hélène ne comprit pas, et cela est digne de remarque, car beaucoup de jeunes filles aujourd'hui donnent pour ces sortes de charades des solutions aussi justes que promptes.

— Oh ! monsieur, fit-elle, ce n'est que vos domestiques qui vous attendent, puisque vous vivez tout seul.

Jacques et Alexandre entrèrent. Ils joignirent leurs instances à celles d'Hélène et parvinrent à décider leur oncle.

— Voyons, dit Jacques à part à son oncle, c'est à

cause de cette femme. Eh bien ! elle vous attendra, voilà tout.

Amable redressa la tête ; il pensa comprendre que son neveu lui disait encore :

— Est-il bête, ce gros épicier !

Et il accepta, tout à coup, l'invitation à dîner avec autant d'empressement qu'il avait mis de force à la refuser.

Les deux autres convives arrivèrent. L'amie intime d'Hélène était Cécile Viriat, mariée depuis un an au plus parfait gentilhomme que la France eût jamais produit, Maurice Viriat, lieutenant d'artillerie.

Maurice était un joli garçon qui portait l'uniforme à ravir et sans forfanterie ; il avait l'âme poétique et savait aimer, et comme il avait le bras robuste et qu'il chérissait l'honneur, il savait également se battre.

Cécile était douce, sans pousser la douceur jusqu'à la niaiserie ; elle était gracieuse, sans pousser la grâce jusqu'à l'équivoque.

Couple beau, couple heureux, qui incitait l'admiration chez les bons et excitait l'envie chez les méchants, et qui avait ouvert son nid à la blanche tourterelle que l'on nommait Hélène.

Dans ce nid tiède, Cécile lisait à Hélène toutes les pages de son existence, à l'exception toutefois de

celles où il était parlé d'amour, et encore désirait-
elle ardemment qu'Hélène devînt femme pour pouvoir lire et relire avec elle ces pages confisquées.

Hélène, pâle d'émotion, avait serré la main de
Maurice et embrassé Cécile, et leur avait lancé tout
bas ces mots :

— C'est ce jeune homme qui cause avec papa.

Cécile était au moins aussi émue qu'Hélène ; mais
en sa qualité de femme, elle s'enhardit bien vite, et
elle sut questionner la future famille de son amie
avec un tact parfait.

Maurice, lui, sonda le terrain en soldat consommé
dans son métier ; il fut grand capitaine. Avec l'oncle
Amable et Alexandre il n'eut, d'ailleurs, besoin
d'aucune science : ce fut une capitulation honteuse ;
l'ennemi se livra, pieds et poings liés ; mais avec
Jacques il fallut recourir aux mouvements tour-
nants, employer la grosse artillerie et finalement
enlever à la baïonnette. Cependant Jacques fut
vaincu ; et vers la fin de la soirée, Maurice murmura
tristement à l'oreille de sa femme :

— La pauvre mignonne a un père aveugle, et c'est
pitié de les voir tous les deux donner tête baissée
dans le piège ; ce monsieur Jacques Saveny a de
beaux habits, mais c'est tout.

Cécile s'attrista à son tour ; et quand Hélène, pure

comme les soirs de mai, radieuse comme les reines qui coiffent un diadème, attira ses deux amis sous le berceau de clématites qui avait été témoin de son premier amour, ni l'un ni l'autre n'eut le courage de la désabuser.

Seulement, pour la première fois, Maurice Viriat la baisa au front et lui dit :

— Hélène, souvenez-vous que le ciel vous a donné un frère et que ce frère, c'est moi !

Amable et ses deux neveux rentrèrent à Paris, un peu avant minuit. Chemin faisant, Jacques ne dit pas quatre paroles. Amable, d'ordinaire si gai, fut d'une humeur massacrante ; mais Alexandre, que les vins avaient disposé favorablement et qui, d'ailleurs, n'engendrait jamais la mélancolie, annonça qu'il avait deux cent mille francs à lui et qu'après s'être installé dans une seconde boutique, il allait en acheter une troisième.

— Seulement, dit-il en riant d'un si gros rire que dans la nuit calme les oiseaux furent réveillés en sursaut, il y a une femme dans la boutique, et je ne peux pas prendre la boutique sans la femme.

— Tu dis ? s'écria l'oncle, tout à coup.

— Je dis que le marchand de bretelles du numéro 8 a une boutique à vendre et une fille à marier; je prends les deux et je ne fais qu'un seul acte notarié, par économie.

— Mais c'est Picard, le marchand de bretelles dont tu parles!

— Picard lui-même, et la petite Picard, gentille, sans prétentions, un peu maigre, à mon idée, mais bah!

— Qu'est-ce qu'il a de fortune, Picard? Je suis plus riche que lui.

— Je ne sais pas; il donne cent mille francs à sa fille; elle est seule enfant; il me vend son fonds avec clientèle et droit au bail quarante mille francs.

— Alors tu tiendrais la bretelle, en grand?

— Mais parfaitement.

— J'irai causer avec Picard; qu'en penses-tu?

— Va lui demander à déjeuner quand tu voudras; tu seras le bienvenu.

— Je le crois parbleu bien! Picard est un vieux copain à moi; nous sommes du même âge, nous avons débuté ensemble à Paris; nous n'étions pas fiers; nous dînions chez la mère Radis, à douze sous par tête. Cette bonne mère Radis! elle servait le bouillon avec une seringue, et quand tout le monde en avait eu sa part, elle criait:

— Gare les pieds, les enfants!

5

Puis elle vidait sa seringue sur les dalles, et ça ne les engraissait pas, va !

Ces souvenirs d'autrefois ramenèrent un peu de gaîté dans l'âme tremblante d'Amable. On se sépara, Jacques toujours grave, Alexandre toujours sanssoucis, et Amable déjà repris par la peur.

— Quelle scène je vais avoir en rentrant ! grommela le pauvre homme.

Et il regagna sa maison, tête basse. Il pensa qu'il n'avait pas le droit de s'insurger, parce que, pour la première fois de sa vie, il avait manqué à ses engagements commerciaux en n'épousant pas Hortense ; et cependant il se raffermit dans sa résolution, car l'idée que cette femme devenant sienne le ferait passer pour un gros imbécile l'excédait à tel point qu'il préférait toutes les tortures à celle-là.

Hortense veillait. Dès qu'elle reconnut le pas d'Amable, elle prit la lampe ; et charmante en son déshabillé blanc à longue traîne, elle ouvrit la porte, et dit comme Doña Sol :

— Est-ce vous, Hernani ?

Amable qui n'était pas Don Carlos ne répondit point dans la même langue :

Eh ! quelle voix veux-tu qui soit plus amoureuse ?
C'est toujours un amant, et c'est un amant Roi !

— Comme je suis en retard, dit-il, en soufflant comme un soufflet de forge. Qu'est-ce que tu veux? Ils m'ont littéralement ficelé sur ma chaise, pour que je dîne avec eux.

— As-tu bien dîné, au moins? demanda joyeusement Hortense.

Amable était ébloui, Amable était transporté : Hortense ne se fâchait pas.

Il ôta son chapeau, il s'essuya le front, il s'assit dans le meilleur fauteuil, et il dit le plus comiquement du monde :

— Je vais te raconter tout.

Ce fut une nuit mémorable. Amable devant l'abnégation sublime d'Hortense vibra comme une corde de violon de Paganini : il eut des sanglots dans la voix, il tomba à genoux, il se traîna sur les mains, et finit par dire :

— Veux-tu que je t'épouse après tout?

— Mais non, mon gros bébé, je ne le veux pas, répondit Hortense : à chacun sa liberté! D'ailleurs cela contrarierait tes neveux : il faut rester bien en famille.

— Tu crois, interrogea bêtement Amable, que cela contrarierait mes neveux? et pourquoi?

— Pourquoi! pourquoi! Qu'importe! Tu peux faire pour moi ce que tu ferais si j'étais ta femme.

— Oh! je le jure! tu n'auras pas à te plaindre de moi : j'ai toujours été rond en affaires!

— C'est bien pour cela : je connais ton cœur. Eh bien! réponds, est-elle gentille, la fiancée?

— Charmante, pas fière un brin; elle est de notre monde; elle viendra dîner ici souvent : il faudra lui faire faire un rond de serviette.

— En or ciselé, dit précipitamment Hortense avec une pointe d'ironie qui échappa à l'épicier.

— Oui, en or. Ah! la douce créature!

Hortense parut rêver un instant.

— As-tu parlé de moi?

— Oui, oui, au beau-père; je lui ai dit que j'avais chez moi une cousine pauvre qui tenait mon ménage et que j'aimais beaucoup : tu seras de la famille; d'ailleurs, je le veux.

Cette fois, Hortense trouva qu'Amable était bien plus fort qu'elle : il avait si parfaitement joué son jeu, qu'elle se livra à la joie, sans réserve.

— Tu vois bien, reprit-elle, que tu n'as pas besoin de m'épouser : du reste, ton neveu Jacques ne le permettrait pas, et je veux que Jacques reste mon ami.

— Dis donc, petite chatte, interrompit Amable, il y a une autre nouvelle. Alexandre se marie.

— Oh! celui-là, s'écria Hortense en riant à gorge

déployée, celui-là épouse la fille d'un marchand de choux-fleurs.

— Pas de choux-fleurs, mais de bretelles, répondit innocemment Amable : ce sera une vraie noce, celle-là! une noce comme on en faisait dans mon jeune temps. Alexandre épouse la fille de Picard.

— Qu'est-ce que c'est que cela, Picard?

— Un vieux camarade à moi! En avons-nous fait de ces fredaines ensemble! Je dois aller déjeuner demain chez lui, mais parbleu! tu peux bien venir avec moi!

— Sans doute, je mettrai une robe toute simple.

— Comment! toute simple, jamais de la vie! Tu mettras une robe de soie et toute ta batterie de cuisine.

— Oh! qu'est-ce que tu appelles ma batterie de cuisine?

— Tes bijoux.

— Je pourrai même les récurer avant de les mettre, dit Hortense en riant; et elle se mit à rire de si bon cœur que ce rire gagna Amable.

Si bien que tous deux riaient encore comme deux enfants, quand le soleil se leva.

5.

## IV

Dans les derniers jours du mois d'août 1853, en la cathédrale de Versailles, devant une affluence nombreuse de parents et d'amis, Jacques Saveny épousa Hélène de Melleville.

Les témoins du côté du marié furent : Amable Saveny, millionnaire, le baron de Treyvières, banquier, chevalier de la Légion d'honneur; et du côté de la mariée, Maurice Viriat, lieutenant d'artillerie, et André de Mursay, avocat distingué du barreau de Paris.

Le Pape envoya sa bénédiction aux jeunes époux, et ce fut l'évêque qui les maria.

Dans la semaine qui suivit cette solennité, madame Viriat reçut la lettre suivante :

« Olivet, le 3 septembre.

» Ma Cécile adorée,

» Par deux fois Polyeucte a dit : « Je suis chrétien ! » et par trois fois, j'écris : Je suis heureuse ! je suis heureuse ! je suis heureuse !

» Mon mari m'avait demandé la permission de m'enlever après la cérémonie religieuse, et comme j'aime les aventures, je la lui avais accordée, cette permission qui a dû faire jaser le monde.

» Ton opinion seule a du prix à mes yeux. Je te dirai que je suis partie sans regrets, sans remords, car je t'ai vue si triste à la messe, que j'ai pensé qu'après mon départ, tu ne pouvais pas l'être davantage.

» Petit masque ! je sais aujourd'hui pourquoi tu étais triste. Que ne m'as-tu prévenue, d'un mot, d'un regard ? Oh ! non, ne lis pas ce que j'écris, je suis folle ; tu as bien fait de ne pas me prévenir : on ne dit pas ces choses-là. Cécile, j'ai pleuré, mais lui, a séché mes larmes et m'a bercée si tendrement que je me suis endormie dans ses bras, comme un enfant qui a un gros chagrin.

» Gronde-moi, gronde-moi ; quand je m'éveillai le lendemain je ne pensai plus aux larmes de la veille, et ma nature aimante et expansive prit ses ébats comme aux jours d'entière innocence ; et quand la nuit fut venue et que lui, de nouveau, dans un baiser de fer et de feu riva mon être à son être, je me

demandai si cet homme était un brutal ou un insensé.

» Chut! chut!'tout bas! ne le dis à personne : aujourd'hui j'aime Jacques à en perdre la raison. Il est
pour moi ce que Dieu a créé de plus grand. Quand
j'entends son pas résonner dans la demeure, j'ai le
frisson, mais ce frisson est un bien ; quand je recon-
nais sa voix, j'ai peur, mais cette peur est exquise ;
et quand il entre, je me jette à son cou, la terre s'efface sous mes pieds, mes yeux se ferment, j'ai des
ailes, je vais jusqu'au trône de Dieu.

» Puis, quand je soulève mes paupières, je me
vois palpitante sur le sein d'un maître dont le regard
me brise, dont la caresse m'affole. Cet homme tient
mon âme entre ses mains; je suis son esclave, je le
suivrai jusqu'où finit la terre, je l'aimerai par delà le
tombeau ! Et cependant, vois ce que l'amour a fait de
ton Hélène chérie, je me sens encore si pure dans
cette passion et si raisonnable dans cette déraison,
que si cet homme me trahissait, loin d'être l'esclave
à ses pieds servile, je ferais crouler sur sa tête le Paradis qui voit nos premières amours.

» Car, ma Cécile bien-aimée, Olivet est un paradis.

» Nous avons une petite maison où deux on est à
merveille, où trois on serait de trop, cachée par de
grands arbres séculaires qui se mirent dans le

Loiret, ce ruisseau que les anges ont coloré de la teinte du ciel. Nous sommes là, fous d'amour. Qui donc nous voit? Dieu. Mais c'est justice puisque nous sommes ses hôtes.

. . . . . . . . . . . . . . . . . . . . . . . . . . . .

» Je reprends ma lettre après deux jours d'une interruption qui m'a pesé. Jacques est allé chasser avec notre voisin, son ami, le baron de Treyvières : la baronne a voulu que je fusse auprès d'elle tout le temps qu'a duré l'absence de mon époux adoré.

» La baronne ne m'est pas sympathique : c'est une très jolie personne de trente-cinq ans environ, mais elle a la beauté étrange : elle a la beauté de Lucifer : Lucifer était un ange, mais un ange déchu. Elle m'a demandé des confidences qui m'ont fait rougir. Rassure-toi, je ne me suis pas trahie ; seulement, quand Jacques est rentré, je lui ai tout conté, et, avec cette autorité cassante qui lui va comme un diadème, il a décidé que nous quitterions Olivet, demain.

» A bientôt, chère Cécile, à bientôt. Surtout ne te moque pas de ma lettre. Dis à Maurice que je me souviens toujours qu'il est mon frère : quant à toi, tu restes la Cécile que j'embrasse du meilleur de mon cœur.

» HÉLÈNE. »

« *P.·S.* — Tu as entendu parler d'une cousine pauvre qui tient le ménage de l'oncle de mon mari ? Oh ! Cécile, j'aimerai toujours ce brave homme que tu connais et que je persiste à croire bon, mais il a menti, le vilain ! le vilain ! Jacques m'a dit que la cousine était une... il appelle cela une impure... le mot est charmant... une impure. Il paraît que l'oncle et elle vivent ensemble, comme s'ils étaient mariés. Elle est jolie, instruite et bonne musicienne. Est-ce drôle ces choses-là ! Jacques ne veut pas que je la voie. Cécile, j'allais le lui demander ; je ne sais pas pourquoi je méprise cette femme. Jacques a été au devant de mes désirs. Qu'il soit béni !

» Elle était à ma bénédiction nuptiale ; je me rappelle, en effet, que j'ai vu à côté de l'oncle Amable une très jolie femme, fort distinguée. Est-ce que c'était elle ? Jacques dit que oui.

» Peut-être suis-je sévère à l'endroit de cette... cousine... impure ? Qu'en penses-tu ? Demande à Maurice son avis... Mais d'ailleurs Jacques a tranché, et je le répète, il a prévenu mes désirs.

» Adieu, ma Cécile aimée, adieu, et à bientôt. Je suis ta petite Hélène toujours mignonne. »

Jacques et Hélène quittèrent donc leur propriété d'Olivet pour rentrer à Paris.

Ils s'installèrent dans un délicieux appartement de la rue de la Victoire. Coquet Éden que cet appartement où Jacques avait entassé avec une profusion royale les tapisseries marquées au vrai coin de l'antiquité, les bahuts à colonnettes en tire-bouchon avec galeries d'or et portes à vitraux anciens, les faïences dont la laideur était un signe de race, les fauteuils Henri II, ces fauteuils dont le dossier plein dépassait même l'orgueilleuse tête de Diane de Poitiers, duchesse de Valentinois, recevant Catherine de Médicis, la femme légitime de son amant, les bronzes, les marbres et les émaux les plus vantés.

. La chambre à coucher d'Hélène était une merveille de goût. Elle était simple, sévère même; mais cette simplicité et cette sévérité étaient encore défendues à la bourse des humbles.

Elle était tapissée d'une étoffe lourde faisant fond gros bleu, avec des gerbes de fleurs brochées très légèrement dans des nuances vives.

Les rideaux de fenêtre étaient de même étoffe. La cheminée en marbre brèche ciselé sur le fronton, était surmontée d'une glace dont l'encadrement était une torsade de velours avec filet d'or.

De chaque côté, on avait mis des jardinières en vieux saxe sur pied d'ébène, d'où s'échappaient de superbes plantes exotiques appelées à vivre, hélas, la vie des roses, une aurore.

Enfin, le lit touchant à la muraille par la tête seulement achevait un tableau enchanteur; il était de bois noir sans ornements : le baldaquin était formé d'une étoffe légère, à ramages, aux tons doux et mariés à ravir; au-dessus de la tête du lit, à l'intérieur, sur un fond cramoisi reposait doucement un Christ en croix sorti de l'ivoire le plus pur et du ciseau le plus habile.

Hélène n'était pas à Paris depuis deux heures qu'elle courait chez Cécile Viriat.

Elle trouva Cécile et Maurice ensemble, toujours beaux et plus unis que jamais. Elle détailla son bonheur comme l'abeille détaille les parfums du pétale qu'elle courbe sous ses baisers. Elle allait et venait dans le chemin des airs, butinant, bourdonnant, confondant la fleur et le soleil, les hommes et Dieu; et son discours fou, enthousiaste, décousu, était semblable à ces nuées blanches qui courent dans un ciel bleu.

Elle fit promettre à ses amis de venir dîner, le lendemain.

— Jacques était si bon, Jacques parlait si souvent d'eux que son plus ardent désir était certainement de leur faire les honneurs de sa nouvelle demeure.

Et Maurice ébloui par ce tourbillon, décidé par sa femme à jamais ralliée, promit.

Quand Hélène rentra, elle trouva chez elle son père en grande admiration devant le luxe effréné de Jacques. Celui-ci, d'ailleurs, prouva péremptoirement qu'il avait la caisse de l'Europe dans ses mains, et Hélène fit tant de caresses au vieillard, que le pauvre homme eut des troubles oculaires et ratifia pleinement cette façon de comprendre la vie.

Hélène dit à son mari qu'elle avait invité les Viriat pour le lendemain ; lui, annonça qu'il avait convié de son côté pour le même jour quelques personnes de la finance parmi lesquelles il nomma le baron et la baronne de Treyvières rentrés tout à coup à Paris ; il crut devoir retenir aussi son beau-père ; et la perspective de cette petite fête fut pour Hélène une joie nouvelle.

Toutefois, Hélène dit à Jacques :

— Pourquoi avoir invité le baron et la baronne de Treyvières, puisque nous les fuyons ?

— Ma chère enfant, répondit Jacques sèchement, la vie a de ces exigences.

Cependant, avant le dîner, Jacques sortit et se rendit chez son oncle. Amable était seul.

— Vive Dieu ! c'est le petit, s'écria le bonhomme :

6

les voilà rentrés les amoureux ! Eh bien ! quand venez vous dîner, ici, les enfants ?

L'instant était décisif : la lutte ne pouvait plus s'éviter. Jacques allait frapper un grand coup.

Il était depuis quelques années l'élève et le complice du baron de Treyvières, un homme jeune encore et véreux déjà.

Ce financier à la mode, chevalier de la Légion d'honneur, était connu par le Tout-Paris qui claque les portes des loges sur le nez des ouvreuses au moment où Jean de Leyde entonne son cantique :

Roi du ciel et des anges...

Il avait entraîné Jacques dans des spéculations hasardeuses.

Sans doute, les résultats acquis étaient éblouissants et permettaient amplement de payer le tapissier ; mais les résultats à acquérir dépendaient de beaucoup d'actionnaires bâillonnés moralement et dépouillés effectivement. Si bien, qu'il fallait, d'une part, ne prêter par ses relations à aucun propos malveillant, et de l'autre, se garder un sac d'écus pour la fuite ou un pistolet pour la mort.

Jacques n'avait pas hésité ; il avait choisi le sac d'écus, et ce sac d'écus, c'était son oncle.

A tout prix, il devait empêcher Amable d'épouser Hortense Germier. Et le meilleur moyen d'arriver au but était de discréditer et finalement de faire bannir cette fille ramassée dans le ruisseau; il était, d'ailleurs, armé de pied en cap, il avait recomposé le dossier de la malheureuse, et il était décidé à agir brutalement. Il s'était dit : e ui mettrai le nez dedans à ce gros épicier, et nous verrons bien s'il ne comprend pas...

— Mon oncle, répondit-il, avec autant d'insolence dans le regard que dans la voix, je suis l'homme le plus en vue de tout Paris; ma femme est la créature la plus noble de la terre : à nous deux nous soulèverons le monde, mais c'est à la condition que nous ne commettions aucune inconséquence. Venez chez nous tant qu'il vous plaira, votre place y est marquée; mais ne comptez pas que nous viendrons chez vous. Cela est impossible à cause de votre maîtresse.

— Ma maîtresse? qui? Hortense? demanda Amable abasourdi. Ah ! que tu es bête, mon garçon. Hortense est plus distinguée que moi, elle plaira à ta femme, et je parie qu'avant six mois, elles joueront des morceaux à quatre mains.

— Je ne m'occupe pas d'Hélène, en ce moment, reprit Jacques avec un cynisme tranquille, je m'oc-

cupe de moi. Que votre maîtresse entre dans ma
maison, et mon crédit est coupé net.

— Bon ! je devine, dit Amable. J'épouserai Hortense, et elle entrera chez toi par la grande porte.

— Attendez : cette fille est née d'une impure chez
un viveur qui a été fameux par ses débauches, dans
son temps ; elle-même, elle a été, en Espagne, la
maîtresse d'un ministre, d'un toréador et d'une
sentinelle de la reine ; puis, à Paris, elle a ravitaillé
le quartier Latin, et enfin elle est tombée chez vous
— sans doute un soir que le quartier était consigné.
Franchement, si vous l'épousez, vous n'êtes pas dé-
goûté. Qu'en pensez-vous ?

Amable était à terre. Il savait Jacques incapable
d'inventer une pareille fable.

Ainsi donc, Hortense Germier était une fille sans
mœurs, sans vergogne même, à qui l'instruction
avait mis le masque d'une grande dame.

Ses torts envers elle disparaissaient : il n'était
plus obligé de l'épouser.

Allait-il la chasser, comme le désirait Jacques ?

Non. Qui donc prendrait soin de lui ? Qui donc lui
lirait et lui expliquerait le journal ? Qui donc lui
ferait de bons petits plats ? Qui donc le caresserait ?

Les mains de cette femme étaient douces, ses
lèvres étaient vermeilles, ses dents étaient blanches.

et le souvenir de toutes ces friandises courbait
Amable, comme le feu courbe le fer.

— Alors, reprit-il simplement, c'est fini? on ne se
verra plus?

— Chassez-la.

— Ah! ah! c'est facile à dire, chassez-la! Et pourquoi la chasserais-je? Je ne te comprends pas; tu
peux bien venir ici avec Hélène sans que tout Paris
le sache, hein?

— Cette fille le contera à sa femme de chambre qui
le répétera dans la rue, et ce sera bientôt le secret de
Polichinelle.

— Au diable Polichinelle! Ton frère ne fait pas
tant de façons! il se marie dans un mois; sa future et
Hortense se connaissent et sont déjà comme les deux
doigts de la main.

Jacques sentit que c'était assez pour une première
attaque; il rompit, content de lui, car il emportait la
certitude que son oncle n'épouserait pas cette fille et
l'espoir qu'après six mois d'isolement, Amable serait
vaincu et donnerait complète satisfaction.

Il descendit, et rajustant son petit paletot café au
lait, il murmura avec une suffisance contenue :

— Mon oncle est bien plus fier de moi que de mon
frère, il mettra les pouces, pour avoir l'honneur de
dîner à ma table !

6.

## V

Quelques semaines après ces adorables hostilités
dont l'argent était le mobile, Alexandre Saveny
faisait une affaire : il épousait mademoiselle Picard,
la fille du marchand de bretelles.

Grâce pour la nouvelle épousée ! C'était une tou-
chante créature.

Elle avait reçu une solide instruction ; et, si elle
n'avait pas tout à fait l'éducation des classes qui
pensent, elle ne demandait, du moins, qu'à l'acquérir.

Elle était triste, elle était pâle, mais elle était si
bonne et si douce que son père avait pris son air
sombre pour de l'ennui, et qu'il la mariait afin de la
distraire.

Hélas ! la pauvre enfant souffrait d'un mal physi-
que à elle encore inconnu, mais fatal, et elle acceptait la vie avec résignation.

Elle épousait Alexandre par obéissance. Elle était venue à lui, le soir de ses fiançailles, et elle lui avait dit avec un sourire attristé :

— Je vous aimerai bien, je vous le promets.

Jacques et sa femme l'avaient vue, la veille de son mariage pour la première fois, et Hélène était allée à elle, et en lui donnant sa main, elle lui avait donné son cœur : elle avait bien senti que cette jeune fille avait une âme, et elle se préparait, en silence, à devenir son amie.

La noce d'Alexandre fit sensation ; elle fit date.

Ce fut une exhibition fantasque de sujets archéologiques sortis tout exprès de leur musée ; ce fut un mélange atroce de tout ce que la fortune peut produire de baroque ; ce fut la loi des parvenus, chantée au maître-autel de l'église Saint-Merri.

Le groupe des invités, fort compact, du reste, était recruté dans cette bourgeoisie qui prime toutes les autres, aujourd'hui, et qui, de fait, se croit supérieure à toutes, parce qu'elle a gagné de l'or.

On voyait que ces marchands de quelque chose n'avaient pas ouvert leur boutique ce jour-là « pour cause de mariage dans la famille ». Ils donnaient pompeusement le bras à leur dame, plantureuse personne, à la face rougeaude, et rendue plus plantureuse encore par l'amas des bijoux et des cache-

mires, et portant ces objets précieux avec l'élégance
d'un éléphant habillé d'un tablier de soie.

Amable Saveny était dans les honneurs : il faisait
partie du cortège et rayonnait d'orgueil et de
plaisir : il portait la tête en arrière et le ventre en
avant, et il ouvrait la bouche, comme pour mieux
indiquer qu'on allait surtout bien déjeuner après la
cérémonie religieuse.

Jacques et Hélène, en personnes qui savent
s'habiller, étaient irréprochables de tenue. Jacques
était à l'écart, ainsi qu'un grand seigneur qui daigne
assister aux noces de son vassal.

Hélène priait, et sa pensée était si haut dans la
prière, qu'elle ne voyait rien.

Le père Picard fut magistral : il conduisit sa fille
à l'autel, d'un air triomphant.

Il ne portait pas de bretelles, parce qu'il en avait
vendu et qu'il en connaissait tous les inconvénients ;
de sorte que son pauvre pantalon faisait boule sous
ses talons et mangeait tout le vernis de ses bottines :
on eût dit qu'il n'avait pas de pieds. Son gilet à
cœur faisait le cerceau à la hauteur des seins et
découvrait pleinement, dans son premier neuf, une
chemise dont chaque boutonnière était fermée d'un
gros diamant relié à son voisin par une fine chaîne
d'or. Le collet de son habit était un gouffre béant,

en arrière de son faux col, et laissait constater que le nœud de sa cravate blanche était derrière son cou, au lieu d'être devant. Ses gants désolés d'avoir à contenir des mains rouges comme l'écrevisse après cuisson, avaient pris le parti d'éclater sur toutes les coutures. Son chapeau, enfin, avait des colères farouches, et se hérissait comme le porc-épic devant le danger.

— Cela n'empêche que j'ai l'air de quelque chose, pensait-il ; on voit bien que je suis un homme qui a de quoi !

La mariée, plus blanche que la blanche mousseline qui voilait son visage, s'efforçait de sourire, en cette cérémonie.

Quant au marié, il emplissait ses habits : son tailleur qui était de noce, l'avait absolument ficelé dans le noir.

Les femmes du quartier disaient : — « Quelle riche nature que ce monsieur Alexandre ! » — Il donnait le bras à une toute petite bonne femme, sa marraine, une paysanne en costume du pays, ridée comme une pomme de reinette, avec l'œil vif et les cheveux blancs : elle n'avait aucune fortune, mais par le courage de sa médiocrité, elle avait meilleure façon que tous ces parvenus gonflés d'orgueil, et valait en son petit doigt mieux qu'eux dans tout leur corps.

Hortense Germier n'était pas là. Jacques l'avait remarqué en entrant, et il était content de son oncle. N'était-ce pas un signe excellent ? Hortense pouvait si facilement venir, puisqu'elle était reçue dans la famille Picard !

A l'issue de la messe, l'oncle et le neveu se serrèrent la main sans échanger une parole. Hélène embrassa son oncle.

Le soir, on se retrouva au dîner de noce, et Hortense Germier ne parut pas. Jacques fit alors mille ouvertures à son oncle, mais celui-ci lui tourna le dos et alla droit au père Picard :

— Eh bien ! mon vieux copain ; ça y est tout de même ! la voilà établie, ta demoiselle ! Ah ! vieux de la vieille ! C'est égal, tu as bien réussi, toi aussi ; et tu sais, tout est là ! Sans argent, on n'est pas un homme !

Et il termina par ces mots qu'il accentua fortement :

— J'en sais qui méprisent les épiciers et qui auront peut-être besoin de quarante sous, un jour !

Vers dix heures, on dansa. Suivant la coutume, la mariée ouvrit le bal ; mais, après cette contredanse obligatoire, elle se déclara lasse et vint s'asseoir sur un sofa, loin des danseurs.

Son mari la visita, toutes les heures environ ; il voulait s'amuser pour son argent ; il fumait et jouait au billard dans la salle voisine, et se plaisait à expliquer à un fabricant de sucre d'orge, la différence qu'il y a dans les soies, entre la bourre, le frison, les bassinés et les recuites.

Madame Jacques Saveny tint fidèle compagnie à la jeune mariée qui se livra à elle complètement. Vers onze heures, Jacques était près de la porte, sous le joug du père Picard qui lui faisait un cours de bretelles, quand il vit entrer Hortense Germier, en toilette de bal.

— Je savais bien, dit-elle aussitôt, avec la plus grande aisance, que je trouverais un cavalier, ou mieux, un gentilhomme. Allons ! monsieur Saveny, offrez-moi votre bras et présentez-moi à madame Jacques Saveny.

Jacques demeura sans voix.

— Bonsoir, monsieur Picard, continua Hortense Germier étourdissante de charmes et d'audace, vous êtes un père heureux !

Le bonhomme Picard se précipita sur la main gantée de la visiteuse, comme l'extatique sur la patène :

— Chère dame, que vous êtes aimable de nous
honorer de votre présence ! Ma fille va être ravie de
vous voir !

Hortense Germier n'attendit pas la fin de ce discours ; elle prit le bras de Jacques Saveny, et lui dit
en minaudant :

— Vous tardez bien à m'obéir, cher seigneur !

Ce seul mot, — obéir, — éclaira pleinement Jacques ; il comprit qu'un abîme profond s'était creusé
entre elle et lui. Ses visites, ses démarches, ses
manœuvres auprès de son oncle lui étaient connues ;
c'était désormais une guerre inexpiable ; elle allait
se défendre et vaillamment. Qu'avait-elle à perdre ?
Rien. Qu'avait-elle à gagner ? Tout. Que ne risque-
rait-elle pas ?

Jacques eut l'idée de la jeter dans la rue, mais il
songea qu'il n'en avait pas le droit ; il eut l'idée de
la briser en sa témérité, mais il craignit que les
éclats ne lui jaillissent à la face, et il courba la tête.

La joie au cœur, la fierté au front, couvrant le sol
de sa robe à longue traîne, parfumant l'air des fleurs
de son corsage, jouant avec son éventail, comme
Napoléon avec l'Europe, Hortense Germier s'avança
dans le bal au bras de Jacques ; et tandis que les
boutiquiers de la rue Saint-Martin suaient grossièrement à travers la valse, tandis que le marié, dans la

pièce à côté, marquait avec sa queue de billard vingt points d'un seul coup sur le tableau, Hortense dit à Jacques :

— Dans ces temps derniers, on m'a beaucoup parlé de votre ami, le baron de Treyvières : on m'a touché quelques mots de la baronne que vous connaissez très particulièrement, paraît-il. Tous mes compliments, mon cher ; la baronne est une femme charmante, et vous êtes un habile homme !

Jacques sentit comme la griffe d'un lion lui déchirer la poitrine : il pâlit ; il arriva près de sa femme à laquelle il dit machinalement :

Je vous présente mademoiselle Hortense Germier.

Hélène se dressa, blême, l'œil hagard, le geste gauche. La mariée se leva et serra la main d'Hortense Germier. Alors étonnée, au point d'oublier toute raison, Hélène salua.

Hortense Germier lui prit une main qu'elle ne lui tendait pas, et dans ce viol de l'amitié, le bracelet d'Hélène se détacha et tomba sur le parquet : c'était un bracelet d'or mat finement clouté d'argent.

Hortense le ramassa et le mettant dans sa poche.

—Ah ! dit-elle, je vous fais mille excuses, madame, j'ai brisé votre bracelet, vous me permettrez de le remplacer.

Jacques bondit, enfin.

7

— Je veux ce bracelet, hurla-t-il.

Hortense éclata de rire.

— Oh mon Dieu ! mon Dieu ! je veux ! fit-elle, mais le roi dit : Nous voulons ! Rassurez-vous, mon prince, je ne suis pas une voleuse de grand chemin : je rendrai le bracelet quand il sera réparé : patience.

Et superbe, immense, elle s'éloigna en faisant vibrer le salon d'un rire de conquérante, et ce rire sonna comme un glas pour Jacques Saveny.

Quand elle fut loin, Hélène se jeta sur Jacques.

— Emmenez-moi, dit-elle, je suffoque, je meurs.

Jacques fut effrayé de l'horrible pâleur de sa femme.

— Une voiture ! cria-t-il, qu'on cherche une voiture !

Et prenant sa femme dans ses bras, heurtant tout le monde, n'entendant rien, ne voyant pas, il l'emporta chez lui, la rage au cœur.

Le retour de la noce fut également terrible pour Amable. Hortense s'était blottie dans un coin de la voiture, et l'âme pleine de colère, elle lacérait ses dentelles et elle grinçait des dents.

Amable alluma tranquillement un cigare. Hortense ouvrit la glace de la voiture, arracha le cigare de la bouche du pauvre vieux, le jeta, referma la glace, et dit :

— A quel point vous oubliez-vous ?

— Qu'est-ce qu'il y a encore ? fit Amable d'un air ennuyé.

— Il y a que jamais votre nièce Hélène Saveny ne consentira à vous recevoir avec moi, à sa table : je vous préviens que je n'ai pas envie de dîner toute seule pendant que vous serez chez ces gens-là qui vous aiment comme on aime une tirelire bien garnie.

— Qui est-ce qui te dit que j'irai dîner chez eux sans toi ?

Hortense se calma : il y eut une détente en elle.

— Oh ! vous savez, reprit-elle avec une savante aménité qui confinait à une hypocrite abnégation, je ne veux pas être un sujet d'éternelle querelle ; je n'entends point vous brouiller avec vos neveux et vous priver de l'affection de votre nièce Hélène : je m'en irai !

— Tu t'en iras, hurla Amable, tu t'en iras ? Et pourquoi t'en irais-tu ? Pour que je sois seul, tout seul dans ma grande maison ? Est-ce que tu crois que je ne vois pas la distance qu'Hélène met entre elle et moi ? Je ne serai jamais qu'un rustre à ses yeux, et à ceux de Jacques une tirelire, comme tu l'as dit si exactement. Eh bien ! entends-tu, je n'accepte pas cette existence-là : tu es chez moi, tu y resteras !

Il se rapprocha d'Hortense, et il signa avec elle, dans un baiser assez énorme, un traité d'alliance contre Jacques et Hélène.

Hortense était radieuse ; elle eut pour son vieillard mille agaceries et mille cajoleries qui le rendirent bavard.

— Tu sais bien, ma petite fille, que Jacques a essayé de me détacher de toi ; il m'a dit des horreurs sur ton compte.

— Tu es libre d'y ajouter foi, mon bébé.

— Jamais, je n'y croirai, reprit Amable avec des larmes dans la voix.

Et il ajouta, en baisant la main d'Hortense :

— Tu serais le diable que tu serais toujours ma poulette chérie !

Voyons ! est-ce que nous ne pouvons pas vivre tranquilles tous les deux ? Est-ce que tu tiens beaucoup à entrer chez la femme de Jacques ?

Hortense lui prit le bras, et le lui serra avec tant de violence qu'il cria :

— Tu me fais mal, Hortense, tu me fais mal : qu'est-ce que tu as ?

Hortense lâcha le bras d'Amable et murmura :

— J'entrerai chez cette femme ! je le veux ! je le veux !

Puis, elle s'éloigna d'Amable, comme on s'éloigne d'un objet qui a servi, et elle s'abîma dans des pensées d'ambition et de haine.

Hélène Saveny ne revint à elle que tard dans la nuit.

— Jacques, dit-elle, d'une voix coupée de sanglots, Jacques, mon bien-aimé, tu ne m'as pas défendue !

Et comme Jacques restait muet :

— Oh ! je t'en supplie, ne me confonds pas avec ces femmes-là ! Moi, j'ai pleuré sous l'amour et je bénis l'amour : elles, au contraire, elles ont ri sous son premier joug, et l'ont profané. Cette impure est de la race maudite ; sa place est dans la rue et non chez moi !

Le lendemain, Jacques tentait de raisonner Hélène encore bien ébranlée par les émotions de la veille, et lui expliquait qu'Hortense Germier était une de ces impures qui font exception, et qui, par leur esprit et leur beauté, ont conquis une place dans la société : il arrivait à cette conclusion outrageante, qu'il fallait être de son siècle, accepter toutes les turpitudes sans révolte, et sourire à tous sans trahir de préfé-

rence pour aucun, lorsque Maurice Viriat demanda
à lui parler en particulier.

— Monsieur, dit Maurice en pénétrant dans le cabinet de Jacques, je me bats pour vous, ce soir, à
quatre heures. Voici : un officier que j'estime fort,
m'a dit, hier, devant nos camarades, que vous étiez
actuellement l'amant de madame la baronne de
Treyvières. J'ai pris votre défense ; et comme chez
nous les choses vont grand train, nous avons décidé de nous rencontrer, ce soir. Vous connaissez
l'amitié de ma femme pour la vôtre ; vous savez quel
homme je suis. Regardez-moi bien en face, et ne
mentez pas ou je vous soufflette ; répondez : Etes-
vous oui ou non l'amant de la baronne de Treyvières ?

— Oui, articula clairement Jacques, je suis son
amant.

— C'est bien, répliqua Maurice en se levant ; c'est
un duel au pistolet, je tirerai en l'air.

Et il sortit.

Quand la porte se fut refermée, Jacques haussa les
épaules.

— Cet animal-là, dit-il, va brouiller mon jeu
avec son duel ! De quoi se mêle-t-il ? Il y a des
gens qui ont la rage d'empêcher les fleuves de
couler !

Il prit sur une console une boîte de cigares, et après avoir fait craquer tout près de son oreille trois ou quatre cigares bien dorés et bien réguliers, il en adopta un qu'il alluma placidement : il s'assit sur une causeuse, renversa sa tête, croisa ses jambes, ferma ses yeux, et dans un nuage de fumée, il pensa.

— Maurice Viriat ne sera pas tué ; les duels me font rire.

Les femmes sont bavardes, Cécile Viriat parlera ; Hélène saura que je la trompe. Bah ! elle m'aime ; je me ferai pardonner, et tout sera fini. Reste Hortense Germier ; j'ai pris le mauvais chemin : cette femme est très forte ; il faut que je devienne son ami : je n'obtiendrai rien par la violence : mon oncle est dominé par les sens. Je crois qu'il n'épousera jamais Hortense, mais je crois aussi qu'il ne la chassera pas : j'ai, dans tous les cas, de graves intérêts à surveiller là, et tout me décide à entrer en arrangement.

Il se leva, sonna son valet, lui dit d'annoncer à madame Saveny qu'il ne rentrerait pas pour dîner, et descendit en murmurant tout bas :

— Cependant ! cette Hélène est une petite pensionnaire assez romanesque !

Mais, il pensa pour la seconde fois :

— Bah ! elle m'aime ! une nuit d'amour, et j'en ferai ce que je voudrai !

Il ajouta aussitôt dans sa pensée :

— C'est égal, durant la lune de miel, j'ai eu grand tort de parler aussi défavorablement d'Hortense. Dieu me damne ! j'étais amoureux de ma femme. C'est profondément ridicule !

Et lâche et cynique, il s'apprêta à opposer à tout événement la force d'inertie.

Hélène, en apprenant que son mari était sorti après la visite de Maurice Viriat, se jeta dans une voiture et se fit conduire chez Cécile, pour connaître les nouvelles.

Madame Viriat ne savait absolument rien : elle était gaie, et elle fut heureuse de voir son amie, mais hélas ! Hélène versa des torrents de larmes et lui conta la scène du bal.

Cécile la calma, l'embrassa, la choya, et l'obligea à s'asseoir sur une chaise de repos. La malheureuse était épuisée. Dans ce milieu où l'air n'était troublé par aucune méchante histoire, à côté de cette fée qui savait si bien consoler, ses nerfs se détendirent, et elle s'assoupit.

Alors Cécile fit silence, et, comme les bonnes mamans qui travaillent auprès de leur petit bébé maade, elle s'assit près d'Hélène, et prit son ouvrage.

Tout à coup, elle entendit du bruit dans l'antichambre, et elle s'élança pour le faire cesser. Maurice était devant elle : il la serra étroitement dans ses
bras et la baisa au front.

— Qu'y a-t-il, Maurice?

— Je viens de me battre en duel.

— Toi? tu n'es pas blessé? Dieu soit loué! Pourquoi t'es-tu battu?

— Parce que Jacques Saveny est l'amant de la
baronne de Treyvières.

— On a menti; c'est faux!

— C'est vrai; Jacques me l'a avoué.

Un cri strident partit de la pièce voisine.

— Qui donc est là?

— Hélène.

Elle avait tout entendu. Maurice se précipita dans
la chambre : madame Saveny était étendue sur le
tapis; Maurice et Cécile lui donnèrent leurs soins et
la rappelèrent à la vie.

— Ne me quittez pas, dit Hélène en rouvrant les
yeux; j'ai peur! prévenez mon père; puis, comme si
elle eût douté de la force d'âme du vieillard, elle se
laissa tomber sur la poitrine de Maurice, et ajouta :

— Maurice, vous êtes mon frère, défendez moi !

Maurice Viriat se garda bien de prévenir M. de

Melleville, mais il obligea sa femme à reconduire Hélène chez elle, sans tarder davantage.

Hélène fut prise de fièvre et de délire : Cécile s'installa à son chevet et ne la quitta plus.

Jacques rentra tard dans la soirée ; il connut par les domestiques l'état de sa femme, et il pénétra vivement dans la chambre à coucher.

Hélène reposait. Cécile se leva.

— Monsieur, dit-elle, voulez-vous me permettre de veiller mon amie ?

Jacques répondit :

— Je vous supplie de le faire, madame ; et il demanda :

— Le médecin est-il inquiet ?

— Oui.

— Dois-je rester ?

— Non, retirez vous.

Jacques obéit.

Pendant plus d'un mois, le médecin désespéra de sauver Hélène que ne quittaient ni jour ni nuit M. de Melleville et Cécile Viriat.

Cependant, au bout de ce temps qui parut un siècle à qui chérissait la jeune femme, le médecin fit une moue moins attristante et engagea M. de Melleville à prendre du repos. Un jour, après sa visite, il dit à Cécile qui l'accompagnait jusqu'à la porte extérieure :

— Notre chère malade est sauvée. Puis il ajouta avec un fin sourire :

— Il faut qu'elle vive, car je crois que dans sept mois, elle sera mère.

Hélène entra en convalescence : elle se leva quelques heures, d'abord ; puis le médecin lui permit de s'asseoir un peu sur le balcon, pour y respirer le grand air.

On l'installait là dans un fauteuil, on la couvrait bien, et elle regardait d'un air étonné Paris se mouvoir à ses pieds.

Elle avait perdu la mémoire des souffrances physiques qu'elle avait endurées : un seul souvenir — la trahison de son mari — était resté gravé dans sa pensée, souvenir cruel, si cruel même qu'un soir, sur le balcon, en regardant le soleil couchant ensanglanter la nue, elle douta de Dieu. Elle rentra, elle voulut prier, et la prière expira sur ses lèvres ; elle voulut pardonner, et la colère gonfla son cœur ; alors, elle crut qu'elle était maudite, et elle désespéra. Sans foi possible, sans pitié probable, elle appela la mort.

— Je veux mourir, s'écria-t-elle ; je veux mourir !

Mais dans l'instant où elle prononçait cette parole coupable, elle sentit une main de madone toucher la sienne, et elle entendit la voix d'un ange consolateur : elle se retourna et vit Cécile Viriat.

— Tu veux mourir, folle que tu es, murmura doucement Cécile, et tu vas être mère !

O force suprême qui rattache fatalement à la vie ! lien étroit que rien n'entame, que rien ne rompt ! amour qui vient du cœur et qui défie cet amour des sens éclos aujourd'hui et fané demain ! Quand Hélène sentit son sein fécondé, elle retrouva l'espérance ; et, comme ces arbres qui secouent leurs feuilles après l'orage et redressent leur front sous le ciel bleu, elle aspira la vie et fixa le soleil.

Sa pensée désormais fut pour ce petit être invisible qu'elle portait en elle : il avait été témoin de ses larmes, et il allait naître pour en effacer la trace.

Elle pensa ; elle pensa beaucoup : elle étudia les hommes et les choses et s'apprêta en silence à la lutte : il lui sembla que ses cheveux blanchissaient et qu'elle devenait vieille femme, en un jour ; et elle fut heureuse de vieillir pour oublier l'iniquité écœurante de son mari.

Quand elle se retrouva seule avec lui, elle lui tendit la main comme l'aumônier tend le Christ au condamné à mort, et lui demanda :

— Jacques, voulez-vous un fils ou une fille ?

Jacques répondit :

— Je veux que vous me pardonniez.

Et il l'attira à lui ; mais plus légère qu'une gazelle elle échappa.

— Vous savez, dit-elle sévèrement, que le médecin me défend les émotions.

Dans l'après-midi suivante, elle dépouilla les lettres et les cartes des mondains indifférents qui avaient fait semblant de s'intéresser à elle durant sa maladie, et elle trouva la carte d'Hortense Germier.

— Celle-là, pensa-t-elle, est moins hypocrite que les autres ; elle veut vraiment bien ce qu'elle veut.

A ce moment, sa femme de chambre entra : mademoiselle Hortense Germier était là et insistait pour être reçue.

Hélène se leva, et allant jusqu'au seuil de la porte, elle dit tout haut et sans trouble à la femme de chambre qu'elle fit passer devant elle :

— Je sais ce que c'est, Rosalie. Mademoiselle Germier, n'est ce pas ?

Prenez ; c'est un bracelet qu'on rapporte : vous verrez s'il vous va, je vous le donne. Seulement, congédiez vite cette femme ; j'ai besoin de vous.

Et quand elle fut rentrée dans sa chambre, elle constata avec orgueil qu'elle n'avait pas même tremblé.

Jacques Saveny avait profité de la maladie de sa femme pour faire sa soumission chez son oncle.

A peine si Hortense l'avait fait asseoir; à peine si
elle l'avait regardé : elle avait interrompu toutes ses
phrases en éclatant de rire : elle avait troublé tous
ses gestes en haussant les épaules : elle lui avait
rendu le repentir douloureux : enfin, elle lui avait
donné la main et lui avait dit :

— Que tout soit oublié ! J'irai bientôt dîner chez
vous.

Jacques avait senti que désormais son oncle n'était
plus rien que le jouet de cette fille, et il s'était hu-
milié devant elle; et quand elle lui avait annoncé
qu'elle irait rendre visite à sa femme, il avait célébré
cette seconde humiliation comme une victoire et
comme la certitude d'un avenir meilleur.

Et certes Hortense avait travaillé à la ruine de
Jacques : elle avait jeté à terre et piétiné à loisir
l'édifice qu'il avait élevé.

Elle avait mis des jours et des nuits à détruire
l'œuvre qu'il avait faite en quelques heures; mais il
était platement vaincu.

Elle dominait Amable qui devenait légèrement
caduc et qui déjà avait l'égoïsme de l'être humain
dans la décrépitude initiale : il avait peur de la mort,
et quand il entendait le rire clair d'Hortense, et
quand il la voyait papillonner autour de lui, il
s'imaginait faire un nouveau bail avec la vie.

Hortense lui était devenue indispensable. Aux heures de l'été de la Saint-Martin, elle lui laissait prendre des privautés illimitées, et le vieux fou en concevait un tel orgueil, qu'il était tenté de relater le fait à ses émules de l'épicerie : dans l'exercice ordinaire de leur vie commune, elle lui nouait sa cravate et lui tapait sur les joues, en l'appelant : — Mon gros poulet. — Elle lui faisait chauffer ses pantoufles, le soir, pour son retour ; elle l'obligeait à se vêtir chaudement, aux premiers brouillards : elle lui rangeait ses petites affaires ; elle lui préparait son linge blanc pour le lendemain, son rasoir, son blaireau, sa poudre de savon et la petite bavette sur laquelle il essuyait sa barbe tranchée.

Parfois, touché jusqu'aux larmes, il disait :

— Je pourrais bien prendre un valet de chambre.

Elle répondait :

— Amable, je t'assure que ça ne me fatigue pas.

Et il ajoutait :

— Tant mieux, ma fille : je préfère cela de beaucoup, tu sais.

Elle lui choisissait sa nourriture et réglait son appétit, car le brave homme commençait à avoir une voracité sénile, une boulimie malpropre, si bien que, comme un enfant, il tendait son assiette, et disait :

— Encore un peu de tarte.

Et quand Hortense accédait à son désir, il était joyeux.

Jacques Saveny était perdu et l'Impure triomphait.

Amable ne croyait décidément pas à l'histoire du toréador, encore moins à celle de la sentinelle, et pas du tout à celle du quartier latin; mais, en revanche, il croyait à l'infamie de son neveu.

Hortense Germier lui avait démontré le plus simplement du monde, sans équation algébrique, que ses neveux ne l'aimaient que pour sa fortune, et Amable s'était écrié : — Les ingrats ! — Elle lui avait en outre, prouvé que Jacques était l'amant de la baronne de Treyvières, et il s'était écrié : — Le lâche !

Alors, il avait remis la question du mariage en discussion : à présent, il tenait à épouser Hortense pour faire une niche à ses neveux; mais, Hortense qui voulait leur en faire une bien plus grande, avait refusé péremptoirement.

Quelle femme était-ce donc que cette Hortense Germier ?

Ses seuls vœux n'étaient-ils pas de se réhabiliter, et la meilleure réhabilitation n'était-elle pas pour elle le mariage ?

Non. Hortense Germier avait la tête perdue par l'instruction.

Elle s'occupait bien moins de se réhabiliter que de s'affirmer.

Elle n'avait consenti à être servante du palais chez Amable, que pour être reine, un jour, chez Jacques. Comme l'avait fort judicieusement dit Bourre-ta-Pipe, c'était une ratée.

Elle avait une très haute opinion d'elle-même : elle était prise de nausées à la pensée de devenir la femme légitime d'un épicier : c'était déchoir !

Ambitieuse donc, coquine déjà, elle se servait de cet homme comme d'un marchepied : elle travaillait à recueillir sa fortune avec son dernier soupir, non qu'elle aimât l'or, elle le méprisait ; mais elle voulait forcer certaines consciences, et elle n'ignorait pas qu'on ne les force qu'en les achetant.

« Que je l'épouse ou non, pensait-elle, ceux qui
» voudront savoir ce que j'ai fait jadis, le sauront
» aisément : toutefois, que ceux-là prennent garde !
» en grattant leur blason, j'y trouverai une tache :
» ceux qui parlent sont toujours ceux qui devraient
» se taire.

» Si je l'épouse, quand il sera mort, on me dira :
» — Vous aviez vingt-cinq ans, il en avait soixante ;
» vous étiez intelligente, il était bête ; vous vous
» êtes vendue trois millions, c'est inique ; — et le

8.

» vide, le vide effrayant se fera autour de moi,
» parce que mon infamie sera officielle, elle aura
» passé par l'écharpe du maire. Si je ne l'épouse
» pas, quand il sera mort, je bâillerai pour recevoir
» son héritage, comme bâillaient les Israélites sous
» la manne céleste; et poussant des soupirs à faire
» tourner des moulins :

» Le pauvre homme ! voyez combien il était bon !
» il m'a légué sa fortune. Que voulez-vous ! ses ne-
» veux le délaissaient.

» L'écho répétera : Ses neveux le délaissaient.
» Point essentiel ! et les commérages iront leur
» train.

» — Elle aurait pu se faire épouser, elle ne l'a pas
» fait : cela n'est pas ordinaire; cette femme n'est
» pas une vulgaire gueuse. Elle a le magot du bon-
» homme ! Diable ! Elle ne l'a pas volé ! Soigner un
» vieux de cette espèce-là, ce n'est pas si régalant. —
» Et on rira; car en France on est très gai. Puis
» on reprendra son sérieux et on ajoutera :

» — D'ailleurs, ses neveux le délaissaient : cette
» femme était sa seule affection; c'est donc justice. —
» Et moi, j'ouvrirai mes salons avec un luxe inouï
» de bougies et d'eau sucrée : je tiendrai l'orgue
» dans les églises neuves, j'irai entendre prêcher
» le carême dans la vieille cathédrale : l'hiver, j'au-

» rai hôtel à Paris, l'été château à la campagne,
» dans quelque sous-préfecture ; je recevrai le curé,
» le maire, le médecin, le notaire et le juge de paix,
» et j'annoncerai que je veux finir dans la peau d'une
» sous-préfète.

» C'est alors qu'un homme du nom de Jacques
» Saveny viendra à moi, et s'écriera :

» N'épousez pas ce sous-préfet : venez chez moi ;
» ce sera bien plus amusant : restituez-nous la for-
» tune de notre oncle : ma femme est prête à vous
» recevoir et à vous appeler ma tante.

» Il faut avouer que ce sera bien plus amusant ! »

Quand elle eut été chassée de chez madame
Jacques Saveny, Hortense Germier rentra chez elle,
la haine dans le cœur ; et, se préparant au crime,
comme les gladiateurs au combat, elle dit :

— Si j'avais épousé cet homme, je ne pourrais plus
me venger de cette femme, et je veux me venger
d'elle !

Or, Amable n'était pas rentré ; et, en ce moment,
on lui annonça que M. Jacques Saveny demandait à
la voir.

Elle le fit attendre un grand quart d'heure, dans
un boudoir où le jour tombait.

Tout à coup, entrant suivie par des laquais qui

portaient un flot de lumière, elle apparut, adorablement jolie, follement décolletée, la lèvre frémissante, l'œil plein de flammes.

Elle dit aux valets, d'un ton bref :

— Je ne suis là pour personne, même pas pour votre maître.

Et du même ton, en s'asseyant près de Jacques :

— Je vais au théâtre, mon cher, soyez bref.

Jacques fut ébloui. Il resta cloué sur le canapé. Hortense se plaça tout près de lui ; elle était presque dans ses bras, et dans cet état, il eut une pensée naturelle mais coupable : il eut envie de cette chair.

Puis, enchaînement forcé, il revit le spectre de sa femme : elle repoussait son étreinte, elle l'accablait de son mépris.

Hortense achevait de fixer à son corsage un bouquet dont les parfums dilatés par la chaleur grisaient Jacques ; ses sens se révoltaient en lui, comme l'esclave sous le fouet. Il passa sa main sur ses yeux et il murmura, sans trop savoir ce qu'il disait :

— Pourquoi suis-je ici ? je n'ai rien à vous demander.

Hortense Germier se pressa contre lui, et avec une musique dans la voix, elle lui dit :

— Vous souffrez, Jacques ?

Sans lui laisser relever la tête, rapide et sûre

d'elle, comme le lion du désert qui fond sur sa proie guettée, et le cœur hypertrophié par la haine, elle achemina ses mains, ses bras et sa gorge sur Jacques et lui imprima dans la chair et l'or de ses bracelets et le feu de ses baisers.

Le cerveau de cet homme s'arrêta dans sa fonction physiologique, et cet homme posséda cette femme, et, dans cette possession inepte et turpide, ce fut pour lui ébauche, pour elle colère.

Quand Hortense Germier se retrouva seule devant son miroir, elle arrangea les quelques boucles qui s'étaient révoltées et elle murmura :

— Je suis vengée ! elle m'a chassée, mais je lui ai volé son mari !

Seulement, quand Jacques Saveny se présenta le lendemain en conquérant insatiable, elle lui dit :

— Vous êtes fou, mon cher. Vous n'avez pas compris. Ces choses-là ne se voient qu'une fois dans la vie des hommes. Votre tour est passé ; à un autre !

Jacques sentit comme un cercle de fer autour de lui et il eut peur de cette Impure.

Cependant, madame Jacques Saveny avait chaque soir des rêves exquis. L'hiver était chassé, le printemps ramené ; les arbres se couvraient de feuilles et de fleurs, le ciel bleu s'ouvrait et les chérubins chantaient des hymnes joyeux autour d'un berceau

où un bébé rose souriait en tendant ses petits bras ;
puis la vision s'effaçait, et dans le lointain, un jeune
homme apparaissait superbe et résolu et disait d'une
voix virile :

— Ma mère, sois bénie !

## VI

Au commencement de l'année suivante, Maurice Viriat fut nommé capitaine et envoyé en garnison à Pau.

Hélène accueillit avec résignation cette nouvelle qui la privait de ses meilleurs amis. Elle avait vieilli d'un demi-siècle en quelques mois. Son cœur de jeune épouse s'était fermé à l'amour, elle n'éprouvait qu'une grande pitié pour son mari; elle lui tendait la main tous les jours, lui souriait parfois; mais, lorsque le malheureux, la courbant dans ses bras, lui disait :

— Tout est donc fini, tu ne veux plus m'aimer?

Elle lui répondait :

— Jacques, je vous jure que je vous respecte.

Elle demeurait placidement indifférente à toutes les coquetteries de son âge; elle avait une tenue sévère, elle haïssait les visites et le bal. Cependant, elle lisait beaucoup et la lecture impressionnait vivement son âme torturée. Elle ne questionnait jamais son mari, mais elle le jugeait en silence quand il avait parlé, et elle s'efforçait de tirer un enseignement de ce qu'il avait dit.

Elle allait souvent chez son père et persuadait au vieillard qu'elle était parfaitement heureuse. Elle recevait sa belle-sœur, elle la conseillait, et s'affermissant ainsi peu à peu dans l'étude de la vie, elle doublait son expérience.

Sa belle-sœur s'était ouvertement déclarée de son parti et avait obligé Alexandre, sur qui elle avait une influence prépondérante, à ne plus voir son oncle, parce qu'il vivait mal.

Hélène ne prononçait jamais le nom de la baronne de Treyvières, et ne s'occupait pas de mademoiselle Hortense Germier; ces deux femmes lui paraissaient être deux créatures si vulgaires, qu'elle ne daignait pas penser à elles. Ses domestiques l'aimaient beaucoup, elle était bonne pour eux, mais elle les tenait à une grande distance et les contraignait à un respect sinon profond, du moins apparent pour leur maître qui n'en méritait aucun.

L'idée qu'elle pouvait briller dans le monde lui faisait hausser les épaules, et l'idée qu'elle pouvait tromper son mari lui soulevait le cœur : elle était forte parce qu'elle était fière.

Une fois par semaine, elle éprouvait un bonheur sans mélange : elle recevait une lettre de Cécile Viriat, et elle y faisait réponse aussitôt.

« Le 2 juillet 1854.

» Ma chère Cécile,

» Tu es bien mignonne, et je t'embrasse tendrement. Tu me promets d'accourir quand je t'appellerai ; Maurice est le meilleur des amis, puisqu'il te permet de venir auprès de moi. Je vous aime tous les deux avec toute la force de mon âme.

» Préparez vos bottes de sept lieues, madame, le grand jour est proche.

» HÉLÈNE. »

« Le 6 juillet 1854.

» Mignonne adorée,

» C'est un fils ! Viens !

» HÉLÈNE. »

» *P.-S.* — Votre filleul est beau comme le Cid, marraine. »

9

Cécile Viriat accourut. Elle tint sur les fonts baptismaux le nouveau-né, à qui l'on donna le prénom de René.

Alexandre Saveny avait demandé à sa belle-sœur d'être le parrain de son neveu. Hélène avait répondu à ce désir avec un tel empressement, qu'Alexandre en avait été transporté de joie et qu'il s'était écrié :

— Soyez tranquille, je ferai bien les choses !

Il les fit trop bien. Ce fut pour lui l'occasion d'une grande dépense. Il donna les cadeaux d'usage à la jeune accouchée, à la marraine et au curé; puis, il fit ce qu'il nommait un petit extra, et ce petit extra comprit l'enfant, le père de l'enfant qui lui éclata de rire au nez, la livrée et la concierge de la maison, ses propres domestiques et sa femme, à qui depuis longtemps il voulait voir une parure en diamants plus belle que celle d'Hélène. Quant aux boîtes de dragées, il en distribua un tel nombre autour de lui, que la rue Saint-Martin en mangea pendant de longs mois.

La jeune mère voulut nourrir son bébé, et le médecin ne s'y opposa pas. Jacques, cependant, entra dans une grande colère.

— En vérité, dit-il à sa femme, le mariage équivaut au couvent pour vous. L'an dernier, vous étiez grosse; cette année, vous allez être nourrice. Nous ne pourrons pas encore donner une soirée de l'hiver !

Mais Hélène répondit :

— Est-ce que vous voudriez aussi m'empêcher d'être la mère de mon enfant ?

Et Jacques comprit. Il poussa un rugissement et céda.

Dès que la jeune accouchée fut relevée, Cécile Viriat la quitta pour aller retrouver son mari, qui s'ennuyait fort d'être seul, et la correspondance entre les deux amies recommença.

« Ma Cécile chérie,

» Monsieur René est un personnage, il a une dent ! Ce qui me désole, c'est qu'il tient de moi ; il est songe-creux. Sais-tu ce que c'est qu'être songe-creux ? C'est ne jamais rire et être toujours dans les nuages. Je suis beaucoup dans les nuages ; c'est dû, chez moi, à un grand dégoût de la terre.

» Monsieur mon fils reste des heures entières dans son berceau, les yeux ouverts, sans proférer un cri ; c'est être sérieux trop tôt !

» Pour l'arracher à son rêve, je chante, je joue du piano, et monsieur tourne sa petite tête et écoute le plus gravement du monde ; alors, je suis hors de moi, je le prends, je l'embrasse à l'étouffer et je lui donne le sein.

» Eh bien! croirais-tu qu'il prend le sein d'une tout aristocratique manière? Tu ris? c'est très mal ! Tu vas me comprendre. Il y a des enfants qui, pendant qu'ils ont le sein de leur petite maman dans la bouche, regardent autour d'eux et roulent des yeux formidables, comme pour dévorer l'ennemi qui viendrait leur faire tort d'une goutte de lait; ce sont des enfants de laitiers, bien sûr! Mon René, au contraire, baisse les yeux modestement et s'acquitte de sa besogne très vite, comme s'il craignait de me lasser.

» Tu sais que je vais très bien, et que le médecin dit que je suis une nourrice superbe.

» Ma belle-sœur prétend que René me ressemble : au premier beau jour, je ferai faire son portrait ; je te l'enverrai, et sincèrement, sans flatterie, tu m'écriras si tu trouves qu'il est de mon côté, ce René chéri. Dans tous les cas, il est très beau, ton filleul, et je l'adore !

» Jacques est toujours le même, très froid, très sombre, très affairé. Il me fait de la peine. Je l'égaye comme je peux. Mon pauvre cœur est encore si malade ! O Cécile, quel outrage !

» Jacques a vendu sa propriété d'Olivet. — Rêves de bonheur, où êtes-vous? — Il m'a demandé avis : j'ai répondu : Je ne sais pas. — Dame ! voyons ! est-ce que je sais, moi? Il ne me dit jamais un mot de ses affaires. Gagne-t-il de l'argent, en perd-il? Mystère !

» Cécile, peut être Jacques est-il repentant et souffre-t-il ? Je m'accuse, parfois. Ma rigueur envers lui me donne des remords. Si je lui conseillais de racheter la propriété d'Olivet? et si je lui demandais de m'y mener, cet été?

» Oh non! c'est impossible; c'est au-dessus de mes forces; non ! non! cette femme, cette baronne de Treyvières qu'il a tenue sous ses baisers! oh! mon pauvre cœur n'est pas guéri!

» Et cependant... Mon fils devra ignorer mes tortures, car je veux, entends-tu, qu'il estime son père. Alors... Réponds-moi ; je ferai ce que tu diras.

» Mon Dieu! ayez pitié de moi! je souffre bien.

» Ton HÉLÈNE qui t'aime.

» *P.S.* — Bonjour au capitaine. Dis-lui, au capitaine, que c'est un cœur loyal, et que mon fils mettra son nom dans ses prières de chérubin. . . . . . . .
. . . . . . . . . . . . . . . . . . . . . . . . . . . .

» Cécile, ne réponds jamais à la dernière partie de ma lettre. Olivet est vendu et ne sera pas racheté : il n'y a plus de pitié dans mon cœur. Jacques est toujours infâme : je suis maudite.

» Mon beau-frère, Alexandre Saveny, qui adore sa

femme, et qui ne la trompe pas, sois en certaine, mais qui, hélas, est un homme très ordinaire, a suivi son frère — n'est-ce pas que cela est le fait d'un homme grossier comme un pain d'orge ? — et l'a surpris avec la baronne de Treyvières. Il est venu me conter cela : pouah ! et il s'est attristé, et il m'a dit :

— Ce n'est vraiment pas gentil de sa part ; puis ça peut me faire du tort dans mon commerce : je porte le même nom que lui. — J'ai eu envie de jeter cet homme à la porte, mais j'ai trouvé son exclamation si franche et en si parfaite harmonie avec son action, que je me suis tue. Il ne faut pas demander aux gens, plus qu'ils ne peuvent donner.

» O turpitude ! Me vois-tu espionnant mon mari ou le faisant espionner par ma femme de chambre ? Et la dignité qu'on doit toujours garder dans le malheur !

» Ai-je le droit de me poser en victime ? Oui.

» Dois-je accuser publiquement Jacques ? Non. Est-ce qu'il n'est pas, envers et contre tout, le père de mon enfant ?

» Je suis mère ! je suis mère ! Il est adorable mon fils ! Il pousse comme un champignon.

» O Cécile, si Dieu me prenait cette tête blonde, je me tuerais. Adieu, mignonne, console moi. »

Le calme se fit dans l'existence de cette femme sublime. Son enfant la rattachait à la vie, comme le soleil rattache l'arbuste épuisé à la terre.

Deux années se passèrent rapides et consolantes pour cette jeune mère qui eut les premières caresses et le premier babil de son enfant.

Cependant M. de Melleville mourut, et ce fut un grand désespoir pour elle. Dans cette heure funèbre où son cœur se déchira tout à coup et profondément, seul l'amour d'un époux sans reproches pouvait la réconforter. Hélas! quand elle était devant cet époux, elle refoulait ses larmes, et c'était douleur plus grande. Hélas, et quand elle était devant son enfant, elle pleurait davantage, et elle se sentait seule, toute seule pour élever un fils.

Elle obtint que la propriété de Versailles où son père rendit le dernier soupir ne fût pas vendue ; et durant l'été, elle alla s'y installer avec son fils ; et dans cette maison elle revit tout son passé de jeune fille, et elle oublia ses maux.

Jacques ne la contrariait d'aucune sorte : il la laissait libre, en toute occasion, et il ratifiait toujours ce qu'elle faisait.

Il était bien assez dénué de sens moral pour la tromper, mais il n'était pas assez téméraire pour la braver.

Devant elle, il était pris d'un vertige qu'il subissait sans se l'expliquer; et d'instinct, machinalement, il ployait. Il était comme ces matelots qui ont défié les Dieux durant les beaux jours et qui se prosternent à leurs pieds quand vient l'orage.

Il hérita de M. de Melleville d'une fortune ronde et s'en montra ravi : ses affaires marchaient à souhait, et il était heureux. Il allait, chaque soir, au Cercle : là il éprouvait la jouissance de l'homme qu'on écoute, parce qu'il a de l'argent : il faisait et défaisait des fortunes, comme Charlemagne faisait et défaisait des Empires : quand il entrait, on se levait; on venait à lui, on chuchotait :

— C'est une lame! —

Il avait fini par le croire, et il était tenté d'acheter l'univers à la baisse, pour le revendre à la hausse.

Il était reçu dans les plus élégants salons de Paris, il disait des fadaises aux femmes qui se compromettaient pour ses moustaches et son monocle.

C'était ce qu'on appelle un homme très arrivé.

Il n'était l'ami du baron de Treyvières que parce qu'il était l'amant de la baronne de Treyvières, et il n'était devenu l'amant de la baronne que parce qu'il trouvait intérêt à être l'ami du baron.

Pourquoi le baron ne s'était-il aperçu de rien? Parce qu'il détestait le scandale.

Pourquoi la baronne avait-elle Jacques pour amant? Parce que ça la changeait un peu de son mari.

Enfin, comme Ajax, fils d'Oïlée, revenant de la guerre de Troie, Jacques Saveny avait osé défier les Dieux : il n'avait pas revu Hortense Germier depuis le jour où elle avait usé de lui, comme d'un pantin, pour satisfaire sa haine : il avait cessé de voir son oncle, et avait décidé son frère à faire comme lui.

Les deux neveux étaient définitivement brouillés avec leur oncle.

René avait cinq ans, lorsque la femme d'Alexandre Saveny donna le jour à une fille qu'on nomma Adrienne.

La pauvre mère ne se remit pas de ses couches, et fut enlevée par la phthisie, en moins d'un mois. Elle mourut avec toute sa connaissance, dans les bras d'Hélène qu'elle aimait comme une sœur et qui ne pouvait retenir ses larmes.

Alexandre eut un immense chagrin, et pleura sa femme durant de longs jours : il eut un serrement de cœur, lorsqu'il vit que son oncle à qui il avait mandé la triste nouvelle, n'assistait pas aux obsèques; et, la nature reprenant le dessus chez cet homme sans culture intellectuelle, il s'écria :

— Je n'ai pas besoin de son amitié, après tout : avant dix ans, je serai plus riche que lui !

A quelque temps de là, Hélène reçut la lettre suivante.

« Pau. . . . .

» Madame,

» Imaginez-vous que Cécile était assise près de la fenêtre à la petite table où elle a coutume de se mettre pour vous écrire : déjà, elle avait pris la plume, et voulant commencer ainsi que les poètes par une rime sonore, elle contemplait, à travers la vitre, le Gave qui coule en chantant au pied des Pyrénées couvertes de neige ; tout à coup, elle se tourna vers moi, et me tendant la plume :

» — Dans les circonstances solennelles, c'est au mari et non à la femme d'écrire.

» Cela voulait dire : — je ne sais comment débuter. —

» Il paraît que madame de Sévigné, elle-même, avait de ces défaillances.

» Eh bien ! sans habit noir, sans cravate blanche, j'ai l'honneur de vous informer, chère madame, que l'année prochaine, Cécile et moi, nous aurons un petit bébé dont vous serez la marraine et qui s'appellera Fernand, s'il est garçon, Marie s'il est fille.

» Quel est le nom que vous préférez? Moi j'aime mieux un fils. Après quoi, madame, je vous prie d'embrasser le jeune René pour moi, et vous quitte pour aller faire de fort intéressantes expériences d'artillerie dans la montagne.

» MAURICE VIRIAT. »

Et ce fut une délicieuse petite fille qui vint au monde à Pau, au milieu de l'année 1860.

Son père, deux mois plus tard, obtint sa nomination à Paris, et M. René, qui était déjà quelqu'un, embrassa mademoiselle Marie endormie dans son berceau, et, comme on lui demandait son sentiment, il déclara que mademoiselle Marie ressemblait à une vieille bonne femme toute rouge.

Durant les années qui suivirent, Hélène goûta la paix à côté de Maurice et de Cécile, ces deux amis qui l'avaient soutenue dans l'adversité, et qui maintenant montraient à ses yeux ravis une aurore nouvelle, et l'empêchaient de se souvenir des nuages d'antan.

O l'heureuse mère ! Sous la lampe du soir René qui était un beau jeune homme de quinze ans lui lisait la traduction qu'il venait de faire d'une page de Tite-Live ; et, quand elle trouvait une solution de continuité dans les idées du traducteur, elle s'écriait très hardiment :

— Tout ce que tu voudras, mon bon ami ; mais il y a là un contresens.

Et René feuilletait de nouveau son dictionnaire, raturait, surchargeait son brouillon, et finissait par dire ;

— Tu as raison ; tiens écoute, c'est corrigé.

Puis, il récitait sa leçon, une page du Cid, et quand il arrivait aux quatre derniers vers :

> « Appui de ma vieillesse et comble de mon heur,
> Touche ces cheveux blancs à qui tu rends l'honneur ;
> Viens baiser cette joue et reconnais la place
> Où fut empreint l'affront que ton courage efface »

il commençait à ranger ses cahiers et son porte-plume, et après avoir souligné le dernier vers :

> « Où fut empreint l'affront que ton courage efface »

par le bruit de l'encrier dont il rabattait le couvercle, il s'écriat

— Ça y est tout de même !

Et sa mère encore émue lui disait :

— C'est pourtant beau ce que tu récites là, tu n'as pas l'air de t'en douter.

Il répliquait :

— C'est du nommé Pierre Corneille. Si je m'en doute !

Puis, comme s'il eût regretté sa gaminerie, il embrassait sa mère, en lui disant :

— Tu sais bien que tu es toujours ma petite maman !

O l'heureuse mère ! A la distribution des prix de la Sorbonne, cachée dans une tribune, elle entendit le nom de son fils résonner, comme une fanfare : elle le vit descendre les gradins et recevoir la palme du vainqueur, et durant la soirée, pendant qu'il dînait chez le ministre, elle le suivit par la pensée ; et quand il rentra, elle veillait encore, parce qu'elle voulait savoir ce qu'on avait mangé, ce qu'on avait bu, et surtout ce qu'on avait dit.

Sombres jours ! Tout à coup, la guerre éclata, et la France fut vaincue.

Sombres jours ! Madame Saveny ne quitta ni son mari, ni son fils. Elle vit le siège de Paris, et durant les heures froides et sanglantes où la patrie fut la proie des Barbares, elle ouvrit sa bourse aux pauvres et donna ses soins aux blessés. Elle obligea son fils, trop jeune encore pour prendre les armes, à la seconder dans sa tâche ; et, sans retentissement,

10

sans ostentation, elle enseigna les grandes vertus par les grands exemples.

Paris venait d'être débloqué, lorsqu'un soir, deux femmes en grand deuil, une mère et sa fillette, pénétrèrent chez elle.

— Oh ! mon Dieu ! Cécile ! parle, parle !

Et les deux infortunées éclatèrent en sanglots, et Cécile dit :

— Je suis veuve !

Maurice Viriat avait eu la tête fracassée par un boulet, à la dernière affaire sur la Loire.

Lorsque Jacques Saveny sut la nouvelle apportée par Cécile Viriat, il vint à elle et il lui tendit la main.

Puis, avec cet air glacial qu'il avait stéréotypé sur son visage pour tous les jours de la vie, et de ce ton bref dont il se servait pour tous les grands actes, il dit :

— Ma maison est vôtre, madame.

Et aussitôt, se tournant vers René.

— Si jamais un homme, vieux ou jeune, met en doute devant vous l'honneur de M. Maurice Viriat, vous lui cracherez à la face, mon fils ; et encore ne l'aurez-vous pas châtié suivant son insolence !

Maurice Viriat n'avait pas laissé de fortune.

Sa femme avait juste de quoi se suffire ; elle dut

se priver pour élever convenablement sa fille ; mais madame Saveny sut lui venir en aide avec ce tact exquis des âmes d'élite qui font que leur bienfait n'est jamais une aumône.

## VII

René Saveny était un homme à présent.

Depuis longtemps, il avait terminé ses études, et il était entré à l'école des Beaux-Arts : il montrait des dispositions très accusées pour la peinture.

Son père n'avait pas contrarié ses goûts, non qu'il eût foi en lui : Jacques Saveny n'avait foi en personne ; mais il avait vu dans la profession de son fils un relief probable pour la sienne.

Suivant lui, René vivrait sûrement en dépensier, peut être en débauché, et ferait, sans nul doute, grand bruit dans le monde élégant : le nom de Saveny serait dans toutes les bouches ; et, comme c'est généralement par la bouche que se font les réclames, les opérations de banque deviendraient plus étendues, partant plus prospères ; et quand Jacques aurait définitivement acheté le monde, il se décorerait lui-même de tous les ordres nationaux et étrangers.

Il avait pris du ventre, en prenant de l'âge, mais discrètement, en homme habile : il avait su garder sa figure originale : il était resté coquet : il faisait honneur à son tailleur et à son chemisier : il avait coupé sa moustache, et laissé pousser ses favoris qui grisonnaient légèrement. Il avait le masque sympathique.

Il ne s'était jamais occupé de son fils, et voici que, soudain, il avait devant lui un jeune homme plein de respect et un fort joli garçon.

Certes, René était beau ; il était grand, bien découplé ; et ses membres admirablement proportionnés révélaient la virilité et la distinction.

Il ressemblait à sa mère. Il avait l'œil bleu, immense, plein de franchise, de flamme et de poésie : il avait la lèvre fine et vermeille. Sa moustache était blonde et frisée : ses dents étaient blanches.

Il était enthousiaste et généreux, gai toujours, caustique parfois, spirituel sans cesse, il s'habillait d'une façon irréprochable, beaucoup comme un jeune homme, et un peu comme un artiste.

René Saveny inspirait l'estime aux mères, l'amour aux filles ; c'était à la fois un charmeur et un conquérant.

10.

Il aimait passionnément sortir avec sa mère : il lui donnait le bras ; et, étranger au bruit extérieur, cherchant de préférence les rues désertes, il lui contait tous les projets qu'il avait en tête.

Madame Saveny souriait doucement et éprouvait un grand bonheur. Elle avait, maintenant, la beauté imposante des femmes sérieuses qui peuvent encadrer dans des cheveux blancs une expression de visage encore caractéristique.

Cependant l'Impure veillait.

Elle avait vieilli, elle aussi ; c'est la loi commune ; mais elle n'avait pas oublié ; c'est la loi des femmes de sa catégorie.

Comme elle était lente à venir l'heure où ce vieillard devait lui léguer le sceptre et la couronne !

Comme il était impétueux le désir qu'elle avait de parler en reine dans ce monde de jouisseurs dont l'or est le blason !

Et comme elle était vivace encore la haine qu'elle ressentait pour la femme honnête qui l'avait fait chasser de chez elle !

Rien ne lui avait échappé, elle guettait sa proie dans l'ombre : elle savait tout, et le veuvage d'Alexandre Saveny, et la naissance de sa fille Adrienne et la naissance de René Saveny.

Elle avait épié l'heure où madame Saveny sortait :

invisible, elle avait vu René enfant ; elle avait songé à l'arracher aux bras de sa mère, pour punir affreusement celle qui l'avait humiliée.

Aujourd'hui que René était homme, elle regrettait de ne plus être jeune : elle l'aurait débauché, avili sans retour.

Elle croyait bien à la fortune d'Alexandre Saveny, mais elle était sûre de son complet égoïsme ; et, comme elle espérait que Jacques se ruinerait dans ses spéculations, elle voyait madame Saveny sans ressources, déshonorée peut-être ; et elle se réjouissait grandement.

Comme Attila, elle disait que l'herbe ne pouvait croître où son chemin avait passé.

Comme Tamerlan, elle rêvait d'ériger un obélisque avec les têtes de ses tributaires :

Puis, tout à coup, son œuvre lui semblait d'une banalité dégradante ; et elle voulait simplement entrer majestueuse et magnanime chez madame Saveny qui lui tendrait la main devant tout Paris assemblé.

Amable Saveny était devenu entièrement imbécile ; et comme rien ne donne autant de courage que la préméditation d'un crime, elle soignait ce vieillard dégoûtant avec un dévouement sans bornes.

Pendant la guerre, elle avait parlé et gesticulé pour le bon motif, et on avait pris ce bruit pour de l'éloquent patriotisme.

Après la guerre, elle avait emménagé son vieillard dans une magnifique maison, à Montmorency.

Elle s'entoura de médecins qu'elle sut émouvoir, de curés qu'elle sut persuader : elle fonda des prix de vertu, elle couronna des Rosières, elle fit la charité, à midi, sur la place publique ; elle s'abonna aux journaux bien pensants ; et déjà les pauvres la mirent dans les prières qu'ils firent en chœur, et les riches l'invitèrent aux soirées qu'ils donnèrent.

Un jour, — jour affreux, — en plein soleil, elle rencontra Bourre-ta-Pipe. Ses bottines étaient éculées, ses habits reluisaient : sa barbe était comme la vague des océans, indomptée, et comme les landes, inculte ; son chapeau était comme le cœur humain, mou ; sa chemise était comme la conscience publique, ouverte à tous les vents ; sa cravate était comme la morale, passée.

Ce misérable revenant était bien difficile à éviter, parce qu'il n'était pas devenu myope et qu'il était resté atrocement spirituel.

— Tiens ! c'est toi Hortense ! Eh bien ! ma vieille colombe, comment cela va-t-il ?

— Monsieur...

— Madame... Allons donc ! Tu ne te souviens plus du temps où j'allais au marché acheter au rabais un homard avancé d'opinions, et où je faisais dans un plat à barbe une sauce mayonnaise dont les camarades se léchaient les doigts ? A propos ? Et ton vieil épicier ? As tu mangé toutes les olives qu'il te promettait ?

Hortense avait devant elle un Bull-dog : il ne s'agissait pas de le frapper : il lui aurait sauté à la gorge ; il s'agissait encore moins de le fuir, il lui aurait mordu les talons ; elle se souvint seulement que la Sibylle qui avait conduit Énée aux enfers avait assoupi Cerbère en lui donnant un gâteau de miel et de pavots.

— Et toi, Bourre-ta-Pipe, lui dit-elle, qu'est-ce que tu fais ?

Tu es médecin ?

— Impossible : il n'y a plus de sujets de thèse : ils ont tous été traités, je suis homme de lettres.

— Côté de la prose?

— Non, côté des femmes; je suis poète.

— Tu as produit ?

— Un livre, *les Migraines du Cœur*.

— Ça se vend ?

— Pour une personne d'esprit, tu m'étonnes. Tu

sais bien que les livres de vers ne se vendent pas;
c'est leur spécialité.

— Combien te reste-t-il de *Migraines*?

— Quatre cents.

— Je les ferai vendre.

— Toi ?

— Oui, moi.

Elle tint sa promesse. Le lendemain, elle fit demander à l'éditeur de Bourre-ta-Pipe par tous les
libraires de Paris *les Migraines du Cœur*. Elle paya,
on lui livra toute cette marchandise rimée qui ne
valait pas un fétu, et elle la déposa respectueusement dans un placard.

Elle habilla Bourre-ta-Pipe, et ce ne fut pas tout à
fait à la maison qui n'est pas au coin du quai; elle
lui meubla un appartement, et ce ne fut pas au
sixième étage; elle lui fit louer un bureau, et ce fut
à l'entresol; elle lui fit fonder un journal satirique
— *Le Singe.* — Elle rédigea les articles, il signa, —
Momus, — elle versa des torrents de bave, et, lui,
encaissa la monnaie.

Couple odieux, couple haïssable qui est de tous
les âges et de toutes les sociétés, et qui, heureusement, n'entame pas plus la vraie vertu que les voci-
férations des méchants ne troublent les étoiles du
Ciel.

# VIII

Jacques Saveny fit une mauvaise année, il mangea jusqu'à en avoir une indigestion, de ce fameux « Pot de crème », surnom tout culinaire donné à une affaire financière montée au loin, du côté de l'Orient, près des fleuves bleus. Il figura aussi, et pour une respectable part, dans « l'Obole générale » affaire française, pédante grenouille qui voulut se faire aussi grosse que le bœuf, et qui craqua sur toutes les coutures.

Le malheur en cela, c'est que pendant qu'elle s'enfla, les badauds parisiens attroupés crièrent au miracle. Leur ébahissement devint aussi fatalement contagieux que la peste, et la sage province fut contaminée.

Ce fut de la fièvre, du délire, de l'aliénation mentale ; ce fut un vrai péril social.

Le concierge ne tirait plus le cordon, il spéculait ;
le portefaix jetait son fardeau à terre, il spéculait ; le
cuisinier laissait brûler son rôt, il spéculait ; les
femmes de la Halle faisaient des collectes au lieu de
vendre leur tas de pommes de terre, couraient aux
caisses publiques, le tablier plein de pièces de cent
sous, et disaient :

— Donnez m'en !

— De quoi ?

— De la chose qui monte.

Et à vrai dire, la chose montait toujours ; seulement les titres ne venaient pas. Quand viendraient-
ils ? On en avait émis cent, et on agiotait sur
mille.

Les ignorants furent comme les moucherons,
avalés sans être mâchés par des oiseaux de proie qui
enflèrent le ballon, et qui, jusqu'à ce qu'il crevât,
firent sur le dos de tous ces naïfs la hausse selon
leurs appétits.

Le jour de la distribution des récompenses arriva,
enfin. La police voulut absolument s'en mêler.
Diable de police ! Toute cette danse macabre se termina par la ruine pour les uns et par la prison pour.
les autres.

Imbécillité dans laquelle la Providence aurait dû
intervenir par un coup de foudre ! Trafic éhonté qui

demandait le Christ un fouet à la main pour fouailler les vendeurs !

Jacques Saveny s'estima très heureux d'en sortir sans prison, avec une perte de près d'un million. Ce qu'il y eut de plus joli en ceci, c'est qu'il en tira ce grand enseignement :

— Oui, dit-il, si j'avais eu des millions et des millions, j'aurais joué sur le dos de ce monde-là tel jeu qu'il m'aurait plu de jouer, et j'aurais acheté l'affaire en entier: et il racontait, à ce propos, l'histoire de ce banquier qui avait réduit à néant une petite principauté, en accaparant tous les titres de rentes qu'elle gardait religieusement dans une boîte en bois de Rose, de Santal ou de Calambour.

Bref, pour montrer quel joueur aguerri il était, Jacques Saveny acheta un petit hôtel, rue de Vigny, dans cette fameuse plaine Monceau où il y a quinze ans encore les voleurs pullulaient, et qui, aujourd'hui, est couverte d'habitations de luxe : ce qui faisait dire à un philosophe :

— Il n'y a que ces gens-là pour porter bonheur à un quartier.

Jacques transforma une aile de l'hôtel — celle qui donnait sur la rue — en un atelier de peinture où il installa son fils, en lui recommandant bien de ne

11

pas mettre de rideaux aux fenêtres. Jacques ne connaissait pas son fils.

René voulait plus être que paraître. Homme désormais, il avait jugé ses parents ; et tacitement, il
avait fait pencher la balance du côté de sa mère : il
se représentait cette femme, jeune, jolie, poétique,
et il la voyait incomprise par cet homme glacial,
ambitieux et rapportant tout à l'or qui procure la
flatterie. Comme elle avait dû souffrir ! Comme elle
méritait d'être aimée !

René ne savait pas que son père avait été, et était
peut-être encore l'amant de la baronne de Treyvières ; mais, en revanche, il savait pour quelle
cause sa mère refusait d'aller chez son grand-oncle,
Amable Saveny ; et quand sa mère lui parlait d'Hortense Germier, il sentait éclore sur ses lèvres le
sourire railleur du jeune homme aux fortunes aussi
bonnes que faciles : il se balançait sur ses jambes,
il se redressait dans son veston court où se cambrait
sa jeunesse éblouissante, et il disait :

— C'est égal ! je voudrais bien lui offrir à dîner à
celle-là : elle manque à ma collection ! Elle doit être
intéressante ! c'est dommage qu'elle soit d'un autre
âge !

Puis, tout à coup, il jugeait en homme sérieux, et
se penchant vers sa mère :

— Tu as bien fait de ne pas la recevoir : je suis fier de toi !

Madame Saveny avait compris qu'il est une heure où les mères doivent se séparer de leur fils : elle avait envoyé le sien en Allemagne et en Italie pour le former ; et, tout en le suivant du regard, et en le conseillant par lettres, elle l'avait laissé libre et responsable de toute action.

Il était revenu plus fort, et aujourd'hui qu'elle le tenait dans sa main, elle le laissait être jeune, mais elle lui défendait d'être sot.

Comme la salamandre, elle passait dans le feu sans se brûler : elle lisait tout et entendait tout : elle entrait dans toute discussion, hardiment, comme une lame dans la chair ; elle allait taillant et abattant ; jamais dans son langage elle n'oubliait qu'elle était femme ; seulement, dans ses jugements elle se souvenait qu'elle avait un fils. Elle applaudissait aux bienvenues qu'après un succès d'École, ce fils donnait dans un atelier lointain où roulaient le champagne mousseux et les filles complaisantes ; cependant elle eût été assez Romaine pour chasser ce même fils s'il eût pris au sérieux une de ces créatures qui sont d'utilité publique, mais de morale réprouvée.

Le passementier Alexandre Saveny qui avait une fille à élever, ne le prenait pas de si haut.

A celui qui lui aurait demandé de mettre le bonheur en équation, il aurait répondu :

$$x = \text{un sac d'écus.}$$

Or, il avait le sac d'écus, donc il avait $x$, le bonheur.

Il s'était depuis quelques années déjà retiré des affaires après fortune faite.

Il vivait dans un grand luxe de table : il avait maison de ville et maison de campagne, et prenait plaisir à inviter les gens à dîner pour faire parade de son bien. Il était resté sans instruction, mais par le frottement, il avait acquis un vernis qui le rendait acceptable.

Il avait une vertu : il adorait sa fille.

Adrienne avait eu une enfance maladive : les médecins la déclarèrent faible de poitrine, et son père désespéra de l'élever.

Pour lui épargner toute émotion fatale, il ne l'avait pas contrariée durant une seule heure.

Adrienne, aujourd'hui, était une jeune personne d'un peu plus de vingt ans. Chétive, hélas ! comme en son enfance, elle avait l'œil clair, les pommettes rouges comme si on les eût peintes, et une petite toux sèche toujours attribuée à quelque imprudence ou à quelque brusque changement de température.

Malgré tout, elle était vive et gaie ; elle était coquette et folle du bal. Chaque jour, elle allait manger des petits gâteaux chez les pâtissiers qui avoisinent les magasins de nouveautés, et forcément elle entrait dans les magasins de nouveautés qui avoisinent les pâtissiers.

Elle aimait son père et le dévorait de caresses.

René vivait dans une très louable intimité avec son oncle et sa cousine. L'oncle aimait son neveu dans le fond, mais le traitait assez rudement dans la forme. René ne s'en troublait guère, et ripostait avec infiniment d'esprit. Il prenait toute liberté avec Adrienne et lui parlait avec la franchise d'un frère.

Ce matin, il était allé voir son oncle.

— Tiens! voici le rapin qui vient nous demander à déjeuner, s'était écrié Alexandre.

— Tout juste, mon oncle, avait répondu René en riant.

Et déjà Adrienne avait sauté de joie et fait mettre un couvert de plus.

Le déjeuner fut très gai : Alexandre mangea comme un ogre : René et Adrienne se taquinèrent gentiment.

On servit le café dans le fumoir. L'oncle offrit un

11.

excellent cigare à son neveu, et lui dit, en arrondissant son ventre avec bonheur.

— Alors, c'est bien décidé ; tu fais de la peinture ? Quelle idée! Bon Dieu! Quelle idée! Et quand on pense qu'il y a quelques années tu pouvais me succéder! Je t'offrais une affaire superbe, une maison d'or, des bénéfices certains. Mais non! monsieur n'aime pas le commerce ; il fait de la peinture, et quelle peinture ! L'autre jour, son père m'a montré son fameux tableau : *Une aurore à Blidah*.

— Oh! que c'est beau cela! interrompit Adrienne.

— Tu trouves? reprit Alexandre; tu n'es pas difficile : il y a là dedans un ciel bleu que je ne vois jamais dans mon jardin.

— Mon oncle, fit René, Blidah est plus loin que votre jardin. Vous savez que c'est ce ciel-là qui m'a valu une médaille au Salon.

— Une médaille! Mon concierge en a une médaille! Il a chapitré, exorcisé, sauvé, guéri son propriétaire intoxiqué par l'abus du tabac. Tout ton papier médaillé ne mène à rien; si, à l'hopital.

— Eh bien, mon oncle! A l'hôpital, vous êtes soigné par les plus grands médecins de France. S'ils vous tuent, vous n'avez plus besoin d'eux; s'ils vous sauvent, vous faites leur portrait, et vous êtes lancé du coup : de l'hôpital, vous allez à l'Institut.

Adrienne éclata de rire.

— C'est cela ! reprit Alexandre ; ma fille est de ton parti : elle est aussi folle que toi : elle aime les peintres ; moi, je le dis carrément, je les déteste ; ce sont des inutiles. Voyons ! établis-toi, René ; je t'aiderai : prends-moi une bonne boutique. Ton père a été ébranlé fortement par « l'Obole générale ». Dans la finance, on ne peut répondre de rien ; il est possible qu'il soit ruiné, demain. Encore un qui aurait mieux fait de vendre de la passementerie !

Et il avala son café par petites gorgées.

— Mon oncle, si j'étais à votre place, répliqua René, je publierais un livre intitulé : « De l'influence de la passementerie sur les peuples ».

— Je crois que ce gamin se moque de moi ! s'écria Alexandre.

Et il avala de travers, si bien qu'il devint rouge comme une cerise, et qu'il toussa comme un asthmatique.

Adrienne et René lui frappèrent doucement dans le dos :

— Là, là ! mon oncle, dit René, voyez dans quel état vous vous mettez ; et notez bien que je ne me moquais pas de vous. Je sais que le ministre du commerce disait souvent à mon père :

— Votre frère, monsieur, a des idées très justes en économie politique.

— Quel ministre a dit cela? demanda Alexandre entre deux quintes de toux.

— Ah! riposta René, en frappant de nouveau dans le dos de son oncle, au baccalauréat on n'exige pas les ministres contemporains : il paraît que les examinateurs eux-mêmes seraient collés !

Adrienne s'interposa : elle embrassa la grosse face de son père, et lui dit :

— Quel polisson que ce neveu-là, hein, petit père?

Et Alexandre qui était désarmé toutes les fois que sa fille l'embrassait, répondit :

— Et quand on pense qu'il y a du bon dans cet animal.

— Et maintenant, fit Adrienne, la séance est levée... Allons nous promener !

— Je parie qu'on va au Louvre-Nouveautés acheter des gants, dit René.

L'oncle refusa de sortir : il confia sa fille à son neveu, et en cela, sa confiance fut bien placée.

Adrienne s'en réjouit fort : elle prit fièrement le bras de René. Quand ils furent dehors, René s'écria :

— Ah! le bon déjeuner! Décidément j'étais un sot, la vie est meilleure après un bon repas qu'avant un mauvais.

Adrienne interrogea :

— Est-ce que Juvénal aurait laissé tomber son fouet en buvant le café?

Puis, après une pause, elle dit :

— A propos, Juvénal, qu'est-ce que tu trouves à reprendre dans ma toilette, aujourd'hui?

— Ton chapeau. C'est à la fois le chapeau de Rubens et celui de Fra-Diavolo : j'admets Rubens, c'est un collègue à moi, mais Fra-Diavolo, je le renie!

— Après?

— Après! Tes gants. Tu pourrais ne pas mettre de manches à tes robes : tes gants montent jusqu'à ton épaule.

— Ce sont des gants « à la Gonzague! »

— En es-tu bien sûre? Tu ne l'as jamais connue, heureusement pour toi... la Gonzague, comme dit ton marchand de gants.

— Qu'est-ce qu'elle a fait cette femme-là? raconte-moi cela, hein, René?

— Elle a fait... faire son éloge funèbre par Bossuet.

Ils avaient atteint la rue Marengo. René devint maussade. Il déclara ennuyeuse la promenade dans le cœur de Paris.

— C'est une torture abominable, dit-il, que d'ambuler l'après-midi dans ces rues étroites où l'on est

assourdi par le bruit des voitures et empesté par
l'odeur d'une bouche d'égout qui restera éternellement sale parce que les cureurs d'égout, aujour-
d'hui, causent politique au lieu de jouer du balai.
Puis, j'aime beaucoup te taquiner, et je suis exas-
péré quand ma conversation avec toi est coupée par
un incident funambulesque, comme un chien en
attaque de nerfs devant un orgue de Barbarie ou
une grosse dame courant après l'omnibus et se laissant souffler sa place par une dame maigre.

René s'arrêta. Adrienne riait.

— A quel Louvre allons-nous? demanda-t-il après
un silence.

— Au Louvre-Nouveautés : il faut bien que j'achète
un chapeau et des gants, puisque ceux que je porte
te déplaisent.

Adrienne n'acheta ni chapeau ni gants, bien entendu; mais elle voulut profiter d'un solde de cou-
pons de vigogne, d'une occasion de velours frappé :
elle songea à l'été qui allait venir, et elle choisit de
la grenadine brochée soie; elle acheta, enfin, une
robe de Kaschmyr de l'Inde pour sa gouvernante,
un vilain cachemire beige pour sa bonne, et donna
son adresse à la caisse.

René ajouta tout bas :

— C'est papa qui payera tout cela.

— Où est le mal? dit Adrienne quand elle fut dans la rue.

— Le mal, répondit René, est que tu t'ennuies dans la vie, et que tu viens ici pour tuer le temps : finalement, c'est le temps qui te tue! le mal est que tu ne penses pas, et que la femme qui ne pense pas, est perdue. Jeune fille, elle va au bal; jeune femme, elle va...

René resta court.

— Je t'écoute, dit Adrienne.

— C'est possible, répliqua-t-il brutalement, mais moi, je ne parle plus.

— Tu n'as pas achevé ta pensée.

— Quand tu seras mariée, je l'achèverai.

— Je ne me marierai jamais.

— Pourquoi? tu es riche : on se marie toujours, quand on est riche.

— La fortune fait donc le bonheur?

— Jamais! par exemple! elle le défait.

— Alors, tu n'es pas heureux, toi qui es riche?

— Moi, je suis riche? dit René en roulant des yeux étonnés; je n'en sais rien et je m'en soucie peu. Puis, il ajouta en riant :

— Tu sais bien que ton père m'a prédit que le mien se ruinerait.

René ramena Adrienne chez elle. A la porte de la maison, elle lui dit :

— Dîne avec nous : après dîner, nous allons en soirée chez des gens que tu connais ; tu viendras, et tu feras plaisir à tout le monde.

— Jamais de la vie ! Je vais, de ce pas, travailler une heure, à mon petit atelier, à moi, celui de la rue de Vaugirard, à Vaugirard même ; après quoi, j'irai chez ma mère.

Adrienne serra le bras de son cousin, et se pelotonnant contre lui :

— Tu me refuses tout ce que je te demande : tu ne m'as jamais aimée !

— La singulière idée ! Je t'aime beaucoup.

Adrienne eut un éblouissement.

— Seulement, continua René, tu ne t'habilles pas toujours comme je le voudrais, mais cela ne me regarde pas, après tout ; du reste, la faute en est à ton père.

Et en disant cela, il quitta le bras de sa cousine, et alluma une cigarette. Puis, il reprit :

— Il m'a irrité, au déjeuner, mon oncle avec son commerce ! C'est pour cela que je n'accepte pas ton invitation à dîner. Deux fois par jour des théories pareilles, c'est assez pour attraper la jaunisse. Me vois-tu avec la jaunisse ?

Adrienne se rapprocha : elle ne pouvait pas se séparer de lui.

— Quand viendras-tu à la maison, René ?

— Et toi, Adrienne, quand viendras-tu chez ma mère ?

— Moi ? Quand je vais voir ma tante, tu n'es jamais là : tu as un atelier de prince chez ta mère, et tu es toujours à celui de la rue de Vaugirard, à Vaugirard même. Dis-donc ! tu me le montreras ton atelier de Vaugirard, à Vaugirard même.

— Encore un mot de trop ! fit sévèrement René.

— Oh ! pardon, pardon, mon petit René, répliqua Adrienne ; je ne recommencerai plus... je te le jure.

Et elle gagna le vestibule en faisant à René un sourire qu'il lui rendit.

Adrienne était follement éprise de son cousin.

Cette promenade avec lui était inoubliable ; et le souvenir en était si délicieux qu'elle sauta au cou de son père, et lui dit :

— Je suis la plus heureuse de toutes les petites filles !

René n'avait pas tourné la rue, qu'il ne songeait déjà plus à Adrienne.

On était au mois de mai. Les jours étaient longs. Le soleil donnait un air printanier aux maisons : les arbres des boulevards s'étaient couverts de feuilles,

à la grande joie des Parisiens, ces citadins extraor-
dinaires qui trouvent le moyen d'élever des poissons
dans un bocal et des oiseaux dans une cage.

Les trottoirs étaient secs et ne résonnaient plus
que sous le fer des cannes, ces ennemis mortels des
parapluies. Les véhicules avaient retiré leur toiture
et montraient déjà d'élégantes dames dont les robes
représentaient des hirondelles du Japon, des fleurs
de l'Europe et des éventails de la Chine ; ce qui
rappelait vaguement les toiles cirées de table à manger où tous les rois et toutes les reines sont groupés
avec leurs grands ministres, pour les enfants stu-
dieux.

Ces messieurs avaient quitté leur pardessus, et
promenaient une toilette nouvelle, faite d'un petit
veston rond qui dessinait les reins et dont la dou-
blure n'était pas cousue, d'un pantalon bornant sa
course aux chevilles, et d'une cravate blanche si peu
rayée en couleurs, qu'on eût juré la cravate d'une
livrée de bonne maison.

Enfin, le printemps était affiché sur tous les murs,
et il eût fallu être diablement de sa province pour
ne pas connaître la date de l'année : on ne mangeait
plus d'huîtres !

René estima que son atelier de Vaugirard était un
peu loin, et il rentra à l'hôtel de la rue de Vigny,

dans l'espoir d'y trouver sa mère et de la décider à faire un tour de promenade dans les avenues larges et désertes où l'on peut causer à l'aise.

Lorsqu'il pénétra dans le vestibule de l'hôtel, des sons harmonieux frappèrent son oreille. On jouait du piano dans le petit salon. Cependant, il ne reconnut ni le jeu de sa mère, ni les morceaux qu'elle affectionnait : il interrogea Étienne, le vieux domestique de la maison, un brave serviteur qui l'avait vu naître, et qui, dans ses heures d'expansion, s'écriait, à l'office :

— Vous verrez ce petit-là, un jour !

— Monsieur René, dit Étienne, c'est mademoiselle Marie Viriat qui étudie. Madame est allée reconduire madame Viriat : elle va rentrer, tout à l'heure ; je crois que mademoiselle Marie dîne ici, ce soir.

Marie Viriat était une jolie personne, tendre comme la pensée et modeste comme la fleur des champs qui se cache dans le ravin pour que le passant la laisse vivre éternellement sous le soleil et les étoiles. Sa mère l'avait élevée simplement en lui répétant qu'elle était sans fortune ; et, prêchant d'exemple, elle lui avait enseigné qu'on peut vivre heureux, en vivant par le cœur et l'esprit.

Elle était bien fraîche et bien jolie sous sa robe de cachemire d'Écosse, nuance gris-perle, sans ruches, sans plissés; elle n'avait pour bijou qu'un médaillon d'or où resplendissait la figure loyale de son père. Elle était brune, elle avait de beaux yeux vifs et intelligents, et elle s'efforçait de peindre l'état de son âme dans son regard. Elle s'était instruite à peu de frais; elle était adroite comme une fée. Mais elle n'avait pas de dot; et certaine de ne pas se marier, elle ajoutait à sa personne un air de résignation qui la rendait adorable.

Quelqu'un l'adorait : ce quelqu'un était entré sur la pointe du pied, et grâce au bruit de la musique, il était arrivé derrière la musicienne, sans être vu; mais, tout à coup, il fut trahi par une glace qui était au-dessus du piano. La jeune fille poussa un cri de surprise :

— C'est vous, René !

Et elle retira ses mains du clavier. Tout aussitôt, le jeune homme, sans quitter sa place, emprisonna dans ses mains les petites mains qui tentaient d'échapper; et inclinant sa tête sur l'épaule de la jeune fille, il lui rendit tout mouvement impossible, et lui dit doucement :

— Mignonne, je t'aime, et tu seras ma femme !

Marie rougit et chercha, en vain, à se lever.

René reprit :

— Quelle bonne idée tu as eue de venir voir ta

marraine : chez ma mère, je fais selon ma fantaisie ;
tu es ma prisonnière !

Et la glace reflétait ce couple charmant. René était
si penché sur l'épaule de Marie, que sa blonde
moustache se mêlait aux nattes brunes de la jeune
fille et effleurait son visage.

— Monsieur René, dit-elle enfin, c'est très mal ;
vous savez bien que je ne suis qu'une pauvre fille, et
que je ne deviendrai jamais votre femme.

Et la chère enfant suffoqua sous l'émotion, et une
grosse larme coula de ses yeux.

René ouvrit les mains, releva la tête, et répliqua
simplement :

— Regarde-toi dans la glace ; tu veux me faire du
chagrin, et c'est toi qui pleures. Comme c'est habile !

La jeune fille se mit à rire à travers ses larmes.

— Monsieur René, c'est très vilain de vous moquer
de moi !

— Je ne me moque pas de toi, je t'aime !

— Je n'ai pas de fortune.

René montra de nouveau la glace :

— Vois comme tu es laide quand tu prononces ce
mot-là !

Et attirant à lui la jeune fille qui s'était levée :

— Écoute-moi ; ne parle plus de fortune ; je n'y
crois pas ; ne dis plus ce mot ; tu me ferais blasphé-

mer. Laisse-moi parler d'amour; ceux qui n'en parlent pas, l'ignorent ; ceux qui l'ignorent sont maudits. Viens ; nous prendrons le chemin des papillons et nous vivrons loin des hommes qui sont des profanes.

Marie ferma les yeux, et laissant tomber sa tête sur la poitrine du jeune homme, elle murmura :

— Mon Dieu! qu'est-ce que j'éprouve !

— Si l'orage gronde jamais sur nos têtes, reprit René à mi-voix, je te ferai un rempart de mes baisers.

Et chastement, il inclina sa bouche vers le front de la jeune fille qui frissonnait.

— Ce rêve est fou, s'écria-t-elle, en s'échappant des bras de René, et j'ai perdu la raison. Qu'ai-je fait ?

Et elle couvrit sa figure de ses mains.

— Qu'as-tu bien pu faire ? demanda René en riant, qu'as-tu fait de mal ? Viens me conter cela !

Et il s'assit railleur sur un siège bas, près d'une jardinière remplie de roses.

Marie le contempla longuement; puis, à petits pas, se rapprochant, tout en laissant la jardinière entre elle et lui :

— Est-ce que c'est vrai, René, ce que vous m'avez dit?

Et comme il tardait à répondre, elle mit ses

blanches mains sur le rebord de la jardinière et se pencha par-dessus les roses.

Alors René se leva doucement et posa ses deux mains sur les deux mains de Marie qui ne se défiait de rien, et dit :

— Cette fois, tu ne retrouveras ta liberté que lorsque tu seras raisonnable.

— J'ai peur, cria la jeune fille, j'ai peur !

— Peur de moi, peur de mes serments, peur de mes baisers ? reprit René d'un ton de colère. Ah ! Marie, cela est un outrage !

La jeune fille se sentit vaincue.

— Pardon, murmura-t-elle doucement, pardon.

Et elle tremblait, tandis que les mains de René brûlaient les siennes, et que le parfum des roses grisait son âme.

Alors René lui dit :

— Je jure par la mémoire de ton père que je t'aime et que tu seras ma femme !

Et il s'éloigna brusquement, en détournant la tête.

Marie devint radieuse ; elle s'attacha à ses pas.

— Puisque c'est vrai, puisque c'est bien vrai, René sois béni, je t'aime !

Et tous deux s'assirent à côté l'un de l'autre sur le

canapé, et ils se firent leurs petites confidences, la main dans la main :

— On te mariait à ta cousine; ne l'aimes-tu pas?

— Adrienne? Je l'aime beaucoup, et tu l'aimeras autant que moi; c'est une fille de cœur, mais rassure toi, je ne l'aime pas d'amour.

— On dit qu'elle est riche et qu'elle valse à ravir, moi je ne sais pas valser.

— Tant mieux, n'apprends pas. Plus longtemps tu seras jeune fille, plus vite tu deviendras femme; celles qui se pressent de devenir femmes restent vieilles filles.

— Mais je n'ai pas d'esprit.

— Tu en as beaucoup plus que celles qui récitent les mots de leur journal.

— Elle s'habillent si bien.

— On dirait des gravures de mode; va les trouver, conte leur que ton père était un loyal soldat, elles hausseront les épaules, conte leur qu'il avait cent mille livres de rente, elles s'écrieront : « Comme il devait être distingué. » Le monde est aux épiciers!

Et en prononçant ces paroles, René tout à fait pénétré de son sujet, fit un geste superbe, et s'éloigna considérablement de Marie qui resta muette et qui pensa en elle-même que René était beau. Mais une tête apparut entre eux, derrière le canapé, et une voix leur dit :

— Vous êtes à une lieue l'un de l'autre. En voilà une façon de vous faire la cour ! Rapprochez vous donc !

René se leva et reconnut sa mère.

Marie, confuse de visage, alla se jeter dans les bras de sa marraine.

Madame Saveny prit la main de son fils et la mit dans celle de sa filleule :

— Soyez unis, enfants chéris, dit-elle doucement; vous voulez être l'un à l'autre, voici le plus cher de mes vœux à la veille de s'accomplir.

Puis, elle éleva la voix :

— René, mon fils, si tu doutes encore de toi, ne te marie pas.

Et comme René protestait du geste, elle se tourna vers sa filleule :

— Marie, la plus haute vertu de l'épouse est la dignité.

Comme elle fut bénie de Dieu cette soirée ! Jacques Saveny fit savoir qu'il ne dînait pas, et madame Saveny se livra sans réserve à la joie entre ses deux enfants qui rayonnnaient sous l'amour, ainsi que les blés rayonnent sous la morsure du soleil.

Le vieil Étienne qui servit à table s'embrouilla

dans son service, mais personne ne releva ses irrégularités; et le brave homme resta content de lui-même, et pensa :

— C'est bien, Étienne, tu as été ce que tu devais être, ému, mais grand dans l'émotion.

Madame Viriat vint chercher sa fille; et quand René fut seul avec madame Saveny :

— Sais-tu que je t'adore, dit-il, et que tu es la meilleure des mères ?

Madame Saveny sourit.

— Parce que je fais toutes tes volontés et que je te donne Marie pour femme, câlin, va !

— Je t'adore pour beaucoup de raisons.

— Avoue que celle-là l'emporte sur les autres.

René s'assombrit.

— Oui, mais tous les obstacles ne sont pas surmontés.

Madame Saveny regarda fixement son fils.

— Que veux tu dire ?

— Rien.

— Si, tu me caches quelque chose.

— Eh bien ! mon père consentira-t-il à ce mariage?

Madame Saveny pâlit. René continua :

— Marie est sans fortune, et mon père veut que j'épouse une femme riche. J'ai peur que tu ne puisses le convaincre.

A ces mots, madame Saveny pâlit davantage. René regarda sa mère, et fut effrayé.

— Qu'éprouves-tu donc? tu pâlis, tu trembles; je vais appeler!

— N'appelle pas, n'appelle pas, dit-elle; ce n'est rien, mon enfant, un malaise passager.

Et elle s'assit.

— C'est la chaleur, sans doute, qui m'incommode.

René courut ouvrir la fenêtre, et revenant près de sa mère.

— Es-tu mieux? dit-il; et il lui prit les mains.

Madame Saveny se leva courageusement et cacha son trouble.

— Tout à fait bien, cher enfant.

Et elle ajouta, dans un sourire charmant de mélancolie.

— Dame! je ne suis plus jeune, j'ai un si grand fils !

Elle baisa René au front.

— Va dormir, et sois sûr que je déciderai ton père.

Elle accentua ces derniers mots d'une façon si terrible que René frissonna. La lampe pâlissait, et la lune qui entrait par le balcon éclairait le salon de cette lumière triste qui porte aux confidences et aux larmes. René s'approcha de sa mère.

— Je sais pourquoi tu t'es troublée, dit-il; tu redoutes la colère de mon père. Je t'en supplie, laisse-moi lui parler de ce mariage.

Madame Saveny ferma la fenêtre, et ranimant la lampe, elle mit le salon en plein rayonnement.

— Tu ne sais rien, malheureux enfant, s'écria-t-elle. Ton père n'a pas de colère à avoir avec moi !

Et comme René fuyait son regard, elle sentit qu'elle en avait trop dit, et que le doute entrait dans l'âme de ce jeune homme.

Alors, cette sainte, chrétienne et martyre ajouta avec une douceur ineffable :

— D'ailleurs, ton père et moi, nous sommes unis comme au premier jour !

René se retira. Quand il fut sorti, elle tomba à genoux, la tête contre le sol et elle murmura :

— Mon Dieu ! accordez-moi au moins la grâce de marier mon fils selon mon cœur.

Quand elle se releva de terre, elle était calme. En quittant le salon pour gagner sa chambre, elle jeta un regard à la rue et elle vit distinctement dans le clair-obscur de la lune une femme qui passait devant l'hôtel.

Cette femme fort élégamment mise et accusant un certain âge, s'arrêta soudain. Madame Saveny sortit sur le balcon; la femme sembla la reconnaître et fut aussitôt en proie à une joie farouche; elle gesticula et prononça des paroles qui se perdirent dans la nuit; on eût dit qu'elle jetait des sorts, qu'elle n'avait pas sa raison et qu'elle allait se briser la tête contre les pierres de l'hôtel.

Madame Saveny se pencha, puis rentra, indifférente.

— Je connais cette figure, dit-elle.

Et tout à coup, sans éprouver la moindre émotion :

— Oui, oui, c'est bien elle ! C'est l'Impure !

Elle ajouta, en pensant déjà à autre chose :

— Cette malheureuse s'était imaginé qu'elle deviendrait mon amie ! Je comprends que la vue de ma maison lui produise un pareil effet. Qu'elle passe son chemin, et que Dieu ait pitié de son âme !

Hortense Germier s'éloigna lente et joyeuse; et regagnant sa voiture qu'elle avait laissée à l'écart, elle murmura entre ses dents serrées par une joie sauvage :

— Celle qui m'a foulée aux pieds n'a pas encore pleuré toutes ses larmes !

Paroles sinistres qui sonnaient comme un cri de guerre ! Gaieté farouche qui présageait une action inique !

13

L'hôtel Saveny s'endormit paisible; mais il semblait qu'un stylet venait d'imprimer une souillure en son écusson, et qu'il allait se réveiller, demain, comme le palais des Borgia, publiquement infâme.

## IX

Le lendemain, de grand matin, René quitta l'hôtel et se rendit à son atelier de Vaugirard : c'était là, en réalité, qu'il travaillait sérieusement. L'atelier de l'hôtel, rue de Vigny, n'était qu'un salon artistique où la bonne tenue était de rigueur.

René avait toutes les délicatesses, et il ne voulait pas amener dans la maison de sa mère des camarades dont le langage était quelquefois court vêtu, et des modèles dont la fonction consistait à se mettre nus avant même d'avoir dit bonjour.

René avait un ami sincère, Pierre de Mursay, un sculpteur d'avenir : il l'avait présenté à sa mère, et madame Saveny avait tendu la main à ce jeune homme.

— Soyez le bien venu, monsieur, lui avait-elle dit, puisque vous êtes l'ami de mon fils. Nos familles se connaissent depuis longtemps, d'ailleurs ; votre grand-père était lié avec mon père : il a été mon témoin, à mon mariage.

L'atelier de René était contigu à celui de Pierre ; et ces deux ateliers meublés sans luxe mais bondés d'œuvres d'art, de souvenirs, d'autographes, laissaient échapper des bouffées de bonheur : ils avaient chacun leur sortie particulière sur la rue, mais ils communiquaient entre eux par une porte intérieure ; et comme cette porte était ouverte en permanence, quand on venait voir René Saveny, on venait aussi voir Pierre de Mursay.

Quelle patrie que cette patrie des arts où tous ont de l'esprit et du cœur, et où beaucoup ont un talent qui les distingue des autres hommes !

René venait d'envoyer au salon un Othello, autour duquel le jury compétent faisait déjà pas mal de poussière : ce qui était un fort bon signe.

Le peintre avait rendu avec une sûreté de dessin et une crudité de tons absolument remarquables la scène du V° acte, où, fou de jalousie, Othello a poignardé Desdemone, en son lit : Emilia est entrée, et Othello farouche fanatique et joyeux et les mains tachées de sang, lui crie :

—'*I was I that kill'd her !* C'est moi qui l'ai tuée !

Quant à Pierre, il avait envoyé un modeste plâtre,

une jeune fille éplorée qui mettait un laurier sur la tombe de Théocrite.

Quelles bonnes heures les deux artistes passaient dans l'atelier de la rue de Vaugirard !

— René, j'ai besoin du casque qui t'a servi pour ton Thésée.

— Il est sur la bible ; prends-le ! Est-ce que, par hasard, tu voudrais coiffer ta jeune fille avec ce casque-là ?

— Non ; j'ai songé pour elle à un bonnet de coton.

— Ah ! je ne tiens pas l'article.

Un jour que René travaillait à son Othello, devant un grand concours d'amis et de modèles, Pierre apporta une boîte de cirage.

— Tiens, mon vieux, voilà pour noircir la tête de ton More de Venise

Et tous de rire.

René se vengea, séance tenante. Il emmena l'assistance dans l'atelier de Pierre. Une terre cuite s'offrait aux yeux : elle représentait un pauvre homme sur le dos, les jambes rapprochées et les mains le long des cuisses.

— Il a la fièvre ton bonhomme, bien sûr ? interrogea-t-il.

13.

— Vandale ! riposta Pierre, c'est un Christ au repos.

— J'avais pris cela pour le capitaine Boyton descendant le Rhône, répondit René.

Et tous de rire de nouveau !

Aujourd'hui, René se pressait de se rendre à son atelier, parce qu'il avait donné rendez-vous à un modèle : il se délassait de son Othello, en dessinant une petite nymphe sans prétentions.

En arrivant, il trouva la petite nymphe, mademoiselle Léonie, seule dans l'atelier de Pierre de Mursay.

— Bonjour Nini, dit René. Où est donc Pierre? sorti pour un instant ? Il t'a confié son atelier, hein ?

— Je vais me déshabiller, n'est-ce pas, monsieur? interrogea Léonie.

— Oui, mais je te demande où est Pierre.

— Est-ce que je sais, moi! J'ai trouvé la porte ouverte : je suis entrée, voilà tout.

Et en disant cela, elle passa dans l'atelier de René et se déshabilla.

René aperçut, alors, sur le poêle un numéro du journal satirique, — Le Singe.

Par curiosité, il ouvrit la feuille, et jeta un cri aussitôt.

Sur la première page, on voyait une femme masquée poussant un joli garçon jusqu'au haut d'un
mât de cocagne où étaient appendus des sacs d'argent : Un petit homme chétif était au bas, et avait
l'air de grogner. Alors, la femme masquée lui criait :
« Tais-toi, nous partagerons ! »

Le joli garçon, c'était Jacques Saveny : la ressemblance était frappante.

A la seconde page, on racontait l'histoire d'un at-
telage parisien composé d'un baron, d'une baronne
et d'un banquier : la caisse et l'honneur étaient en
commun.

L'article était intitulé : « L'Art de parvenir » et
était signé, Momus.

— Quelle infamie ! hurla René, et il pâlit affreusement.

Léonie, toute nue, était accourue à ce cri, et regardait par-dessus l'épaule du peintre.

— Tu n'aimes pas cela, les charges ? fit-elle, moi
je les adore.

Hein ! en a-t-elle du nerf, la femme ! Elle vous le
hisse, un peu bien ! Tu connais ce citoyen-là, dis,
monsieur ?

Et comme René était immobile et sans voix, elle
s'en alla en ajoutant :

— C'est égal, toute nue que je suis, je vaux mieux

que lui tout habillé. Dépêche-toi, monsieur, je t'attends.

René se précipita dans la rue, sans même se retourner, il sauta dans une voiture, et arriva au bureau du journal.

— M. Momus ?

— M. Momus, dit un garçon de bureau avec un air protecteur, n'est pas levé, il ne vient pas à la rédaction avant cinq heures.

— Où demeure-t-il ? Répondez, il faut que je le voie, à tout prix !

L'accent de René était si dramatique que le garçon donna l'adresse.

Peu après, René entrait chez Bourre-ta-Pipe qui le recevait au lit.

— Excusez-moi, dit Bourre-ta-Pipe avec courtoisie, mais vous savez dans notre métier, nous nous couchons tard ; d'ailleurs, vous ne me dérangez pas, j'ai déjà eu une visite, ce matin ; vous voyez que je suis parfaitement éveillé.

— Je le vois, reprit René, et je vais vous cracher à la face.

— Hein ? comment ?

— Oui, vous êtes Momus, et moi je suis René Saveny.

Bourre-ta-Pipe fut grand : il était sur son séant,

il se laissa glisser tranquillement sur le dos, et dit le plus naïvement du monde :

— René Saveny ? connais pas.

— Contre qui donc est faite la charge de votre journal ? vous savez bien, « l'Art de parvenir... »

— Ah oui ! « l'Art de parvenir », la baronne... le baron, n'est-ce pas ?

J'en fais tant que la mémoire me trahit... Eh bien ! c'est... diable de diable ! qui donc m'a passé cette note-là ?... Je ne me le rappelle plus... je chercherai.

René ne comprenait rien à ce langage, il se calma.

Alors, Bourre-ta-Pipe avec une exquise recherche d'expressions lui expliqua qu'il avait le plus grave tort de s'emporter, qu'il ne s'agissait assurément pas de son père, un financier bien connu et très respecté, que la ressemblance n'était qu'une fâcheuse coïncidence, et que, d'ailleurs, s'il l'exigeait, on ferait insérer dans le prochain numéro une note dégageant complètement la personne de Jacques Saveny.

René regretta son emportement, et hébété, ne sachant que demander, il salua et sortit.

Sur le seuil de la porte, il entendit un rire de femme, un rire sonore, ironique, insolent, il fit un pas en arrière, il allait rentrer dans la chambre et tout briser, mais il songea qu'on lui dirait : Ce rire n'est pas pour vous; et il marcha résolument.

Qui donc riait ainsi ? Une femme. Quelle femme ?

Ce rire, entre mille, il saurait le reconnaître, un jour.

Dans la rue, il trouva Pierre de Mursay.

— Tu te bats ? demanda ce dernier.

— Non, il m'a fait des excuses.

— Ah ! Que décides-tu ?

— Parbleu ! je vais porter l'affaire devant les tribunaux.

Pierre détourna la tête.

— Tu ne m'approuves pas ? interrogea René.

Pierre lui tendit la main.

— Compte sur moi, en toute occasion.

Puis, il ajouta après un silence :

— Va consulter ta marraine, madame Viriat ; elle te donnera un bon conseil.

René quitta son ami ; et comme ces êtres désespérés qui font aveuglément ce qu'on leur dit, il courut chez madame Viriat.

Ce fut Marie qui vint ouvrir.

— René, murmura-t-elle en le retenant dans l'antichambre, maman sait tout, et elle est bien heureuse ; elle t'appelle déjà son fils !

— Eh bien ! riposta René en s'efforçant de sourire,

laisse-moi seul avec ta mère; j'ai à lui parler de choses qui ne regardent pas les petites filles !

Marie s'éloigna en lui envoyant un baiser.

— Marraine, dit René en entrant chez madame Viriat, reconnaissez-vous cet homme?

Et il déploya le journal : *Le Singe*.

Madame Viriat étouffa un cri.

— Celui qui a fait cela se dérobe à mes coups, mais je saurai bien le forcer à se battre !

Madame Viriat chancela. René n'avait jamais tenu une épée de sa vie.

— Tu ne te battras pas, cria-t-elle; je te le défends !

— Alors, la chose est vraie et mon père est...

Madame Viriat se jeta sur lui, et lui mit la main sur la bouche.

— René n'achève pas... c'est ton père.

Le jeune homme se dégagea.

— Mais c'est donc vrai ! c'est donc vrai !

Sa face pâlit, ses membres fléchirent, il se recula et vint tomber sur un sofa : il avait la bouche béante, le regard fixe.

Enfin, sa poitrine s'élargit : un soupir effrayant s'exhala de ses lèvres ; il serra sa tête dans ses mains comme s'il voulût la briser, puis il se roula sur un coussin : il sanglotait.

Madame Viriat se mit à genoux près de lui, et lui

soulevant la tête, elle lui essuya les yeux avec son mouchoir :

— Je t'en supplie, sois homme ! murmura-t-elle.

René se leva ; il ne pleurait plus.

— Et ma mère, que va-t-elle devenir en apprenant cela ?

— Ta mère ? interrompit doucement madame Viriat, n'a rien à apprendre ; elle sait tout.

— Quoi ! elle sait tout ? Elle a pu vivre avec l'homme infâme qui la trahissait ?

— Silence, mon enfant, répliqua madame Viriat avec la plus grande sévérité : pour un fils, un père n'est jamais infâme.

Et elle ajouta tristement :

— Tu allais naître ; ta mère a souffert pour toi.

Soudain, René sentit le calme envahir son âme ; il releva le front, et prit courage.

— Marraine, dit-il, mon père n'est pas aussi infâme qu'on le fait dans ce journal, n'est-ce pas ?

Madame Viriat regarda attentivement la feuille.

— Oh ! non ! s'écria-t-elle, non ; mais n'oublie pas qu'il a brisé le cœur de ta mère qui ne s'est pas révoltée à cause de toi ; elle a souffert pour toi, souffre donc pour elle ! Ne te bats pas !

— Je serai homme, répliqua René, je vous le jure ; et il sortit.

Sa figure s'était assombrie, mais sa main ne tremblait plus. René essaya de voir son père : il ne réussit pas à le rencontrer. Alors, il prit une résolution inébranlable ; il voulut le venger. Il retourna donc au bureau du journal : on le pria d'attendre une personne qui précisément était allée se mettre à sa disposition ; il attendit de pied ferme.

Pierre de Mursay se trouvait à l'atelier lorsque cette personne s'y présenta. Cette fameuse personne était un homme, jeune encore et mis avec l'exagération choquante des inutiles.

— Je suis, dit-il, complètement aux ordres de M. René Saveny qui a fait dans la matinée une visite grossière à notre rédacteur en chef.

— Ah ! parfaitement, fit Pierre de Mursay sans s'émouvoir ; je sais ce que c'est. Dites-moi, vous tirez bien l'épée ?

— Très bien, reprit le visiteur avec le ton de l'homme qui est sûr de soi.

— C'est cela, continua Pierre, c'est Momus qui insulte, c'est vous qui vous battez. Combien avez-vous d'appointements pour exercer ce joli métier, mon cher ?

Et comme le visiteur restait interloqué :

— Vous voyez la porte. Je vous donne ma parole d'honneur la plus sacrée que si dans une minute

14

vous n'êtes pas dehors, je vous casse la figure avec le premier objet venu.

Et en disant cela, il chercha autour de lui. Lorsqu'il se retourna, l'ignoble spadassin avait disparu.

Cependant, le spadassin rentra au journal : René lui dit :

— Je suis René Saveny.

— Je viens de chez vous, répondit le spadassin ! un de vos amis m'a jeté à la porte : j'écrirai dans mon journal que vous êtes un lâche.

— Non, puisque je suis ici. Celui qui vous a jeté à la porte a eu tort ; je vous en fais mes excuses. Quant à vous, monsieur, vous êtes le mandataire d'un misérable !

— Nous nous battrons ?

— Demain, à la première heure.

— C'est entendu.

Les conditions du duel furent réglées dans la soirée par Pierre de Mursay.

On convint de ne donner aucune publicité au duel, quelle qu'en fût l'issue. L'arme choisie fut le pistolet. On se battrait à vingt pas. René tirerait le premier.

Une balle fut échangée sans résultat. Les témoins déclarèrent l'honneur satisfait.

Le spadassin avant de se retirer eut l'audace de dire à Pierre de Mursay :

— C'est vraiment votre tour à présent, monsieur.

Pierre de Mursay s'avança résolument sur lui :

— Monsieur, sachez, pour votre gouverne, que je tire fort bien l'épée, et qu'au pistolet, j'abats la tête d'une poupée à vingt pas. Seulement, je vous déclare que pour vous châtier, je ne me servirai que de ma canne. Maintenant, n'insistez pas, ou je commence.

Le spadassin regarda fixement Pierre de Mursay, et pour la seconde fois, il opéra une marche rétrograde aussi savante que précipitée.

## X

Durant cette après-midi qui avait été si attristante pour René, Jacques Saveny qui n'était pas rentré déjeuner à l'hôtel, était à son bureau d'affaires en conférence avec le sieur Richard Bücher, un juif allemand de la pire espèce.

— Mon bon monsieur Saveny, disait le juif, est-il possible que vous en soyez là ?

— Oui, monsieur Richard ; et la chose est dure à mon âge, j'ai cinquante-huit ans et je ne peux plus recommencer la vie.

— Cinquante-huit ans ! Vous ne les paraissez pas. Vous vous défendez joliment, vous êtes encore très vert ; et tenez, pour en revenir à ce qui nous occupe, je ne crois pas que vous soyez ruiné.

— Ruiné, non, mais gêné. Bref, je ne peux pas payer mes différences.

— Ta ra ta ta, dit le vieux juif avec familiarité ; et

il ajouta avec le rire épais propre à la race germani-
que : vous n'allez pas m'obliger à prendre jugement
contre vous ?

— Écoutez, Richard, répliqua Jacques Saveny, le
compte est facile à établir. Pour votre gouverne, j'ai
perdu un million dans « l'Obole générale ».

Richard Bücher ricana sinistrement.

— Ça vous amuse, vieux juif ? Puis, j'ai été pincé,
en janvier, pour deux cent mille francs dans une
mine de l'Orénoque.

— Ce n'est pas ma faute.

— Non, mais c'est la mienne, et le résultat sera le
même pour vous ; attendez, vous allez voir. Je venais
de faire votre connaissance...

Richard s'inclina onctueusement.

— Vous me fourrez dans une affaire d'huiles, un
petit vol bien compris et encore mieux organisé.

— Peut-on dire cela ! L'affaire était faite au grand
soleil.

— Un soleil qui m'a brûlé. C'est bien simple. Les
huiles sont cotées très haut ; par votre entremise,
j'en place pour trois cent mille francs, à terme, et je
me dis : « Quand j'achèterai pour livrer, ça aura
baissé, et je gagnerai un joli denier. » Nenni, point.
Vous accaparez le stock et vous faites encore monter
les cours. Peu après, je suis obligé de livrer ; je suis

14.

dans votre main, j'achète à un taux fabuleux, et je me ruine.

— Mon bon monsieur Saveny, cette affaire a été blanche pour moi.

— Taisez-vous donc! Enfin, j'achète des blés à la baisse, sûr de la hausse.

— Hélas! cette hausse ne se fait pas, dit piteusement Richard, mais elle se fera; et après un instant de recueillement, il ajouta : peut-être.

— Oui, mais en attendant, fin mars et fin avril, j'ai eu des différences à payer; nous sommes en mai, et je ne me suis pas encore exécuté.

— Exécutez-vous. Deux cent mille francs! une bagatelle pour vous.

— Une bagatelle en temps ordinaire, mais après une débâcle!

Finalement, je ne peux pas payer; faites-moi sauter.

— Mon bon monsieur Saveny, vendez votre hôtel et votre propriété de Versailles.

— Vous le voudriez bien, vieille canaille! Vous prendriez les deux maisons et je serais quitte envers vous, n'est-ce pas?

— Si vous l'exigiez absolument...

— Douce violence! Eh bien! et mes engagements à venir? Avec quoi les tiendrais-je? Non, non, voici :

je vous dois deux cent mille francs, patientez; la hausse s'établira, je serai en bénéfice, et je vous payerai le capital et les intérêts, à six. Est-ce dit?

— Non, répliqua Richard, je suis pauvre comme Job, je ne puis accepter. Cet argent n'est pas à moi, je le dois.

— Allez au diable ! c'est lui qui vous a mis sur terre.

— Monsieur Saveny, continua Richard en s'arquant sur le bureau avec ses grosses mains velues et en penchant sa figure huileuse et flasque, si dans huit jours je n'ai pas un acompte, je casse les vitres.

Puis, retirant presque aussitôt ses doigts, comme un homme qui craint les coups de férule, il prit la porte.

Jacques Saveny le rappela.

Dans l'âge d'or, l'âge où l'or ne régnait pas, le créancier menaçait son débiteur de la faillite.

Aujourd'hui, nous avons changé tout cela.

Quand le créancier n'est pas sage, le débiteur lui crie : faites-moi mettre en faillite !

Mercadet, lui, demandait le fiacre pour Clichy ; aussi n'est-il pas allé à Clichy et Godeau est-il arrivé du fond de l'Inde.

Clichy étant aboli, Jacques Saveny se contenta de

dire, avec le geste du ténor qui ne peut pas donner l'*ut* de poitrine dans *Guillaume Tell* :

— Faites-moi déclarer en faillite, après tout ! Seulement, je vous en préviens, ma femme aura ses reprises.

— Elle ne viendrait jamais qu'au marc le franc, mon bon monsieur, répondit finement Richard.

— Non pas... intégralement.

— Il n'y a pas de danger que je vous fasse mettre en faillite ! répliqua le juif en sortant.

Quand Jacques Saveny fut seul, il s'assombrit.

— Je suis perdu ! dit-il.

Puis, machinalement, il jeta les yeux sur un journal financier :

— Mais parbleu ! ça a légèrement haussé ! J'en étais bien sûr que ça hausserait. Voilà assez longtemps que j'étudie la question ! Les cours vont monter... monter. Je suis sauvé ! D'ailleurs, j'ai toujours mes deux maisons, en cas d'absolu besoin. Il n'y a donc que ce Richard Bücher, ce courtier graisseux, qui m'a permis d'endosser les filières, en répondant pour moi pour deux cent mille francs. Est-ce que je vais tomber pour deux cent mille francs ? Ce serait ridicule !

Un domestique entra et lui remit un large pli.

— C'est bien, fit Jacques, retirez-vous.

Et il ouvrit l'enveloppe. Elle contenait le numéro du *Singe*. La première page était signalée au lecteur par un encadrement au crayon bleu.

Alors cet homme trembla, alors cet homme eut peur. Il fouilla dans son âme, et n'y trouvant ni amour ni poésie, il pensa qu'il aurait dû rester paysan, comme son frère.

Une fois de plus, la loi se vérifiait pour lui; sans l'éducation, l'instruction l'avait perdu. C'était un raté.

Cet homme aurait rougi de porter une casquette et de se mêler à la foule ignorante et malpropre.

Dévoré par l'ambition, affolé par la crainte de ne pas parvenir, il avait voulu parvenir tout de suite, et il s'était fait criminel.

Le financier criminel est courageux dans l'adversité.

On dirait, à le voir, l'onde d'un fleuve débordé; il s'étend en nappe, doucement, lentement, avec des airs câlins; voici même qu'il s'arrête devant l'obstacle; il recule, il se résorbe, il s'annihile. Puis, tout à coup, il s'enfle, et il tourne l'obstacle, l'enlace, l'enveloppe, le submerge, l'effondre, l'amène en son lit, et le roule brutalement dans ses flots jusqu'à la mer.

Jacques Saveny croisa les bras, haussa les épaules

et, fixant dédaigneusement le sol, comme s'il y voyait grouiller la masse humaine, il s'écria :

— Tous ces gens-là ne sont pas de force ! Ce Momus ! un homme masqué à vendre, il s'agit de l'acheter à prix d'or, et demain il démentira ce qu'il a écrit aujourd'hui. Ce Richard Bücher ! un ignoble bandit qu'on peut s'attacher encore à prix d'or. De l'or ! de l'or ! Il m'en faut ! j'en aurai !

Et résolu à se procurer par tous les moyens possibles ce fameux talisman qui, à la fin de ce siècle, conduit à tout sauf à l'estime de soi, Jacques Saveny prit son chapeau.

A ce moment, il reconnut la voix de son fils dans l'antichambre.

— Rougir devant lui, jamais !

Et il s'échappa rapidement par la porte qui donnait accès au bureau de ses employés.

Orgueil et non repentir, calcul et non rachat. Jacques Saveny ne voulait pas paraître devant son fils, parce qu'il pensait que son fils était un de ces êtres naïfs et mous qui pleurent des journées entières sur les péchés du genre humain.

Il songea à courir chez son frère et à lui exposer sa situation, mais il réfléchit :

— Ce gros marchand de boutons prendra mes intérêts en mains, et pour en sortir à meilleur compte, il me fera déposer mon bilan ; je serai moins appauvri, c'est vrai, mais je serai plus déshonoré.

Alors, il alla trouver son oncle Amable. Chemin faisant, il se dit :

— C'est la seule démarche à tenter. Ce vieillard a bientôt quatre-vingt-dix ans ; il est en complète enfance ; j'aurai raison de lui aisément, et il n'y aura pas humiliation pour moi.

Tout à coup, il pensa à cette femme, à cette Hortense Germier, triomphante auprès de cet homme qu'elle avait dépouillé avant de l'avoir mis au tombeau, et il frissonna.

Il se vit obligé de fléchir la servante pour décider le maître, et ce rôle lui parut ignominieux.

Cependant, comme il allait désespérer, il remonta dans ses souvenirs avec une lucidité parfaite, et il s'écria :

— Mais cette femme a été ma maîtresse, une heure, et cette heure suffit à la condamner. Elle a trop de mémoire pour ne pas se souvenir, elle est trop intelligente pour se perdre ; si bien que, tout en ayant l'air d'avoir oublié, elle se souviendra et me sauvera.

Quand il entra dans la villa de Montmorency, où son oncle passait tous les étés, il apprit que le pauvre vieillard venait de rendre le dernier soupir.

Il avait fini tout à coup et doucement; au déjeuner encore, il était gai et causeur, et voici qu'à présent, il n'était plus.

Jacques se nomma, et les valets s'écartèrent pour lui livrer passage.

Dans la chambre mortuaire, entre deux flambeaux dont la flamme pâlissait au jour, une sœur de charité priait. Le vieillard avait la figure sereine ; un christ était couché sur sa poitrine.

Hortense Germier était assise près du lit ; elle se leva, et s'avançant vers Jacques, elle murmura :

— Voyez, monsieur, il nous a quittés.

Jacques s'inclina respectueusement, sans proférer une parole ; et après avoir jeté un dernier regard à celui qui l'avait fait tout entier, il se retira.

Il écrivit à sa femme :

« Ma chère amie,

» Je quitte Paris pour quelques jours, n'en prenez aucun soin. Vous savez déjà, sans doute, ce qu'un journal a osé contre moi. Vous êtes la plus noble de toutes les femmes, vous m'épargnerez auprès de mon fils.

« JACQUES SAVENY. »

Il assista aux obsèques de son oncle. A l'issue de la cérémonie, il dit à Hortense Germier :

— Consentez à me recevoir, demain matin.

Le lendemain, Hortense le reçut dans cette délicieuse bonbonnière qu'elle avait disposée et meublée selon ses goûts, et où Amable Saveny se plaisait peu, tant il était resté simple et fidèle à son origine.

Jacques Saveny était, comme toujours, mis avec recherche.

Hortense Germier était en grand deuil.

Elle avait vieilli, mais ses yeux avaient conservé leur éclat, sa lèvre était restée railleuse ; et, sous cette robe noire qui l'emprisonnait toute, elle représentait la courtisane de la Rome en décadence faisant tomber des têtes pour se distraire.

Elle offrit un siège à Jacques.

— Eh bien ! dit-elle, tout à coup, vous êtes ruiné ?

Jacques tressaillit.

— Ruiné et déshonoré, continua-t-elle ; et en prononçant ces mots, elle alla vers un guéridon et y prit le journal, *Le Singe*, qu'elle déplia.

Jacques éprouva le serrement de cœur de l'homme qui reçoit un soufflet : il se dressa et dit clairement :

— J'ai encore assez de courage pour me tuer.

15

— Tuez-vous donc! riposta froidement Hortense Germier.

Et comme il retombait inerte sur sa chaise, elle vint à lui effrayante, et lui dit :

— Tu es dans ma main.

Il se fit un grand silence. Le soleil entrait plein de promesses par la croisée entr'ouverte, on entendait les oiseaux gazouiller dans les arbres, et les fleurs du jardin envoyaient leur parfum pur à ces deux êtres maudits dont le crime était différent, mais dont le châtiment devait être le même.

Enfin Hortense Germier reprit :

— Voulez-vous que je vous sauve ?

Et Jacques Saveny, sans faire le moindre mouvement, sans montrer la plus petite émotion, répondit :

— Oui.

Alors, elle vint tout près de lui, et le fixant comme l'aigle fixe sa proie, elle lui dit :

— La charge du *Singe*, c'est moi qui l'ai faite. Momus, c'est moi : votre fils est un brave cœur, il est venu chercher querelle à un pauvre diable qui a passé l'âge des duels : j'ai tout vu, j'étais cachée derrière une tapisserie : le pauvre diable s'est excusé et lui a envoyé un monsieur qui pouvait n'en faire qu'une bouchée : votre fils s'est battu. Je poursuis :

Votre ruine, c'est moi qui l'ai faite. Richard Bücher, c'est moi : vous n'échapperez pas à Richard, parce que je ne veux pas que vous m'échappiez.

Vous vous souvenez, n'est-ce pas, de ce soir d'hiver où vous m'avez possédée ? Regardez votre poitrine ; mes ongles y sont encore marqués ; je me vengeais : une heure avant, votre femme m'avait fait chasser de chez elle par sa domestique : elle avait brisé mes rêves d'ambition, comme on brise un verre en le jetant sur le pavé.

J'ai attendu un quart de siècle pour atteindre le but que j'atteins aujourd'hui. Je devrais haïr votre femme ; eh bien ! je ne la hais pas, parce que j'ai mis dans ma tête qu'elle gagnerait son pardon. Quand me la présentez-vous ?

Jacques Saveny balbutia quelques mots.

— Écoutez-moi, interrompit Hortense Germier. Je n'ai pas fini.

Votre oncle est mort : son testament est dans un secrétaire, dans la pièce voisine : rassurez-vous, les scellés sont apposés : je suis à vos ordres pour l'ouverture de ce testament : rassurez-vous bien davantage : votre frère et vous, êtes déshérités ; je suis légataire universelle, à charge pour moi de verser à votre nièce Adrienne et à votre fils René un misérable legs de cinquante mille francs : ce n'est pas assez d'argent pour vous sauver, n'est-ce pas?

Voici donc ce que nous ferons :

Momus écrira trois colonnes d'excuses dans son journal, et vous descendrez blanc comme neige du mât de cocagne : Richard Bücher sera payé et cessera d'aboyer : enfin, toute ma fortune sera à vous ; seulement, vous mettrez un couvert de plus à votre table, tous les jours ; et ce couvert sera pour moi.

Jacques Saveny s'était levé; il avait peine à se soutenir. Il se sentit rivé à une chaîne que le feu du ciel n'eût pas entamée ; cependant, il y eut une protestation instinctive en lui.

— Et mon fils ? dit-il.

— Votre fils ? un jeune homme, un enfant ! A-t-il une maîtresse ? Je servirai ses plaisirs ; j'ai de l'or ! A-t-il une fiancée ? J'avancerai son mariage. Il est peintre, j'achèterai ses tableaux ; j'ai de l'or, entendez-vous, j'ai de l'or !

— Mais ma femme que l'or n'a jamais tentée ?

— S'il l'eût tentée, voudrais-je la voir! Votre femme est au-dessus de toutes les femmes, et c'est pour cette raison que je veux la voir ! Vous la persuaderez; elle est chrétienne, elle ne refusera pas de vous sauver.

— D'ailleurs, dit-elle aussitôt d'un ton terrifiant : Je le veux, ce sera donc !

Et dans le même instant, elle ajouta avec une modestie affectée où éclatait l'orgueil :

— Ouvrez cette porte, laissez entrer les gens de ce village, ils vous diront : Mademoiselle Germier est une sainte ; elle fait la charité. Le notaire trouvera juste que j'aie hérité de votre oncle, puisque nous noircirons du papier dans son étude : Le médecin exaltera mes vertus de sœur de Charité, parce qu'il m'a vue soigner ses malades ; et le curé chantera mes louanges aussi haut que sa messe, parce que j'entretiens son église.

Que vous faut-il de plus ?

Et comme Jacques Saveny s'avouait vaincu, elle se rapprocha de lui ; et lui prenant les mains, et l'enveloppant de ce regard où l'enfer avait mis tous ses rayons, elle lui dit :

— Tu savais bien en venant ici que je te sauverais !

— Imprudente ! répliqua Jacques en se dégageant, si l'on vous entendait me parler de la sorte !

— Je dirais qu'on en a menti ! s'écria-t-elle.

Un domestique vint annoncer que le notaire était là.

— Faites le entrer, dit Hortense ; et elle alla à sa rencontre.

— Monsieur, hâtez l'ouverture du testament : les

15.

neveux de feu M. Amable Saveny seront prévenus, aujourd'hui même : je n'ai pas autre chose à vous dire, et vraiment je regrette que vous vous soyez dérangé pour si peu.

Le notaire protesta du geste et se retira, craignant d'être indiscret.

— Ah ! pardon ! fit Hortense, encore un mot : je suis légataire universelle. Puis-je donner ma fortune à qui bon me semble, à monsieur, par exemple ?

Et elle désigna Saveny, comme on désigne un gamin à qui on fait prendre mesure pour un vêtement neuf.

— Certainement, répondit le notaire enchanté d'apprendre une nouvelle pareille, et se préparant déjà à l'ébruiter sous le sceau du secret.

Hortense Germier le reconduisit avec beaucoup de politesse, puis en rentrant dans le salon où Jacques Saveny était demeuré abîmé dans ses pensées, elle dit :

— Eh bien ! qu'est-ce que vous attendez pour aller conter tout cela à votre femme ?

## XI

Pour les siens, Jacques Saveny n'était pas à Paris : il se garda bien de les désabuser.

Quand le jour fut fixé pour l'ouverture du testament, il fit prévenir son frère et son fils par le notaire.

Le lendemain de son entrevue avec Hortense Germier, il était allé au bureau directorial de Bourre-ta-Pipe, Momus, Dieu de la Raillerie ; et celui-ci l'avait reçu comme un esclave reçoit son seigneur, et lui tendant une plume, il lui avait dit :

— Faites vous même.

Jacques Saveny était trop parisien pour être naïf : il avait pris la plume et soigné sa gloire.

— Comme exorde, la scandaleuse audace d'un rédacteur insuffisamment informé et qui déjà ne faisait plus partie de la rédaction.

Et comme péroraison, une biographie élogieuse

de l'honorable financier dont on avait emprunté les traits, par erreur.

Le style en était tendre, ingénu, sentimental : c'était platement bouffon. C'est de ces ruses grossières que les méchants emploient pour abuser les bons.

René fut bien heureux en lisant ces lignes qu'il croyait sincères, et il courut les porter à madame Viriat et à Pierre de Mursay.

Il n'avait pas dit à sa mère un seul mot des événements qui s'étaient succédé : Madame Saveny s'était renfermée dans le même mutisme.

Si son père, à ses yeux, n'était pas totalement absous, du moins il devait l'être aux yeux du monde, et cette pensée suffisait à ramener un rayon d'espérance dans cette âme enthousiaste.

Pour la première fois depuis huit grands jours, il vint auprès de sa fiancée ; et la chanson des deux amants fut comme les belles soirées de mai, resplendissante et tranquille.

René, même, retrouva sa franche gaîté d'autrefois en recevant la lettre du notaire qui l'invitait à se rendre à Montmorency pour y entendre lire conjointement avec son père et son oncle Alexandre le testament de son grand-oncle, Amable Saveny, récemment décédé.

Il promit à Pierre de Mursay de croquer la scène, et lui dit :

— Nous en ferons un tableau de genre pour le salon des Refusés. — La lecture du testament : — Voilà un vrai titre !

Pendant ce temps, Alexandre Saveny était en grande conversation avec sa fille.

— Nous irons, Adrienne, nous irons ! criait-il en tapant sur la table à grands coups de poing.

— Père, tu vas renverser la carafe.

— Je te répète que nous irons ; et je lui dirai son fait à cette femme-là ! Nous sommes déshérités, c'est sûr : a-t-on idée d'un tour pareil ?

— Mais père, nous n'allions jamais voir le grand-oncle !

— Qu'est-ce que cela fait ? Et les lois du sang ? Parbleu ! Nous n'y allions pas, à cause de cette femme ! Donne-moi encore un peu de petits pois, Adrienne ; ils sont exquis les petits pois, cette année.

— Nous n'avons pas à regretter cette fortune, va !

— La regretter ? Jamais de la vie ! Dieu merci ! j'en ai de la fortune, et mon argent, je l'ai honnêtement gagné ! On peut voir mes livres ! Seulement, je veux dire son fait à cette femme ! Je suis bien libre, n'est-ce pas ?

— Oui, père, mais jure-moi de ne pas t'emporter.

Alexandre, la bouche pleine, et sa serviette autour du cou comme si Figaro allait lui faire la barbe, brandissait sa fourchette en signe d'apaisement ; il mâchait ses mots avec ses petits pois ; il en était à la période d'accalmie. Il finit par dire assez clairement :

— Je ne suis pas en colère ; fais servir le fromage.

Les médecins de la Brie ont raison d'affirmer que le fromage facilite la digestion. Alexandre Saveny se calma décidément.

En se levant de table, il dit d'un air railleur :

— Adrienne, tu mettras ta plus belle robe, ton plus beau chapeau et tous tes bijoux ; je veux que tu l'écrases, cette femme ! Elle nous a fait déshériter ; je ne le lui pardonnerai jamais.

Adrienne sourit gracieusement, et répondit :

— Mais voyons ! puisque nous sommes riches !

Et Alexandre répliqua :

— Nous ne le sommes jamais assez tant qu'il y a des gens qui le sont plus que nous !

Le lendemain, en sa villa de Montmorency, mademoiselle Germier reçut ses invités.

Jacques était arrivé de grand matin. Vers onze heures, Alexandre fit son entrée avec sa fille ; celle-ci avait un chapeau calabrais qui lui mangeait la moitié de la figure ; et lui, il avait la grâce d'un hérisson qui fait la boule.

Hortense Germier se précipita à sa rencontre.

— Comme c'est aimable à vous d'être venu ! Et elle ajouta en minaudant :

— Je me suis rappelé que vous aimiez les pieds de mouton à la poulette ; il y en a pour déjeuner.

— Ça n'est déjà pas si bête, pensa Alexandre. Il était dompté ; il s'abattit sous cette caresse culinaire comme le perdreau sous le fusil du chasseur, à plat.

— Madame, dit-il avec humilité, permettez-moi de vous présenter ma fille.

Et tandis qu'Hortense entraînait Adrienne et la débarrassait de son chapeau et de son ombrelle, et lui montrait le piano, les albums, les tapisseries, les rideaux de guipure, les dessus de fauteuil en tulle brodé, Alexandre alla rejoindre son frère qui était en train d'examiner une vigne atteinte de l'oïdium.

— Te voilà, toi, dit-il brutalement. Eh bien ! nous sommes refaits, n'est-ce pas ?

Jacques pressa la main de son frère.

— Nous devions nous y attendre.

— Ça me touche peu, d'ailleurs, répliqua Alexandre en faisant craquer le sable sous ses pieds ; mais toi, tu n'en peux pas dire autant ; j'ai su hier, à la halle aux blés, que tu étais dans de mauvais draps.

— Dame ! répondit Jacques avec le ton de l'homme qui tâte le terrain, je ne suis pas heureux ; la hausse ne se fait pas, et par contre les différences s'accusent.

— Imbécile ! s'exclama Alexandre avec sincérité ; ton métier est un métier de dupes.

— Le mot est dur ; le métier a du bon ; je n'ai pas mis au droit ; voilà tout.

— Il fallait vendre de la passementerie ! C'est cela qui est fameux la passementerie ! A la bonne heure !

Et il glissa dans l'oreille de son frère ce mot magique :

— Je suis plusieurs fois millionnaire.

— Ce commerce ne me plaisait pas, dit Jacques tranquillement.

— Comme son fils, artiste ! Moi, j'ai habité une boutique où à dix heures du matin il ne faisait pas encore jour, et où à quatre heures du soir il faisait déjà nuit : c'était mon lot ; j'étais l'idiot de la famille ! Eh bien ! Tout idiot que je suis, je me moque du restant de l'humanité et de toi avec ; tâche d'en dire autant, monsieur le fort en thème !

— Si tu es si riche, hasarda Jacques, sauve-moi.

— Mais ma fortune n'est pas liquide.

— Si elle est solide, il n'en faut pas davantage.

Voyons, Alexandre, tu ne me laisseras pas faire banqueroute.

— Fais faillite ; ce n'est pas la même chose. Nous autres commerçants très intelligents, nous ne jetons pas la pierre à un failli ; c'est le plus souvent un malheureux que la concurrence a mis à la côte ; il retourne sa veste, et tout est dit.

— Merci, riposta Jacques, je m'habille mieux que cela.

— D'ailleurs, continua-t-il, entre la hausse et la baisse il y a plus de science qu'entre une pelote de fil et un jeu de boutons. Nous sommes obligés de vendre une marchandise avant de l'avoir achetée.

— Quand l'achetez-vous ?

— Quand il faut la livrer. Si elle a monté, nous l'achetons plus cher que nous ne l'avons vendue, et nous sommes ruinés ; si elle a baissé, nous l'achetons moins cher que nous ne l'avons vendue, et nous sommes bons.

— Achetez-la donc d'abord, vous savez ce que vous la payez, et vous la revendez en conséquence. Je ne connais que cela ; j'achète une pelote de fil un sou au fabricant, je la revends deux au consommateur : j'ai gagné un sou.

Jacques eut un sourire d'abominable commisération.

16

— Ce n'est pas cela, du tout. Écoute, Alexandre, je suis perdu ! Prête-moi deux cent mille francs.

Alexandre déplaça l'air avec une exclamation immense, et frappa si violemment la vigne malade qu'il lui donna le coup de grâce.

— Deux cent mille francs ! Va te promener ! Je te ferai une pension alimentaire, si tu tombes dans la misère ; mais je ne verserai pas un sou à tes créanciers ; ils ont pu te duper, mais ils ne me duperont pas, ces marchands de farine avariée ! Ça n'est même pas bon à faire de la colle de pâte, cette marchandise-là, et c'est avec cela qu'on fabrique du pain !

Jacques demeurait impassible. Alexandre se calma, se rapprocha de son frère, et mystérieusement :

— Tiens ! nigaud, c'est comme cette succession... non... je ne dirai rien ; c'est trop bête !

— Parle, je t'en prie. Causons-donc comme deux frères, gentiment.

— Eh bien ! moi, je me suis fâché avec l'oncle Amable pour une partie de dominos où il trichait.

Jacques fit un signe d'incrédulité.

— Oui, monsieur, reprit Alexandre, pour une partie de dominos. D'ailleurs, quand ce ne serait pas pour cette raison, j'étais assez riche pour me

payer ce luxe-là ; mais toi, tu devais y regarder à
deux fois. Tu pouvais, en continuant à voir l'oncle,
hériter de lui ; le morceau en valait la peine. Eh
bien ! pas du tout ! Tu t'es brouillé avec le bonhomme.

— Ma femme ne voulait pas recevoir mademoiselle
Germier.

— Ta femme ! ta femme ! Elle est haute comme le
temps ; elle était née pour épouser un secrétaire
d'ambassade. Quand on pense que tu l'as trompée,
— note que je te blâme, — et qu'elle n'a pas souffert une seule minute ! Elle plane si haut, si haut,
que ça ne l'a pas touchée.

— Tu crois ?

— Parbleu ! je lui ai prouvé que tu étais l'amant
de la baronne de Treyvières ; et, au lieu de me
remercier et de te faire une scène, elle a pris ta
défense et m'a prié poliment de me mêler de mes
affaires.

Jacques mit familièrement sa main sur l'épaule
d'Alexandre.

— Alors, tu juges que j'aurais dû obliger ma
femme à recevoir la maîtresse de notre oncle ?

Puis, il ajouta aussitôt :

— Silence, voici René.

Le jeune homme vint à eux. Alexandre comme

ces fusées-soleil qu'on a allumées et qu'on ne peut plus éteindre, se tourna vers son neveu, et dit avec volubilité :

— Certainement, tous les moyens sont bons pour faire sa pelote.

— Sa pelote de fil, mon oncle, fit René en riant.

A ce moment, mademoiselle Germier suivie d'Adrienne annonça que le déjeuner était servi.

Jacques Saveny présenta son fils, et il y eut de part et d'autre échange banal de politesses.

Cependant, René attira son oncle à lui en allant à table, et demanda :

— Pourquoi Adrienne est-elle venue ? Vous savez bien, pourtant, ce que mademoiselle Germier a fait dans son jeune temps.

— Quoi ! elle a fait des fredaines ! Eh bien ! j'en ai fait aussi des fredaines, moi ! Et toi, tu en fais tous les jours !

— Est-ce qu'Adrienne voudrait en faire ? interrogea René en riant aux éclats.

Alexandre Saveny comprit qu'on ne pouvait pas se fâcher avec un tel neveu ; il haussa les épaules, et poussant le jeune homme devant Hortense Germier qui se retournait :

— Madame, s'écria-t-il, voilà le plus grand gamin

que vous ayez jamais vu ! Il n'a pas pour deux liards de cervelle.

Hortense Germier parut accueillir cette déclaration avec infiniment de plaisir.

Le déjeuner fut gai : la maîtresse de la maison fit les honneurs de chez elle avec un charme indiscutable ; elle loua fort le caractère froid de Jacques Saveny, exalta les arts en général et la peinture en particulier, complimenta Adrienne sur sa grâce et bourra Alexandre Saveny de pieds à la poulette.

René était à côté d'Adrienne dont la pâleur et la toux étaient troublantes. Pour la première fois de sa vie, il ne taquina pas sa cousine. Au sortir de table, il lui prit les mains, et lui demanda affectueusement :

— Es-tu souffrante?

Adrienne lui répondit :

— Non : je me suis enrhumée, voilà tout : ce ne sera rien.

Puis, elle ajouta tout bas :

— Ah ! René, comme tu es bon pour moi, aujourd'hui ! Pourquoi n'es-tu pas ainsi tous les jours ?

La pauvre enfant avait des larmes dans les yeux.

René ne le remarqua point et répliqua :

— Es-tu folle, Adrienne? Je suis aujourd'hui ce que j'étais hier avec toi. Nous n'avons pas été élevés

16.

de la même façon, nous ne parlons pas la même langue : tu adores le bal, les courses, la toilette, toutes choses que je déteste. Mais qu'importe ! Nous sommes du même sang, et nous nous aimons !

Adrienne frissonna. O torture ! Décidément, cet homme qui lui parlait d'un ton si grave ne l'aimait pas d'amour, et plus elle le voyait, et plus elle en était éprise. Elle était tentée de se jeter dans ses bras et de lui dire :

— Je suis une enfant gâtée, mais je t'aime ; et je t'obéirai servilement, et tu me transformeras ! J'aurai tes goûts et tes dégoûts : ton visage est beau, ta parole est enchanteresse ; sois mon maître !

Puis, elle pensait que c'était déraison, puisque René ne l'aimait point, et elle prenait son mal en patience.

On achevait de boire le café sur la terrasse de la villa, lorsque le notaire arriva.

On rentra sans tarder dans le petit salon, et la lecture du testament se fit.

Instant solennel pour le notaire qui était cravaté de blanc, et qui avait mis ses lunettes sur son front, parce qu'il lisait mieux avec ses yeux la fine écriture du testateur.

Et instant sans gravité aucune pour René qui

s'était assis entre Adrienne et son oncle Alexandre, et qui s'apprêtait à faire ses petites réflexions.

D'ailleurs, chacun savait si bien ce qui l'attendait, qu'il n'y avait d'émotion pour personne.

Cependant, la rédaction du testament était acerbe. L'oncle Amable commençait ainsi :

— « Je déshérite mes deux neveux Alexandre et Jacques, qui m'ont traité en étranger. »

— Ça, c'est le style de madame l'Impure, dit René à l'oreille de son oncle.

Et continuant sur le même ton :

— Regardez donc les lunettes du notaire.

Adrienne entendit et elle éclata de rire : l'effet fut désastreux.

Alexandre Saveny poussa son neveu du coude :

— Tais-toi donc, animal !

Le notaire lut avec de pathétiques chevrotements dans la voix, les lignes suivantes :

— « J'institue mademoiselle Germier ma légataire universelle ; elle n'a cessé de m'entourer de soins et d'affection, et elle a remplacé à mon foyer la famille absente. »

— Ah ! mon oncle, murmura René, c'est un vrai réquisitoire contre vous. Protestez ! protestez donc ! Écrasez l'infâme !

— Te tairas-tu, pour l'amour de Dieu, méchant gamin ! répliqua l'oncle.

René prit alors le parti de causer avec Adrienne qui en fut ravie : si bien que la lecture achevée, ni l'un ni l'autre n'avait entendu le passage qui leur conférait un legs de cinquante mille francs.

Lorsque le notaire fut parti, Alexandre Saveny dit à son neveu :

— Au moins toi, tu as gagné ta journée ! à la bonne heure !

Et René lui répondit en riant :

— Mon oncle, je vous rembourserai votre voyage, je vous le promets.

Fière de sa victoire, Hortense Germier vint familièrement prendre le bras de René Saveny : elle trouvait René beau, elle voulait l'aimer. En face de ce peintre de talent et de ce garçon de cœur, elle se sentait honorée. Elle donnait libre cours à son ambition jusqu'ici refoulée. Elle marchait sur un lit de fleurs et vers un trône.

Devant les œuvres de ce jeune homme, la foule était arrêtée, extasiée et muette, puis loquace, bavarde et répétant ce nom déjà répété : les critiques d'art consacraient leur chronique de la semaine à l'Othello du Salon, et jusqu'en leurs reproches faisaient résonner la trompette de la victoire : les journaux illustrés reproduisaient le tableau en gravure et en belle première page : on ne pouvait pas faire un pas dans Paris sans voir le *More de Venise poignardant Desdemone :* les visiteurs affluaient à l'atelier : le ministre des Beaux-Arts s'en émouvait et parlait de la croix dans un avenir proche.

Hortense Germier était à côté de ce glorieux et elle recevait les rayons de sa gloire.

Elle avait donc résolu de faire la conquête de René Saveny ; et doutant de tout, sauf de la faiblesse humaine, elle comptait réussir en flattant cet homme.

Elle descendit au jardin avec lui, et lui dit :

— Je suis allée au Salon de peinture, il y a quelque temps, et j'ai vu votre Othello : tous mes compliments, monsieur. J'en ai le frisson quand j'y pense : ça vous prend à la gorge : on est haletant. C'est un chef-d'œuvre ! Vous aurez le prix, à n'en pas douter !

René Saveny n'était pas fâché de connaître plus intimement cette maîtresse femme qu'il considérait comme « une vraie nature », et de la détailler avec le mépris et le scepticisme de l'artiste en face du modèle.

— Eh ! madame, dit-il, vous êtes mille fois bonne de me complimenter de la sorte, mais vous pourriez bien vous tromper.

— Connaissez-vous Florence ? interrogea brusquement Hortense.

— La ville des arts, certainement.

— Madame de Staël écrit dans *Corinne*, que c'est
la ville des haines de famille. La vilaine chose, monsieur, que les haines de famille !

Et sans laisser à René le temps de répliquer :

— Madame Saveny aurait dû être des nôtres, aujourd'hui : toute la famille eût été réunie.

René tressaillit.

— Vous avez froid ? demanda Hortense.

— Non, répondit-il, mais je crois que vous délais-
sez trop vos invités, et je vais vous ramener vers
eux.

Alors, viril sans être brutal, il ramena Hortense
Germier à la terrasse, et d'un tel pas que cette
femme si hardie eut peur, et qu'elle éprouva comme
un soulagement en quittant son bras.

Quand la conversation eut repris un tour général,
Adrienne, avec une habileté de fée, détacha son
cousin de la terrasse, et l'entraîna dans une des
allées les plus désertes du parc.

Sur leur chemin ils trouvèrent une corbeille de
fleurs diverses, mariées à ravir et que butinaient
des papillons aux ailes diaprées.

— Les belles fleurs ! dit René.

— On ne m'a appris à aimer que les fleurs artifi-
cielles, répondit Adrienne tristement. Ma mère est
morte en me donnant le jour : j'ai poussé comme
j'ai voulu. Toi, René, tu as une mère ! Tu l'aimes
bien ta mère, n'est-ce pas?

René avait besoin d'éclater : Hortense Germier
venait de prononcer le nom de sa mère et l'avait
souillé : il voulait une revanche.

— Ma mère, dit-il avec force, c'est l'Évangile,
c'est Dieu ; je crois en elle, je l'adore. Elle est au-
dessus de toutes les femmes : on ne la définit pas.
Les mots sont nombreux pour chanter ses vertus, et
pas un seul ne les peint fidèlement. Ma mère est pu-
ritaine, mais elle a des idées larges : elle est pieuse,
mais sa piété est lumineuse : il n'est qu'un seul
chapitre de la vie où elle veuille demeurer implaca-
cable, c'est le chapitre de la famille ; et voilà précisément qui double ses vertus.

Adrienne écoutait, émue et charmée. Elle s'abandonnait à son beau rêve d'amour, et elle vivait une
heure de pures délices, lorsqu'un rire de femme,
sonore, ironique, insolent, déchira les airs comme
un coup de foudre.

— Qui donc rit de la sorte? demanda René en
trahissant une émotion poignante.

— Mais c'est mademoiselle Germier, répondit

Adrienne, ennuyée que ce rire troublât cet instant
adorable.

— C'est elle, tu en es sûre ?

— Certaine ; regarde.

Et en disant cela, elle écarta les touffes d'un taillis
et montra à son cousin Hortense Germier qui riait
dans le lointain entre les deux Saveny.

René serra son front dans ses mains, comme s'il
eût craint de perdre la raison.

— Oh ! ce rire ! dit-il, ce rire !

Adrienne fut effrayée de l'étrange expression de
son visage.

— Qu'y a-t-il ? interrogea-t-elle, anxieuse.

— Rien, rien ; mais laisse-moi partir. Va retrouver
ton père, et dis au mien tout ce qui te passera par la
tête ; je n'en ai pas souci. Je quitte cette maison,
sur-le-champ. Adieu.

Adrienne s'attacha à ses pas, suppliante.

— Qu'y a-t-il ? répéta-t-elle. Je veux tout savoir.

— Nous sommes aux mains de cette femme.

— Comment cela ?

— Une feuille a publié un article outrageant pour
mon père : j'ai couru chez l'auteur de cette infamie ;
j'ai obtenu réparation ; mais comme je m'éloignais,
une femme cachée, invisible, lâche, a ri sinistrement ; et ce rire le voilà !

C'est elle qui a tout conduit. Je me suis battu avec un spadassin qu'elle a payé ! Elle est femme, je ne peux pas me battre avec elle, et Dieu sait si j'ai envie de la châtier !

Et rendu aveugle par la colère, le malheureux se mit à courir et gagna la route par le fond du parc.

Adrienne, pâle et triste comme Ophélie, après qu'Hamlet l'a bannie de sa pensée pour être tout à la vengeance, se dirigea lentement vers la terrasse.

## XII

Ainsi ce jeune homme qui croyait au respect et à l'amour, puisqu'il avait une mère et une fiancée dont le front n'avait jamais rougi, voyait tout à coup sa vie s'éteindre à son aurore : il n'avait pas trente ans, et il lui fallait vieillir, parce qu'il lui fallait nier la vertu et juger le crime.

C'était vrai : son père avait été l'amant de la baronne de Treyvières, il avait trahi la foi jurée, et voici qu'au sortir de cette félonie, il apparaissait couvert d'or. L'infamie avait donc ses splendeurs !

C'était vrai : une femme, une impure, Hortense Germier, l'émule et la rivale de cet homme, dévoyée, jalouse, l'avait épié dans l'ombre, et voici qu'elle en faisait son hochet. C'était donc le crime qui punissait le crime !

René sentit sa jeunesse descendre au tombeau.

Dans ces batailles de la vie où l'âme fait défaut,

où le cœur s'ouvre comme le chêne sous la cognée, l'éducation demeure, et elle fait loi.

René se rappela la scène enchanteresse où sa mère avait mis sa main dans celle de Marie Viriat ; il se rappela l'instant dramatique où elle lui avait crié :

— Ton père et moi, nous sommes unis comme au premier jour.

Et alors, voulant payer de retour l'héroïsme de cette mère sublime, il entra chez elle, le sourire sur les lèvres.

Il se blottit contre elle, comme aux jours de son enfance, câlin et bavard.

— Ris donc, ris donc, mère chérie, tu ne saurais croire combien c'était amusant ! Elle avait peigné ses cheveux comme les vierges, tandis qu'Adrienne avait peigné les siens comme les chiens caniches ; elle portait une robe simple comme bonjour, tandis qu'Adrienne en avait une compliquée comme le binome de Newton ; elle avait deviné que mon oncle Alexandre aimait les pieds de mouton à la poulette, et à le voir manger de ce plat, on eût dit qu'il se rattrapait de la succession. C'était bouffon en diable !

Après la lecture du testament, elle s'est dressée dans l'ombre comme Lucrèce Borgia, et il m'a semblé qu'elle criait :

— Vous êtes chez moi !

— Le fait est, dit en riant madame Saveny, que je ne sais trop ce que vous alliez chercher chez elle.

— Comment ! reprit René, et mon héritage ? Tu ne sais donc pas que j'hérite de cinquante mille francs ?

Et avec le ton d'un gamin en rébellion, il ajouta :

— Il aurait fallu voir qu'on me mît à la porte, après m'avoir fait inviter, par ministère de notaire, à manger des pieds de mouton à la poulette !

Madame Saveny, gagnée par la joyeuse humeur que son fils simulait avec un art si accompli, et heureuse de trouver dans ces plaisanteries la glorification du passé, se prit à rire de nouveau.

Puis, elle apporta sur sa table à ouvrage, près de la fenêtre, une corbeille dans laquelle elle mettait ses laines à tapisserie ; et débarrassant son métier du voile qui le protégeait contre la poussière, elle s'assit et travailla.

René arpentait fiévreusement la chambre, s'arrêtait pour donner de la pente à un cadre ou de la symétrie aux petits bibelots de la cheminée, aspirait le parfum des fleurs en leurs vases, et disait à travers sa promenade :

— Parbleu ! des femmes comme elle, j'en connais, car je ne suis pas un saint, mais je n'en ai jamais vu de pareille. Celle-là est d'une espèce particulière ;

elle doit avoir fait ses classes. Elle a lu le *Contrat Social* de Jean-Jacques Rousseau; elle est ratée, comme on dit en javanais.

Elle parle d'Othello, de Florence, de Dieu, de la famille... que sais-je encore! Quand elle lit dans l'Histoire qu'une reine de France a eu des amants, elle doit s'écrier :

— Elle a fait comme moi, je suis autant qu'elle !

Madame Saveny passait et repassait son aiguille au travers du canevas sans lever la tête. Son fils parlait avec la liberté de tous les jeunes hommes que leur mère n'a pas contraints à l'hypocrisie; mais ce langage franc l'obligeait à une tenue plus sévère.

— A la bonne heure nos impures à nous autres peintres ! poursuivit René; c'est sans prétentions, ça aime les calembours et la charcuterie !

Madame Saveny se trahit; elle sourit, mais toujours sans lever les yeux.

— Oh ! fit-elle, mademoiselle Germier a dû aimer la charcuterie dans son jeune temps, elle n'a pas toujours été riche.

— Eh bien ! non, reprit René, elle a dû souffrir d'assister à ces réveillons de la Noël où l'on est dix pour manger un rond de saucisson et boire une bouteille de champagne, mais où l'esprit est intarissable. Ce n'est pas la bonne fille, c'est la grande Impure !

17.

Elle est comme la digitale, elle a une action sur le cœur, elle en ralentit les mouvements; c'est un remède de vieux !

— Oh! René, je t'en prie ! dit doucement madame Saveny.

René vint s'asseoir près de sa mère.

— La jolie tapisserie que tu fais là. Pour qui est-elle?

— Pour une jeune fille de ma connaissance qui va se marier.

— Pour Marie.

— Il n'y a pas de plaisir à te faire des charades, tu les devines tout de suite.

René devint sérieux.

— As-tu parlé de ce mariage à mon père ?

— Pas encore; mais je lui en parlerai, ce soir même, et je suis sûre de réussir.

René resta silencieux.

— Eh oui, dit-elle, voilà pourtant comment on manque de gagner une grosse fortune; j'ai laissé échapper des millions pour n'avoir pas voulu recevoir la maîtresse de ton grand-oncle.

La maîtresse d'un millionnaire est une personne du meilleur ton, et je ne suis, moi, qu'une mère imprévoyante ou sotte.

René se rapprocha de sa mère.

— Toi, tu es une sainte, dit-il avec feu, et je t'adore !

— Ah ! mon pauvre enfant ! poursuivit-elle avec un long soupir, les gens de ce siècle me trouvent absurde ; ils disent de ma conduite ce qu'ils disent de l'histoire romaine : — C'est beau, mais ce n'est pas moderne ! — Je ne suis pas moderne, oh ! mais pas du tout.

René se leva et lui prit les mains.

— Tu m'empêches de travailler et tu vas te piquer, dit-elle avec un ton de parfaite sérénité.

— Ainsi, reprit René, tu n'as jamais reçu cette femme ?

— Je l'ai même fait chasser pour lui bien marquer la différence qu'il y a entre nous deux.

— Tu l'as fait chasser de chez toi ?

— Oui.

— Oh ! tant mieux !

— Elle aurait donné, et peut-être donnerait-elle encore dix années de son existence pour entrer ici ; il n'y a qu'un petit inconvénient, c'est qu'elle n'y entrera jamais. J'ai souffert à cause d'elle, car ton père a blâmé mon rigorisme, mais j'ai lutté, et je suis victorieuse.

Cette femme, paraît-il, est dame patronnesse, tant pis pour l'Église ; elle est riche, tant mieux pour ceux qui ne le sont pas. Il est une joie qu'elle n'aura jamais, c'est celle de s'asseoir à ma table. Je vaux mieux que cela. Tu seras un peu moins riche, mon bon enfant, tu travailleras un peu plus long-temps, voilà tout. Qu'en penses-tu ?

— Comme je t'aime ! s'écria René, quand tu parles ainsi ! Alors, tu me promets qu'elle restera éternellement la grande Impure pour toi, pour moi, pour nous deux, dis, mère ?

Madame Saveny regarda son fils.

— Mais sans doute, fit-elle avec tranquillité.

En face de cette mère qui doublait son courage par ces paroles, René se prit à oublier la douleur qu'il avait ressentie quelques heures auparavant.

A ce moment la voix de Jacques Saveny résonna dans la demeure.

— Voici ton père, dit doucement madame Saveny ; et, se levant aussitôt, elle rangea sa tapisserie.

Jacques entra : il tendit en souriant la main à sa femme.

— J'apporte une mauvaise nouvelle, dit-il sans émotion.

— Laquelle ? interrogea vivement René, qui sentait gronder l'orage.

— La banque Simpson de Londres a sauté.

— Vous êtes pris pour une forte somme ? demanda froidement madame Saveny.

— Assez forte ; mais ce n'est pas la question.

Madame Saveny s'éloigna indifférente ; elle désespérait de comprendre cet homme.

— Ce n'est pas la question, hasarda René... mais cependant.

— Écoute, tu vas saisir, répondit Jacques Saveny ; et il s'assit avec la plus parfaite aisance, tandis que sa femme et son fils restaient debout.

— Être pris dans une suspension de paiements, cela se voit tous les jours, et ce n'est pas la mort d'un homme ; mais ce qui est intéressant dans l'affaire qui nous occupe, c'est qu'il y a présomption de fraude.

— C'est une banqueroute frauduleuse, dit René.

— Justement ; tu as parfaitement compris. Il semble qu'il y ait dissimulation d'actif. Il importe donc pour moi d'être fixé à cet égard ; si je suis fondé dans mes présomptions, je refuserai tout concordat à ces braves gens-là. Eh bien ! René, je viens te demander d'aller à Londres pour contrôler le fait.

Il se fit un grand silence.

— Tu refuses ?

— Non, mon père, répliqua lentement René : disposez de moi comme vous le jugerez bon ; seulement, je n'entends rien aux affaires.

— Tu es un honnête homme, **dit** Jacques Saveny en mettant dans sa voix une mélodie **particulière** ; et c'est assez pour troubler des coquins.

— Pourquoi n'y allez-vous pas vous-même ? demanda alors madame Saveny.

— Ma chère amie, répondit Jacques Saveny, il m'est impossible de quitter Paris en ce moment : les blés vont trop mal. Et, comme je ne veux pas qu'on sache que je me défie de l'affaire Simpson, j'envoie là-bas mon fils, un peintre qui aura l'air de venir copier une toile au musée et qui ira au tribunal de commerce, chez l'avoué et chez l'huissier. Hein ! est-ce bien trouvé ?

— Très bien, dit René avec une mortelle tristesse ; je pars sur-le-champ ; je serai demain matin à Londres. Je n'ai rien à vous refuser.

Jacques Saveny se leva ; il était content ; il sortit de sa poche une série de papiers.

— Tiens ! j'ai combiné ta petite affaire : tu pars dans une heure ; voici un bordereau de créance, une procuration, de l'argent, que sais-je encore... va ; écris, télégraphie souvent ; j'aurai des instructions à te donner, toutes les dix minutes.

Puis, il ajouta en souriant :

— Entre deux courses, tu entreras au musée.

René ne répliqua pas ; il s'inclina respectueusement ; il était résolu à obéir, mais il n'avait plus foi en son père, et il obéissait avec le désespoir au cœur.

Madame Saveny eut mille pensées durant cette scène, mais elle ne douta pas, un seul instant, de la déconfiture de cette maison anglaise, et elle laissa partir René, non sans l'avoir embrassé cent et cent fois et lui avoir dit tout bas dans un baiser :

— Marie sera ta femme.

Quand elle eut entendu rouler sur le pavé la voiture qui emportait son fils, elle se précipita sur le balcon, et elle mit son âme dans un dernier adieu.

Elle avait sacrifié toute sa vie pour cet enfant qu'elle accompagnait encore du geste et qu'elle suivait déjà du regard. Pour lui elle avait bu le calice jusqu'à la lie.

Trompée par l'époux qu'elle avait aimé profondément, elle était demeurée sans reproche et sans trouble au foyer.

Alors qu'elle pouvait s'étourdir dans les plaisirs et briller au premier rang par son esprit et sa beauté ; alors qu'elle pouvait emplir le monde de ses cris et demander justice, elle s'était cachée et elle s'était tue. Elle avait un fils !

Elle en avait fait un homme !

Destinée brisée en sa fleur, et sacrifice obscur sans ineffable commisération, cette femme avait trouvé le mensonge dans l'amour ; et voici que, souffrant pour son fils, elle ne lui avait jamais détaillé sa souffrance, et qu'elle n'avait jamais versé devant lui ces larmes qui atténuent l'amertume des chagrins.

Lorsque la voiture fut loin, bien loin, madame Saveny referma la fenêtre ; et en se retournant, elle trouva Jacques devant elle.

— Merci, dit-il, vous avez laissé partir votre fils.

Madame Saveny après avoir marqué son étonnement d'un geste, se disposait à sortir ; il ajouta d'une voix émue :

— Vous serez donc éternellement sans pitié pour moi, Hélène ?

Madame Saveny revint sur ses pas.

— Non, dit-elle, et sans plus tarder, je vais vous en donner la preuve.

Elle s'assit sur le canapé, et autorisant son mari à s'asseoir près d'elle :

— René aime une jeune fille qu'il voudrait épouser ; et par ma bouche, il vous peint l'état de son cœur et vous demande votre consentement.

— Il aime sa cousine Adrienne ? fit Jacques ; je l'aurais juré.

— Non ; il aime ma filleule, Marie Viriat.

— Elle n'a rien.

— Vous l'avez mal regardée ; connaissez-la mieux, vous la jugerez plus sagement ; elle est pauvre, mais ce n'est point un crime, j'imagine ?

— Non ; mais c'est une force en moins.

— Ne serait-ce pas une vertu en plus ? D'ailleurs, René est riche pour elle.

Jacques eut un sourire moqueur qui échappa à madame Saveny.

— Ah ! dit-il, je le trouve bien plutôt riche pour une autre.

— Il l'aime.

Jacques haussa les épaules.

— A son âge, j'aimais toutes les femmes.

Madame Saveny se leva. Jacques lui prit la main, et la forçant à se rasseoir :

— C'est vous que j'ai préférée.

Madame Saveny le regarda avec mépris :

— Je vous croyais un homme pratique, et voici que vous perdez le temps en paroles vaines.

Il ne répliqua point, mais ses mains se crispèrent, et une légère rougeur envahit son visage. Il voulut prendre sa revanche :

— Ce mariage est impossible ; cette union dérange

18

mes plans ; je mariais dans ma pensée René à quelque riche héritière.

— Est-ce que vous y voyiez une affaire pour vous ? demanda madame Saveny terrible.

— Votre fils est un artiste, cria Jacques avec colère ; il y a pas mal de solutions de continuité dans sa tête ; il lui faut une femme, ménagère entendue et positive. Marie Viriat est sentimentale ; elle fera de la musique pendant qu'il fera de la peinture, et le soir, ils souperont d'un verre d'eau et d'un cure-dents, — détestable régime !

— Vous voulez que votre fils épouse ce qu'on appelle un pot-au-feu, la fille d'un épicier *conséquent*, n'est-ce pas ? Vous voulez donc que René trompe sa femme ?

Jacques comprit l'allusion ; et ne pouvant soutenir le regard de madame Saveny, il se leva ; et prenant dans un vase une fleur qu'il roula dans ses doigts pour se donner une contenance :

— Non, répondit-il, pas un pot-au-feu, pas une bonne à tout faire, mais une femme du monde connaissant assez la valeur de l'or pour régler sa dépense.

— Sa dépense à lui, mais non sa dépense à elle ; et le pauvre peintre ira, les coudes percés, tandis

que sa femme courra les magasins de nouveautés
durant le jour et les bals durant la nuit.

Jacques jeta violemment sur le parquet la fleur
qu'il torturait depuis un instant. Madame Saveny la
ramassa.

— Que vous a fait cette fleur ? demanda-t-elle.

Jacques était excédé ; il détourna la tête.

— Ce que je veux, après tout, c'est le bonheur de
mon fils, dit-il.

— Ne vous occupez donc pas de le marier, répliqua madame Saveny sévèrement.

Jacques tomba comme une masse sur une chaise,
et labourant ses cheveux avec ses ongles :

— Ah ! Hélène ! cria-t-il, vous me faites expier
durement l'heure où je vous ai trompée ; vous êtes
sans pitié. Certes, vous ne vous êtes point révoltée,
et vous le pouviez ; certes, vous avez appris à mon
fils à me respecter, et c'est sublime ; mais vous
m'avez condamné sans appel, et c'est injuste.

Madame Saveny restait impassible.

— Vous me croyez tout à fait infâme ? continua-t-il
avec rage ; cet article du *Singe*, c'est la vérité à
vos yeux ? Eh bien ! non, c'est une calomnie, entendez-vous ?

Ce qui est décidément vrai, c'est que j'ai été rivé
toute ma vie à une chaîne que je ne pouvais briser

sans me perdre. Mais cette femme, cette baronne dont vous savez le nom et à cause de laquelle Maurice Viriat s'est battu pour moi, j'ai plus contribué à sa fortune qu'elle n'a contribué à la mienne. A vingt-cinq ans, j'étais déjà l'amant de cette femme...

— Pourquoi vous êtes-vous marié ? interrompit madame Saveny avec un air de profond dégoût.

Jacques allait répondre.

— C'est assez, dit-elle ; il s'agit, ce soir, entre nous du mariage de René. Cela nous vieillit tous les deux ; les blessures se ferment avec l'âge. Consentez à l'union de René et de Marie.

Jacques eut un geste de protestation.

— Voyons, suivez mon raisonnement. Votre fils vous respecte, disiez-vous, à l'instant. Voulez-vous tuer ce respect en montrant que vous et moi cessons d'être unis ?

— L'avons-nous jamais été ? s'exclama Jacques en se levant et en repoussant sa chaise avec brutalité.

— Aux yeux de René, toujours, répliqua doucement madame Saveny.

Jacques regarda sa femme avec anxiété.

— Quoi ! demanda-t-il, vous n'avez jamais conté à ce fils bien-aimé, que Viriat s'était battu pour moi, et que vous aviez failli mourir ?

— Jamais.

— Alors, il ne sait rien? Ou du moins, il doute encore?

— Je ne dis pas cela.

— Vous a-t-il parlé de l'article du *Singe?*

— Non.

— Oui, mais d'autres l'ont édifié; et il me méprise.

— Je ne m'occupe jamais des autres. Moi, je lui ai appris à vous respecter, et il vous respecte.

— C'est bien, Hélène; je n'ai pas le droit de vous empêcher de marier votre fils avec Marie Viriat.

— Je me tue à vous le dire.

— Qu'il l'épouse; et maintenant parlons d'autre chose. Vous êtes une femme forte, Hélène? Eh bien, je suis ruiné.

— Que voulez-vous, Jacques; c'est un petit malheur : nous vendrons notre hôtel et renverrons nos domestiques.

— Mais je suis déshonoré, si l'on ne me sauve pas ! hurla Jacques en frappant du pied.

Madame Saveny se dressa toute pâle.

— Il faut qu'on vous sauve ! s'écria-t-elle.

Et elle s'avança vers Jacques.

— C'est fait, on m'a sauvé.

— Qui? votre frère?

— Non, mademoiselle Germier.

— Alors, vous êtes deux fois déshonoré !

— Entendez-moi ; cette femme trouve le testament de l'oncle Amable inique, et elle me restitue la fortune qui devait me revenir.

— Qu'en pense votre frère ?

— Je ne l'ai pas consulté ; la restitution est tout entière à mon profit.

— C'est une infamie, cela, Jacques ; c'est un pacte honteux entre vous et cette fille. Soyez donc franc : dites-moi que vous voulez asseoir à la table de famille la femme qui a servi à votre oncle et à tant d'autres...

— Tout cela est oublié. Qui le sait aujourd'hui ?

— Vous : n'est-ce donc pas assez ?

Jacques prit sa femme par la main, et la forçant à s'asseoir, il lui dit :

— Mais songez donc que je suis ruiné ; j'ai fait des pertes immenses, irréparables. Les mines de l'Orénoque, l'Obole générale, les huiles, les blés. Tout m'accable. Non seulement, j'ai perdu ma fortune entière, et j'y comprends cet hôtel et ce mobilier, mais je suis à découvert de deux cent mille francs. Voici qu'un héritage me revient et me sauve ; et vous voulez que je le laisse échapper et que j'aille déposer mon bilan au tribunal de commerce ; ce serait enfantin.

Madame Saveny répondit :

— Ce serait honnête !

Elle était au supplice. Il lui semblait que cet homme raisonnait juste, et son âme s'emplissait de pitié : il lui semblait que cet homme était un monstre, et son cœur se soulevait de dégoût et de colère.

Jacques à ce mot — ce serait honnête ! — frissonna. Une pâleur effrayante se marqua sur son visage, son geste devint automatique, son regard fut fixe ; il s'accrocha au canapé où sa femme était assise, il se pencha vers elle, et murmura :

— C'est bien, j'avais prévu votre réponse : je vais me tuer.

Il était sincère.

— Grand Dieu ! que dites-vous ? s'écria madame Saveny en se jetant sur lui. Jacques, je t'en supplie, ne trouble pas ma raison. Te tuer ! tu veux te tuer ? J'ai peur !

Et la malheureuse créature s'abîma dans les bras de cet homme aussi ému qu'elle, parce qu'il venait de décider sa mort.

Jacques était un grand criminel, mais ce n'était point un lâche.

— Voyons, reprit madame Saveny en passant ses mains sur son front, comme pour fixer sa pensée ;

voyons, possédons-nous, cherchons. Dieu nous viendra en aide. Du calme ! oh ! je vous en supplie, du
calme ! Ne parlez pas de vous tuer.

» Ainsi, il me faut accueillir cette Impure à ma
table. Cela est horrible, Jacques. Vous me demandez
de détruire le foyer de famille, ce foyer que j'ai
gardé pur pendant trente ans pour un fils que
j'adore.

» Si je vous avais trompée, vous m'auriez tuée ; et
vous allez me donner pour amie celle qui a fait métier de tromper les autres !

Et ce fut un spectacle poignant. Cette femme se
traîna aux genoux de cet homme, et se tordit dans
les sanglots, en disant :

— Mon fils ! mon fils ! il y a un instant, il était là,
et je lui jurais qu'elle n'entrerait jamais chez moi !
C'est abominable ! Je suis parjure ; je suis la dernière
des mères. Mon œuvre s'écroule.

Jacques releva sa femme, et voulut essuyer les
larmes qui baignaient son visage.

— Laissez-moi, s'écria-t-elle, ma douleur est passée ; vous avez raison en tout ceci. C'est à cause de
mon puritanisme stupide que votre oncle vous a
déshérité, je vous dois trois millions. Allez chercher
cette fille ; allez, je vais vous payer.

L'infortunée parlait ainsi sans mesurer ses paroles : elle était livide, son visage était décomposé, ses mains étaient crispées, ses pieds s'embarras-saient dans les meubles et les tapis.

Jacques Saveny était adossé à la muraille, immo-bile et défait.

— Allez la chercher, reprit-elle avec véhémence ; pressez-vous, René pourrait revenir, et vous seriez perdu ; pressez-vous, ma tête est pesante, mes idées sont confuses, je pourrais devenir folle et changer d'avis !

Jacques ne bougea pas ; mais, soudain, la porte s'ouvrit, et Alexandre Saveny entra.

Alors, cette femme éplorée retrouva toute sa rai-son et tout son courage ; elle courut droit au frère de son mari :

— Alexandre, lui dit-elle, votre frère est ruiné ; sauvez-le !

— Il se sauvera pardieu ! bien tout seul, répliqua Alexandre d'un ton rogue ; écoutez un petit peu :

Madame Saveny tomba droite sur le bord du ca-napé, et resta inerte, le bras pendant, dans la pos-ture de Camille après qu'Horace l'a frappée.

— Offrez-moi donc un siège, reprit Alexandre ; non, ne vous dérangez pas, j'en ai un.

Et il s'assit.

— Je ne vous ennuierai pas longtemps. Adrienne

doit me reprendre dans un quart d'heure. Or çà !
monsieur vous joue une comédie de son répertoire ?
Il vous dit qu'il est ruiné ? Eh bien ! pas du tout, il
est sauvé : il a payé l'arriéré, une bagatelle de deux
cent mille francs, et il est à la veille de recevoir un
joli denier, je vous assure, la fortune de l'oncle.

Ces mots ranimèrent madame Saveny. Droite, elle
accabla Jacques de son regard.

— Achevez, achevez, dit-elle.

— Comment ! achevez, mais c'est fini.

— Alors, c'est un fait accompli ?

— Tiens parbleu ! mademoiselle Germier m'a
montré le reçu des deux cent mille francs.

— C'est odieux cela, n'est-ce pas, et vous blâmez
la conduite de votre frère ?

— Certainement, répondit Alexandre avec la plus
sereine bonhomie, il me doit la moitié de la fortune
qu'il rattrape !

Madame Saveny jeta un cri. Jacques intervint.

— Tu vas trop loin, Alexandre, dit-il sèchement ;
tu parles à la légère, j'ai pu recevoir deux cent mille
francs de mademoiselle Germier ; je suis excusable
en cela, tu ne me les aurais pas prêtés, tu m'as suffisamment édifié, ce matin ; mais je n'ai pas reçu
l'héritage de mon oncle.

— Tu le recevras, j'espère ! cria Alexandre en faisant un haut-le-corps qui dénotait chez lui l'angoisse.

— Peut-être ! répliqua Jacques en regardant sa femme.

— Comment, peut-être ? Ah çà ! Hélène, vous allez le décider, je suppose.

Madame Saveny rêvait qu'elle était tombée dans une taverne de bandits ; mais bientôt, elle s'éveilla, et revenant à la réalité, elle vit qu'elle était simplement devant les neveux d'un épicier enrichi.

— Ainsi demanda-t-elle à Alexandre, vous avez refusé de sauver votre frère ?

— Je n'ai pas refusé ; c'est-à-dire que... Et quand j'aurais refusé ! Vous voyez bien que j'aurais sagement fait, puisqu'il se présente une solution qui arrange tout le monde.

Madame Saveny contemplait cet homme, à la face rougeaude, qui couvrait sa chaise de tout son volume, et qui était assis derrière son ventre, comme un avare derrière son trésor.

Il était franc, il était sincère, il parlait la langue courante, il était vraiment bien moderne.

Jacques opposait la force d'inertie, cette arme des roués de ce siècle.

— Je comprends, enfin, dit madame Saveny ; votre frère est ruiné, vous restez chez vous ; il hérite, vous accourez et vous vous écriez : Part à deux !

Alexandre eut le mouvement de tête des Dieux qui consentent. Alors cette femme qui se débattait entre ces deux hommes eut un dernier éclat :

— Et si je ne veux pas, moi, de cet héritage ! Car notez-le bien, tout dépend encore de moi ; si je refuse d'ouvrir ma porte à cette fille qui fait la généreuse avec l'argent des autres, elle gardera ses millions.

Alexandre poussa un soupir énorme.

— Je n'ai pas étudié dans les livres, dit-il, et je ne suis qu'un lourdaud ; mais je ne crois pas que vous puissiez jamais m'expliquer votre obstination à rejeter cette femme. Ce n'est pas avec elle que j'étais brouillé, moi ; c'est avec l'oncle.

— Comme nous nous comprenons ! dit madame Saveny ; c'est l'oncle que j'aurais reçu volontiers, moi ; et c'est cette femme que je rejette.

— Étrange ! reprit Alexandre qui n'avait pas saisi l'ironie de la phrase. Voyons, Hélène, raisonnez : vous êtes intelligente, que diable ! Voici une succession qui nous fait retour, — trois millions, — c'est toujours bon à prendre ; c'était inespéré, c'est d'autant meilleur.

— Tu ne vois pas le côté moral de la question, objecta Jacques.

— Le côté moral ! Il n'y a pas de côté moral dans les affaires.

Je n'ai jamais demandé de certificat de bonnes vie et mœurs à la couturière qui venait m'acheter son fil et ses boutons.

Mademoiselle Germier nous apporte trois millions : elle exige en échange une chambre dans la maison ; c'est trop juste. Elle devient notre pensionnaire : de quoi nous plaignons-nous ? Elle a payé d'avance. Ma devise, à moi, est : « Je paye, donc je suis. »

Madame Saveny était vaincue. Depuis un instant, elle n'écoutait plus. Elle se disait qu'elle n'avait pas le droit de ne pas sauver son mari.

Soit ; elle accueillerait cette femme, mais son fils chéri, son René bien-aimé, reviendrait : alors, elle le marierait à Marie, et le soir de ce jour bienheureux, elle tomberait à ses pieds et le conjurerait de l'emmener : il la prendrait avec lui, et elle vivrait désormais entre ses deux enfants, humble, modeste, n'élevant la voix que pour les bénir.

Cependant Jacques s'était rapproché d'Alexandre, et disait :

— Encore faut-il que tout cela ait l'approbation d'Hélène.

— Ne me consultez pas, cria madame Saveny : j'hésitais, je n'hésite plus : qu'elle entre cette Impure, elle est mieux que nous ! Jacques, vous serez

19

sauvé : Alexandre, vous hériterez ; vous êtes l'aîné,
on vous fera bonne mesure ! Aujourd'hui, la famille
n'est qu'un mot : ce qu'il y a de vrai, c'est la chasse
à l'or ! Mon fils sera riche. Moi, j'imiterai le sanglier
de la fable.

« Apprenez, leur dit-il, comme on fait son chemin. »

Je me mettrai dans la bourbe jusqu'au cou : je
promènerai mademoiselle Germier dans les bals ; et
entre deux eaux sucrées, elle me contera ses bonnes
fortunes.

— Hélène, je vous en supplie... dit Jacques.

Alexandre l'arrêta.

— De l'exaltation ! laisse, toutes les femmes sont
ainsi.

— Payez vos dettes, Jacques, poursuivit madame
Saveny, je ne veux pas qu'on me reproche votre
déshonneur.

Le bruit que je fais est stupide. Il n'y a pas en ceci
matière à drame. Votre scepticisme me gagne, votre
raisonnement me convainc, et je crois que je vais
courir au-devant de cette femme pour arriver avant
vous deux. Voyez ! je me rends à l'évidence, je ris !
Comment donc ! mademoiselle Germier était l'é-
pouse de votre oncle ! Elle n'a pas reçu le sacrement
du mariage ? Oh ! la pauvre femme ! C'est sans doute

que l'oncle est mort trop vite ou que le curé demeurait trop loin !

Madame Saveny avait trop préjugé de ses forces :
les nerfs l'emportèrent.

— Puis, dit-elle, en scandant chaque mot par un
éclat de rire, si René a, un de ces jours, des velléités
d'épouser sa maîtresse ou la maîtresse des autres, je
serai déjà préparée à l'événement : ma bru ressem-
blera à ma pensionnaire !

Cette fois, la crise nerveuse s'établit, et la malheureuse fut secouée par un rire strident, interminable.

Jacques s'apprêtait à demander du secours, lorsqu'Adrienne entra.

Cette apparition subite produisit un grand effet
sur madame Saveny : elle domina son rire, mais
tomba épuisée, et murmura ces seuls mots :

— Dieu ! que je souffre !

Adrienne s'avança un peu étonnée, mais franchement gaie.

— On vous entend rire de l'antichambre, dit-elle.
J'espère qu'on s'amuse, ici. Pourquoi rit-on ? J'en
veux ma part.

Elle vint embrasser sa tante.

— C'est vous, ma tante, qui riez si fort ? vous si
grave d'ordinaire.

Eh bien ! personne ne répond ? Ma tante, vous ne riez plus ? on dirait que vous allez pleurer.

Alexandre Saveny faisait des gestes immenses à sa fille.

Jacques prit le seul parti raisonnable : il alla vers sa nièce et lui dit doucement :

— Laisse ta tante, mon enfant ; elle vient d'avoir une crise de nerfs, parce qu'elle a dû se séparer de René.

Adrienne pâlit.

— René est parti ? fit-elle vivement. Où est-il ?

— A Londres, pour une faillite dans laquelle j'ai des intérêts sérieux à défendre.

Elle se souvint de quelle façon tragique René l'avait quittée à Montmorency, et elle devina qu'on lui cachait quelque chose ; mais elle sut ne pas se trahir.

— Ah ! bah ! dit-elle, en riant, la singulière nouvelle ! René en Angleterre pour affaires ! Eh bien ! c'est moi qui vais le plaisanter quand il sera de retour !

Et courant à son père qu'elle menaça du doigt d'une façon tout à fait charmante :

— La flèche est partie de ton carquois ! Tu as décidé René à entrer dans le commerce !

— Jamais de la vie ! dit Alexandre Saveny : je ne savais pas René à Londres.

— Madame Saveny plus calme et plus forte prit sa nièce par la main.

— René est chargé par son père d'une mission délicate, dit-elle : il s'agit de pénétrer un secret : on veut savoir s'il y a dissimulation d'actif. Comprends-tu, petite curieuse ?

— C'est très clair, répondit Adrienne d'un air convaincu.

Et elle pensa :

« Je confesserai mon père; je saurai tout : j'aime René, et si l'on s'est joué de lui, je le vengerai. »

Après quoi, elle entraîna sa tante sur le balcon et lui conta mille de ces riens qui sont la vie des femmes futiles.

Madame Saveny n'écoutait pas, mais le grand air la vivifiait, et elle avait la force de simuler l'attention la plus soutenue. Son esprit était ailleurs ; elle pensait à son fils.

Adrienne allait toujours bavardant, mais elle observait sa tante, et elle était maintenant bien certaine qu'on lui cachait la vérité.

Son père l'appela.

— J'y vais, père, j'y vais. — Oh mon Dieu ! je ne

19.

suis pas plutôt arrivée, qu'il faut que je m'en aille !
Au revoir, ma tante ; cette visite ne compte pas : je
vous en ferai une autre, demain. Je vais venir tous
les jours, puisque René n'est plus là : vous êtes
seule ; c'est bien triste !

Madame Saveny trembla, et Adrienne pensa, pour
la seconde fois :

« On s'est joué de lui, je le vengerai ! »

Cependant Alexandre avait emmené Jacques dans
l'antichambre et lui disait :

— Il faut battre le fer quand il est chaud, — trois
millions, — c'est un joli gâteau ! Je partagerai tes
charges ; entends-tu ?

Jacques garda le silence.

— Tu as l'air d'avoir des regrets, reprit
Alexandre.

— Des regrets, moi? Pouah ! Je suis l'homme du
monde qui en a le moins. Retiens ce que je te dis :
avant huit jours, j'aurai imposé mademoiselle Germier à ma femme.

## XIII

Sans doute, les anges avaient voulu célébrer dignement le dernier jour du mois de Marie, car ils avaient obtenu du Maître que l'aurore fût tranquille : le soleil montait majestueusement dans un ciel sans nuages.

Bientôt la campagne s'était éveillée sous la chanson de l'alouette, et déjà le laboureur était à sa charrue, libre, calme et robuste, tandis que la cité qui n'avait pas encore dormi marquait le jour en doublant son tapage.

Hortense Germier, une femme étrange entre toutes, dont l'âme ne se sentait point attirée par la paix de la campagne et que le bruit de la cité eût troublée dans ses méditations criminelles, était pensive dans le fond de sa villa.

Elle adorait les environs de Paris, parce qu'elle aimait les contrastes : elle était heureuse de voir flamber la grande ville, les soirs d'incendie, sans entendre les cris d'une population affolée : elle voulait que son rêve commencé dans les hauts arbres de son parc sous les trilles des oiseaux et le parfum des roses fût interrompu par les jeux de mots d'une bande de commis voyageurs avinés : elle faisait de longues promenades ; elle allait vider son aumônière dans les réduits les plus obscurs, puis elle rentrait en ville ; et sur la place la plus hantée, elle commandait au libraire les journaux parisiens du matin et les romans à sensation de la veille.

Elle venait de se lever. Elle revêtit un long peignoir pourpre.

Le matin, elle portait le deuil, comme les enfants des Pays-Bas, en rouge.

Autour de son cou, elle mit une croix en bois d'ébène travaillé à merveille, et soutenue par une fine chaîne noire : cette croix tranchait brutalement sur le peignoir. Elle disposa ses cheveux en grands bandeaux à la vierge : en arrière de sa tête, elle ramassa sa chevelure en une masse compacte, soigneusement nivelée, qu'elle fixa par un peigne d'écaille en forme de diadème avec un rang de perles. Puis, elle entra dans son boudoir.

C'était son endroit de prédilection : c'est là qu'elle venait haïr et souffrir.

C'était une très singulière petite pièce créée par
elle, tout entière. — Deux portes-fenêtres séparées
par un trumeau et donnant accès à un escalier de
pierre, à rampe haute et couverte de lierre. — Cet
escalier à double révolution conduisait à une avenue
de beaux peupliers qu'Amable avait voulu abattre,
parce qu'ils attiraient la foudre, et qu'elle avait
gardés pour cette raison. — A l'intérieur, en face de
ces deux sorties, une porte à deux battants faisant
communiquer le boudoir avec l'appartement. — A
gauche, la cheminée : à droite, en face de la cheminée, une fenêtre avec une glace sans tain ayant vue
sur une allée qui se scindait vers son milieu, et qui
menait d'un côté à un coin sauvage, et de l'autre au
vrai jardin des environs de Paris. C'était ce dernier
côté qu'Hortense aimait le moins, parce qu'il était
l'œuvre d'Amable, — magnifique coin de terre, di-
rectement derrière la grille de la route, et dans lequel on avait entassé bassins, poissons rouges, jets
d'eau, statues, caisses d'orangers et corbeilles de
fleurs avec des dessins au chiffre du maître de la maison. Les badauds s'arrêtaient des heures entières devant la grille, et Amable dans son salon, derrière son
rideau, jouissait outre mesure. Pauvre Amable !

Le boudoir d'Hortense était à la fois chinois et japonais, mais surtout baroque.

Les murs étaient recouverts de cette toile grise fort à la mode et qui a assez d'analogie avec la vulgaire toile d'emballage.

Sur cette toile, de place en place, on avait formé de grands carrés en bois de bambou : dans chaque carré, sur une natte finement tressée, étaient brodés en soie, tous les fils du Céleste-Empire dans divers états, avec des ombrelles et une tête en porcelaine.

Le plafond était tapissé avec la toile qui avait servi aux murs : sans ornementation aucune, elle était tenue en pente de la rosace aux corniches, de façon à simuler un campement de soldat : ce ciel étrange était fermé en son centre par un nœud fait avec du satin et des faveurs bariolées ; et à ce nœud était appendue une lanterne octogonale de nationalité japonaise.

La cheminée, assez laide, d'ailleurs, était masquée par un large écran à pied avec fond violet et broderies de soie représentant des fleurs et des papillons.

La glace était enchâssée dans un carré de bois de bambou qui régnait avec les décorations murales.

Sur la cheminée, de chaque côté, étaient deux grands vases en belles porcelaines du Japon, de soixante centimètres de haut, et desquels s'échappaient des gerbes de fleurs en or : au centre, s'élevait une terre cuite, imitation d'une des danseuses du groupe de Carpeaux : La femme était nue et dansait aux sons d'un tambour de basque qu'elle agitait : à ses pieds, un Amour tenant une torche dans sa main, souriait méchamment.

Le sol était recouvert d'une natte.

Tout autour de la pièce, avec une symétrie parfaite, étaient disposés des sièges orientaux, bas, sans pied ni dossier, uniquement formés par des coussins durs, superposés de façon que chaque angle formât un nouvel angle avec le précédent.

En face de la cheminée, sous la glace sans tain, il y avait un sofa.

L'étoffe de ces différents sièges était exquise : c'était un tissu crêpé à fond bleu-clair avec des impressions japonaises fort soignées dans le détail. — Des poissons, des lapins, des hirondelles, tous les animaux chers au Japonais, et la brouette dans laquelle, après dîner, les messieurs promènent les dames, dont les petits pieds pourraient se meurtrir sur le pavé.

Les rideaux des fenêtres étaient une fine mousseline imprimée, qui atténuait sensiblement les rayons du jour dans leur crudité.

A chaque angle du boudoir, était un dessus de

marbre soutenu par un long pied cintré qui se ter-
minait par une griffe de tigre.

Au milieu, était une table carrée en joli laque avec
incrustations d'or. Les quatre pieds reliés par un
entre-jambes à X orné d'un vase, étaient plaqués
d'ivoire, et se terminaient par une gueule de dragon
vomissant des flammes.

Le soleil gai et causeur avait pénétré en flanc par
la glace sans tain, et il était en grande conversation
avec les Chinois et les Japonais du boudoir, lorsque
Hortense Germier entra.

Elle appuya légèrement sur un bouton dissimulé
dans la décoration murale. Une soubrette parut.

— Baissez le store du fond, dit-elle.

La soubrette fit descendre sur la glace sans tain
un adorable taffetas orné de bergers et de bergères,
et se retira.

Quand le silence fut complet autour d'elle, Hortense dressa sur le sofa un coussin moelleux, et se
couchant de tout son long, elle creusa le coussin du
poids de sa jolie tête : puis elle se prit à rêver.

Le soleil est un indiscret qu'on ne met pas facilement à la porte : il trouva le moyen de filtrer entre
le bord du taffetas et la vitre ; mais sachant bien se
conduire en cette occasion, il joua avec la superbe

chevelure d'Hortense, et lui composa une couronne
de rayons.

Hortense Germier se vit dans la glace de la cheminée, et comme elle se trouva à son goût, elle se
garda bien de se soustraire, cette fois, aux chaudes
morsures du soleil.

— J'étais si jolie, murmura-t-elle, que j'aurais pu
devenir princesse. Au grand soleil des Champs-
Élysées, soulevant des nuages de poussière par le
pas de mes chevaux fougueux, j'aurais aveuglé la
foule, et on se fût écrié :

— Est-il heureux, ce prince !

Et en effet, le prince eût été heureux. Pauvre
prince, va !

Or, la principauté de mon prince me fit toujours
hausser les épaules.

Je désirais moins, parce que je voulais davantage. J'aurais voulu être la maîtresse d'un poète, me
blottir à ses côtés, coller mes lèvres sur les siennes
et mettre mes doigts sur cette lyre dont la musique
enivrante fait voir le ciel bleu, alors que l'âtre est
sans feu et la table sans pain.

Or, j'avais goûté l'amour, et je n'aimais pas !

Cependant, en ce siècle hideux qui s'est grisé avec
de l'or, comme on se grise avec du champagne,
bestialement, j'ai tenu à être riche pour avoir le

monde à mes pieds; et voici qu'ayant réussi, j'ai des pauvres et des flatteurs : les uns ont besoin de mon argent, les autres en redoutent la puissance.

Je fais des mariages, et j'ai tant de filleuls dans le pays que je n'en sais pas le nombre.

Donc, je pourrais finir mes jours dans cette fête éternelle, et mourir adorée.

Eh bien! non, non! Une femme m'a tentée, parce qu'elle est vraiment d'un autre âge ; une femme m'a défiée, puisqu'elle m'a résisté; je veux briser cette femme! Je vais me venger d'elle!

Un feu ardent desséchait sa gorge : ses yeux étincelaient : sa poitrine s'enflait et ondulait sous la haine, comme la voile d'un navire sous l'ouragan déchaîné.

— Oui, reprit-elle, c'est superbe de se venger ainsi! Je rentre en conquérante. Cette femme qui m'a tenue sous son talon, viendra sur le seuil de sa porte pour me souhaiter la bienvenue.

Décidément le soleil aimait Hortense avec trop d'ardeur ; elle trouva ses rayons insupportables : elle se leva et descendit dans le jardin par l'escalier de pierre.

Elle passa dans l'allée où la veille elle avait conduit René Saveny, et où celui-ci avait frissonné quand elle avait prononcé le nom de sa mère.

— Ah! dit-elle, lui, il me fait peur! Il est beau. Dans un élan d'enthousiasme, il peut me perdre.

Mais, elle pensa aussitôt :

— Suis-je folle, au moins! C'est son père qu'il perdrait ainsi ! Jacques Saveny est entre mes mains. Je l'ai sauvé de la ruine. Je lui ai prêté, hier, deux cent mille francs, avec lesquels il va payer, aujourd'hui, l'arriéré : demain, il sera encore à découcouvert, et je jouerai désormais le rôle de la bonne fée dans cette famille.

Et graduellement, Hortense se laissa aller à un rêve exquis : madame Saveny venait à elle, douce et affectueuse, et mettait son nom dans ses prières du soir, et René Saveny, rayonnant de jeunesse et de talent prenait conseil d'elle avant de rien tenter dans la vie; et enfin, elle avait le rang qu'elle ambitionnait auprès de cette femme qui, pendant plus d'un quart de siècle, l'avait méprisée comme la fille des rues.

Hortense Germier était fort riche. Amable Saveny s'était laissé dominer par elle dans les dix dernières années de sa vie : elle avait vécu très simplement et elle avait peu dépensé : les revenus s'étaient ainsi considérablement augmentés.

Elle avait calculé que la ruine de Jacques lui coûterait un petit million, et elle se trouvait encore assez riche pour vivre et faire vivre les Saveny.

Elle était résolue à ne pas se dépouiller tout d'abord : elle craignait qu'on ne la mît à la porte, quand elle serait dépouillée ; et elle entendait gagner le cœur de René en lui promettant sa succession.

Elle fut dérangée dans ses réflexions par sa soubrette qui vint lui dire :

— Madame sait que les mariés sont là ?

— C'est vrai, répondit Hortense Germier, ces pauvres mariés ! Je n'y pensais plus. Fais-les asseoir dans mon boudoir. J'y vais.

Et la soubrette introduisit, dans le boudoir de madame, son jardinier, Césaire, un gars taillé en dragon, qui épousait la jeune Césette, une blanchisseuse du pays, gentille à croquer.

— J'espère que c'est cossu, ici, les enfants ! dit la soubrette d'un ton protecteur ; tâchez de ne rien gâter !

Et les mariés, ahuris par ce décor et par la façon éloquente dont la soubrette le faisait valoir, se tinrent sur la pointe du pied pour ne pas trop écraser la belle natte qui recouvrait le sol.

Hortense Germier arriva. Césaire tourna son chapeau dans ses doigts et Césette baissa les yeux.

— Comme vous voilà beaux ! dit Hortense d'un

ton enjoué : vous êtes, ma foi, très bien tous les deux ! la toilette de mariée te va à ravir, Césette.

— D'autant, hasarda Césaire, que c'est madame qui l'a donnée. Madame est si bonne ! Elle est la Providence du pays !

— Césaire, interrompit Hortense, tu es un homme heureux : tu épouses une jolie fille.

— Je vous assure que je l'aimerai bien, madame, dit Césette en rougissant.

— Asseyez-vous, mes enfants, je vais chercher le cadeau de la mariée.

Hortense sortit.

— Sur quoi donc s'assied-on ici ? demanda Césaire.

— Sur le banc qui est là.

Et la jeune mariée désignait le sofa.

— Mais non, c'est un lit pour se coucher tout habillé.

— Tu crois, Césaire ?

— J'en suis sûr ; en arrangeant les fleurs du jardin, j'ai vu bien des fois madame étendue là-dessus. Elle parlait tout haut, elle récitait des pièces de théâtre.

— C'est égal, Césaire ! on ne fait pas bien le ménage, chez ta patronne ; regarde un peu ces coussins pêle-mêle ! Comme c'est tourné, tout ça ! Et madame ne dit rien ?

— Tu es bête, Césette ; c'est comme ça que ça se tourne dans le grand monde ; et tu sais, c'est une vraie faveur d'être reçu ici, parce que c'est l'endroit où madame s'enferme pour réciter ses pièces de théâtre. Si tu la voyais quand elle frappe du pied et qu'elle dit : « J'entrerai chez cette femme ou j'en perdrai la raison ! »

— Ce doit être beau, Césaire ? J'aime le théâtre !

— Ce n'est pas beau du tout, c'est même laid ; elle a le visage retourné, et quand je vois cette affaire-là, j'ai toujours peur qu'il ne lui en reste quelque chose dans la cervelle !

Ce dialogue naïf, mais si profond en sa naïveté, fut interrompu par Hortense qui apporta à la mariée une parure de corail qu'elle pouvait porter sans être ridicule, et qui, pour cette raison, lui fit grand plaisir.

Hortense mit ensuite un billet de mille francs dans la main du marié, et lui dit :

— Voilà pour monter votre ménage.

Et tandis que les deux jeunes gens, transportés de joie, la remerciaient dans un langage incorrect mais sincère, elle n'éprouvait qu'un sentiment d'orgueil mal satisfait.

Lorsque Césaire et Césette se furent retirés, la soubrette rentra auprès de sa maîtresse et lui dit :

— Est-ce que madame va s'habiller pour aller à cette messe ?

— Non, je suis mal, ce matin ; je ne sortirai point. Je recevrai M. Jacques Saveny qui doit venir, mais je ne recevrai que lui, tu entends bien ?

— Oui, madame, j'entends bien, répliqua la soubrette ; et elle ajouta en se dirigeant vers la porte :

— Je savais bien que madame ne pouvait pas aller à la noce de son jardinier !

Quelques instants après, Jacques Saveny était devant Hortense Germier.

— Asseyez-vous, Saveny, et attaquez franchement.

— Madame Saveny consent à vous recevoir.

— Chez elle, bien entendu. Quand ?

— Tout de suite.

— Votre fils ?

— Je l'ai éloigné.

— Comment cela ? Pas de rébus, je vous prie. Droit au fait.

— Je l'ai envoyé à Londres, pour une affaire litigieuse dont j'ai grossi l'importance. Quand il rentrera à Paris, ma femme vous aura reçue ; le sacrifice sera consommé, et mon fils l'acceptera pour ne pas désavouer sa mère.

— C'est bien.

— Quand viendrez-vous chez moi ?

— C'est aujourd'hui samedi, j'irai chez vous jeudi.

— A quelle heure ?

— A l'heure où l'on donne les fêtes. J'entends que vous fassiez bien les choses, mon cher. J'agis dans votre intérêt, vous allez voir : On a, dans ces temps derniers, répandu de fâcheux bruits sur votre position financière. Vous avez dû prouver à tous ces hâbleurs qu'ils avaient menti. Faites plus; obligez-les à mentir encore. Donnez-leur une fête. Ils diront que vous êtes riche à plusieurs millions, et vous vous servirez de ces millions-là pour en gagner d'autres. Est-ce compris ? Vous savez que nous sommes associés et que je suis très forte, j'ai été dans l'épicerie.

Une légère rougeur colora le visage de Jacques Saveny.

Il lui sembla qu'il était homme et qu'une femme venait de lui offrir de l'argent.

Mais bientôt il se remit et, revenant à ce qu'il appelait le vrai des choses, il songea qu'il était, avant tout, ruiné, et qu'Hortense Germier lui restituait, après tout, une fortune qu'elle avait volée.

— J'aime assez l'idée de la fête, dit-il.

Et il pensa tout bas :

— L'assistance sera nombreuse, Hortense Germier se perdra dans la foule, ma femme se trahira moins.

Hortense considéra la conférence comme terminée ; elle se leva, et se dirigeant vers l'escalier du jardin :

— Venez-vous faire un tour dans l'allée des Peupliers, ces arbres que j'aime tant parce qu'ils menacent le ciel ?

— Prenez garde ! dit Saveny en souriant, ils vous vaudront, un jour, un bon coup de foudre.

— Qu'est-ce que cela me fait ? répliqua Hortense, puisque je vais habiter chez vous. A propos, comment trouvez-vous mon boudoir ?

— Original.

— Comme moi, n'est-ce pas ?

— Oui.

— Et votre frère ? Vous ne me parlez pas de ce gros mangeur de pieds à la poulette. Il faudra le tenir au courant de nos petites affaires, mais tout à fait à l'occasion.

— Il est déjà prévenu par vous.

Hortense se mordit les lèvres.

— C'est vrai, dit-elle ; j'ai trouvé sa conduite envers vous tellement ignoble, que j'ai voulu lui servir

un plat de ma façon. Je lui ai conté que je vous sau-
vais. Il doit être mortifié, aujourd'hui.

— Nullement, répondit Jacques Saveny, en train
d'examiner la terre-cuite de la cheminée ; il est si
peu mortifié qu'il veut partager avec moi...

Le mot était osé. Hortense Germier l'arrêta net
dans son audace.

— Partager quoi ? vos dettes ? Laissez-le faire.

— Non, pas mes dettes, mais la fortune...

— Quelle fortune ?

Jacques Saveny eut froid dans les os.

Il était à la discrétion de cette femme ; il était pour
elle un joujou qu'elle couvrait de caresses ou qu'elle
foulait aux pieds, suivant sa fantaisie.

— Sortons, dit-il pour masquer sa déconvenue.

— Je ne suis plus disposée, fit Hortense ; et elle
vint tout près de lui, et mettant ses mains sur ses
mains, et mirant ses yeux dans ses yeux :

— Soyez bien sage, murmura-t-elle d'un ton
enfantin, et cette fortune vous fera retour avant
peu.

Jacques allait parler; elle se détacha de lui, et un
doigt sur la bouche :

— Silence, dit-elle, et soyez bien sage !

Jacques était au supplice; il avait l'habitude de
traiter les affaires avec les hommes et de marcher

toujours droit à la conclusion, que ce fût gain ou perte pour lui.

En cet instant, il était devant une femme, créature avide de diversité, qui prenait plaisir à ne pas suivre ses pensées, parce qu'il eût été fastidieux de s'appesantir sur le même sujet, et qui ne voulait pas tout dire aujourd'hui, pour pouvoir encore parler demain.

— Vous êtes énervé, mon cher. Allumez donc une cigarette; en lançant des bouffées de fumée, vous croirez souffler sur le monde, ça vous distraira.

Jacques hésitait.

— On fume chez moi; fumez, je vous en prie.

Jacques eut un mot malheureux.

— Est-ce que vous aussi, vous fumez? demanda-t-il.

— Vous êtes fou, monsieur, dit-elle avec colère.

Elle s'assit sur un jeu de coussins, et mettant ses coudes sur ses genoux, elle cacha son visage dans ses mains crispées.

Jacques, après avoir allumé une cigarette et s'être assuré que le boudoir ne trahirait aucune de ses paroles, vint se pencher derrière elle, et murmura comme on murmure une confidence:

— Qui est-ce qui sait que vous avez été ma maîtresse? répondez.

Hortense se leva d'une seule pièce. Ses yeux

jetaient des éclairs; ses lèvres se tordaient sous le rictus de la démence.

— Taisez-vous ! vous mentez ! je n'ai pas été votre maîtresse.

Et dans sa poitrine, il se fit une inspiration et une expiration si bruyantes que ce fut comme un sanglot.

Jacques lui prit la main.

— Calmez-vous et répondez-moi. Il faut que ma femme ignore éternellement que...

— Que je me suis donnée à vous, interrompit Hortense qui retrouvait toute sa haine dans ce souvenir. Et pourquoi ?

— Parce que je ne peux pas asseoir ma maîtresse à ma table.

— Rassurez-vous, rassurez-vous, reprit-elle avec une volubilité indomptable, je n'ai jamais été votre maîtresse.

Et elle se mit à rire, à rire si étrangement que Jacques Saveny fut effrayé.

— Votre maîtresse ! Ah ! vous calomniez l'amour, ou bien vous avez la vue troublée et vous voyez les images en double.

— Ne parlons plus de cela, dit Jacques d'un ton cassant; mais seulement, retenez bien mes paroles : Si mon fils apprend jamais ce qui s'est passé entre nous deux... soyons précis, s'il apprend que je vous ai possédée.

— Eh bien?

— Eh bien! vous et moi, comme les traîtres des mélodrames, nous nous engloutirons par la trappe du fond, et nous laisserons les autres finir la pièce en avant de la scène.

— Ce serait trop bête! répondit Hortense.

Mais l'expression de visage de Jacques Saveny dut être terrible, car elle n'ajouta rien.

Elle le reconduisit jusqu'à la grille. On apercevait sur la route, dans le lointain, la noce de Césaire qui se rendait à l'église.

— Il paraît qu'on se marie dans votre pays, dit Jacques d'un air indifférent.

— C'est moi qui fais ce mariage; je m'offre le luxe de marier mon jardinier avec ma blanchisseuse.

— C'est un joli service que vous leur rendez là!

— Je les marie, parce que j'ai peur de la fin du monde, répliqua-t-elle en se moquant de lui; je ne suis pas prête à mourir; j'ai de la fortune, entendez-vous, beaucoup de fortune.

Et aussitôt, avec cette souplesse propre à la femme.

— Retournez-vous, Saveny, et regardez un peu cette corbeille de fleurs.

21

— Elle est fort belle.

— Ah ! vous trouvez ; je ne trouve pas. C'est votre oncle qui l'a fait planter. Dites-donc ! Ces fleurs ne ne seraient pas déplacées à votre fête de jeudi, je vous les enverrai.

— Oh ! ne les coupez pas pour moi, fit Jacques en protestant du geste.

— Soyez tranquille, ce n'est pas moi qui les couperai, ce sera mon jardinier, le jeune marié qui passe là-bas.

Et comme Jacques protestait encore :

— Acceptez pour madame Saveny ; le cadeau n'est pas de moi ; ce sont les fleurs de votre oncle.

Quand Hortense Germier fut rentrée dans son boudoir, elle sonna sa soubrette.

— Jeudi, je coucherai dans mon appartement de Paris ; je suis invitée à une grande fête chez madame Jacques Saveny.

La soubrette s'inclina et sortit.

## XIV

Madame Saveny avait couru chez son amie, Cécile Viriat, et dans un flot de larmes lui avait conté ses chagrins.

Ainsi, la dignité de l'épouse, la fierté de la mère étaient un rêve de poète.

La seule loi qui s'imposait au monde était la loi de l'or !

Son père l'avait élevée dans la crainte de Dieu et le respect de la famille. Par une morale raisonnée, il lui avait appris à distinguer la vertu de l'hypocrisie et à détacher la parole du Christ de la parole des hommes.

Aussi, elle avait fait le bien pour consoler les affligés et non pour s'attirer des louanges ; aussi, elle était allée à l'église pour prier et non pour militer.

Elle était devenue l'épouse de Jacques Saveny ;

comme elle était sans péché, elle avait rougi et frémi sous les premiers feux du mariage ; mais bientôt son cœur avait battu, et femme désormais, elle s'était jetée dans les bras de son époux en murmurant :

— Je t'aime !

Et cet homme, faussement amoureux, facticement meilleur, qui l'avait tenue haletante sous ses baisers, lui avait dit :

— Je veux que tu sois au-dessus de toutes les femmes. Sans doute, ta chair frissonnera sous la mienne ; sans doute, nos lèvres se confondront et nos paupières s'alourdiront sous les torpeurs des plaisirs ; mais quand le jour paraîtra à l'horizon, nous serons, toi digne et moi fier, et de cette ivresse charmante, nous n'aurons qu'un souvenir, celui de l'amour fait d'estime.

Déjà cet époux dans une leçon entrecoupée de baisers, dans la retraite enchanteresse d'Olivet, lui avait expliqué ce qu'était une Impure, et il avait nommé Hortense Germier par tous ses noms de débauche.

Hélène avait été grisée par la joie, comme le guerrier par la mitraille ; elle avait écrit à son père pour le bénir de l'avoir mariée à Jacques ; elle avait pris le monde à témoin de son bonheur et elle lui avait crié : « Je suis heureuse d'être la femme d'un tel homme ! »

O douleur ! Tout cela était mensonge. Jacques avait une maîtresse.

Alors, elle avait maudit l'amour, mais elle avait béni le mariage parce qu'il l'avait rendue mère.

Elle avait retrouvé dans la maternité toutes les joies et toutes les fiertés perdues. Elle avait dédaigné de se venger, parce qu'elle avait su prendre en mépris la vengeance et en pitié celui qui la méritait.

Elle avait appris la vie en l'enseignant à son fils. Ce fils adoré était devenu homme, et voici qu'elle s'était appuyée sur son bras et qu'elle lui avait dit :

— Nous avons à nous deux accompli une œuvre superbe ; je suis restée digne, et je t'ai fait fier !

Hélas ! et les savants de ce siècle qualifiaient ce sacrifice de névrose, et les plus polis le qualifiaient d'imbécillité.

Enfin, il fallait ouvrir les yeux, habiter la terre et reconnaître son erreur. Tant de rigorisme ne se voyait que dans l'histoire des Saints. La société n'était plus possible avec un tel puritanisme. La morale était moins complexe, en vérité.

Son mari était ruiné ; il était donc intéressant ; on ne frappe pas un homme sans défense. Les chroniqueurs n'auraient pas manqué de l'accuser d'impiété, si elle l'avait abandonné en cette détresse.

Alexandre Saveny avait refusé son concours ; une femme offrait le sien ; cette femme devait être accueillie.

Mais c'était une impure, une fille sans foi ni loi ; mais la famille était souillée, violée, reniée !

Erreur ! La famille n'est grande qu'autant qu'elle est riche !

Madame Saveny comprit qu'on n'arrête pas plus la société dans ses appétits que les fleuves dans leur cours.

Le maréchal de Villars, lui-même, n'avait pas pu faire pendre un intendant militaire convaincu de vol, parce qu'il disposait de plus de cent mille écus.

Elle ne pouvait donc pas se soustraire aux baisers d'une impure qui disposait de plus de trois millions.

Cécile Viriat, bouleversée par la nouvelle de l'effondrement de Jacques Saveny, sentit son être défaillir à la pensée que sa meilleure amie pouvait être, tout à coup, dans la misère noire, et elle s'écria :

— Accepte, Hélène, accepte ! Reçois cette femme ; sauve ton mari, avant tout. La tâche te grandit.

Alors, puisque Cécile Viriat, elle-même, ne se révoltait point, madame Saveny se soumit.

Cécile lui prit les mains, et lui dit en l'embrassant :

— Ne te désole pas ; j'irai à cette fête ! je ne te quitterai pas.

— Oh ! merci, je me sentirai plus forte, tu remplaceras mon fils.

Doucement Cécile murmura :

— Pourquoi ne le rappelles-tu pas ?

— Oh non ! non, s'écria madame Saveny avec un accent terrible, non, je ne veux pas le voir ! Sa vue m'affolerait ; je ne serais plus maîtresse de moi, je deviendrais une épouse criminelle, et tu l'as dit, il faut que je sauve Jacques, c'est mon devoir.

Puis, elle ajouta en souriant tristement :

— Tu ne sais donc pas que René m'adore, et que sur un signe de moi...

Elle n'acheva pas, elle tomba sur le canapé et se roulant la tête dans les coussins elle se mit à sangloter à la place même où quelque temps auparavant son fils avait pleuré le déshonneur de son père.

Une voix la rappela à elle ; c'était la voix de Marie.

— Marraine, regardez de ce côté ; nous vous aimons, et vous nous faites du chagrin en vous désolant ainsi.

Madame Saveny déposa un baiser sur le front de sa filleule, et lui dit :

— Mignonne enfant, j'ai mis ta main dans celle de mon fils, mais je te rends ta parole ; sois libre et oublie !

Marie devint pâle et chancela, puis simplement, sans éclat, sans geste, elle répondit :

— Marraine, entendez bien ce que je vous dis : je ne suis qu'une petite fille, mais je suis résolue. Si je n'épouse pas René, je ne me marierai jamais. Je l'aime !

— Tu l'aimes ! tu l'aimes ! Oh ! dis encore ce mot pour que je ne doute pas de Dieu ; dis que tu garderas la foi jurée, dis que tu trouves René toujours digne de toi.

La jeune fille se jeta dans les bras de madame Saveny, et inclinant sa jolie tête brune, et faisant son plus affectueux sourire, elle dit de sa voix d'or :

— Oh ! que ma petite marraine est donc méchante, aujourd'hui !


Ainsi qu'Adrienne se l'était promis, elle avait confessé son père et elle avait appris de lui tout ce qu'elle voulait apprendre.

Elle avait été mal élevée, mais elle avait du cœur ; elle n'avait ni l'ingénuité ni la candeur de la vraie jeune fille, mais elle avait l'énergie de la femme qui réprouve les mauvaises actions, et que l'impudeur choque.

Son père lui avait donné une institutrice qui instruisait, comme les médecins vaccinent dans les lycées, à l'heure ; si bien qu'elle avait cherché l'éducation dans les bals où les valseurs débitent des monstruosités avec des airs candides, et la morale dans les romans à succès où les utopies les plus séduisantes sont imprimées en vif.

Rien dans son éducation ne s'opposait à ce qu'elle sût ce qu'avait été mademoiselle Hortense Germier ; son père lui fit donc une longue dissertation sur cette femme ; de sorte qu'elle fut bien vite renseignée et qu'elle se disposa à agir en parfaite connaissance de cause.

Elle aimait passionément René Saveny, et elle voulait être à lui. Elle ignorait qu'il avait engagé sa foi à Marie Viriat, mais depuis sa dernière promenade avec lui au Louvre-Nouveautés, elle comprenait qu'il ne l'aimait pas. Désespérant de jamais lui inspirer de l'amour, même au prix de toutes les réformes de toilette et de langage qu'il lui avait si souvent demandées, elle imagina de l'enchaîner par la reconnaissance.

Être sa femme avant tout ! Après, elle saurait

bien se faire aimer daus cette vie de tous les instants ; elle ployerait sous sa volonté, elle n'irait plus
dans le monde, elle cesserait d'être coquette, elle se
mettrait en communion d'idées avec lui, et, le soir,
sous la lampe, elle lirait au même livre que lui ; et il
la paierait d'un baiser.

S'asseyant sur ses genoux, elle enroulerait ses bras
autour de son cou, elle perdrait ses regards dans les
siens, elle coucherait sa tête sur son épaule, et elle
titillerait sa joue de son souffle.

Alors, il finirait par l'enlacer et par mettre ses
lèvres sur les siennes, en disant tout bas entre deux
baisers : Je t'aime !

Elle en arriva à bénir la ruine de son oncle. Elle
encouragea son père à ne pas intervenir, parce
qu'elle pensait : « C'est moi qui interviendrai et
malheur à cette femme, malheur à elle si elle veut
humilier celui que j'aime ! »

L'amour a de ces aberrations ! L'amour a de ces
héroïsmes !

Cependant, Adrienne avait pris froid en allant se
promener, le soir, au Bois, avec son père.

La nature était en pleine fête ; on était au mois de
juin, les nids chantaient. Elle avait voulu avoir sa
part de ce bonheur. Hélas ! la fraîcheur des arbres
endormis dans la nuit est fatale aux frêles créa-

tures, et Adrienne toussait depuis cette promenade.

Son père avait appelé le médecin qui lui avait dit tristement :

— Mauvaise poitrine ! Allez faire une saison aux Eaux-Bonnes ; le site y est joli et la société n'y est pas déplaisante.

Et Alexandre Saveny atteint dans ce qu'il avait de plus cher, avait répondu :

— Docteur, j'irai au bout du monde, s'il le faut !

En attendant, le docteur avait prescrit le repos, la bonne nourriture, et il avait menacé d'un badigeonnage à la teinture d'iode et peut-être d'un vésicatoire, si on n'était pas sage. On avait promis d'être sage ; mais voici que l'oncle Jacques était venu annoncer que la grande soirée aurait lieu demain, et le programme en était si tentant, et l'on cachait dans son cœur un si gros secret, qu'on avait dit :

— Petit père chéri, nous irons.

Le père s'était emporté et il avait déclaré qu'on se coucherait de bonne heure, mais on avait répliqué :

— Petit père chéri, nous irons.

Et l'on avait ajouté pour décider de la victoire :

— D'ailleurs, je serai guérie, demain ; je te le promets.

Alexandre Saveny venait de céder ; et, en vue de la grande fatigue du lendemain, il avait installé sa

fille bien-aimée sur une chaise longue; lentement il
lui avait posé la tête sur un oreiller brodé à son
chiffre et orné de dentelles, il l'avait approchée de la
fenêtre qu'il avait entre-bâillée seulement; elle voyait
le monde passer dans la rue, et le bruit des voitures
ne la fatiguait pas. Il avait groupé sur le balcon, en
avant de la fenêtre, les fleurs favorites; il avait
approché de la vitre la cage des deux Inséparables;
il avait tâté les pieds, les mains, le front de sa chère
Adrienne, et après l'avoir embrassée mille et mille
fois, il lui avait demandé :

— As tu froid? Es-tu bien? Veux-tu que je mette
un châle sur ta poitrine? Si tu enroulais un petit
foulard autour de ton cou?

Et Adrienne avait répondu :

— Père, je suis bien, et tu es bon !

Alexandre Saveny approcha son fauteuil de la
chaise longue, il se pencha vers sa fille, et lui dit :

— Je vais te conter l'histoire du *Petit Chaperon
Rouge*, veux-tu?

Adrienne se laissa conter l'histoire de *Peau d'Ane*,
qu'Alexandre Saveny prenait pour celle du *Petit
Chaperon Rouge*, et elle ne s'en aperçut pas, parce
qu'elle pensait à René; et comme rien ne pouvait la
détacher de cette pensée, lorsque son père eut fini
son histoire, elle lui dit :

— A mon tour.

Et elle commença en ces termes :

— Petit père chéri, j'aime René Saveny, mon cousin, et je veux être sa femme.

Alexandre bondit.

— Voyons, Adrienne! dit-il, tu as juré de me chagriner. Tu me fais des peurs bleues !

— Je t'ai fait peur, parce que je t'ai dit que j'aimais un loyal garçon ?

— C'est donc vrai?

— Regarde-moi, père.

La jeune fille qui en se couchant sur la chaise longue était pâle comme une morte, avec les yeux clairs, fixes et cernés jusqu'à la moitié du visage, avait maintenant le teint coloré; ses lèvres frémissaient, ses yeux allaient et venaient dans leur orbite et jetaient des rayons.

Ce changement ravit Alexandre.

— Comment! tu aimes ce vilain peintre? demanda-t-il avec le ton de l'homme qui est sur le point de faire une concession. Tu aimes René? Dieu me pardonne ce garçon est venu au monde avec une cuiller d'argent dans la bouche !

Et il se moucha bruyamment; il avait besoin de faire du bruit; c'était une sorte de protestation.

22

— Il a tous les bonheurs possibles ; il passe sa vie dans l'oisiveté et il est aimé de ma fille !

Adrienne l'interrompit :

— Oh ! père, tu es trop sévère pour lui et pas assez pour moi !

— Bien entendu ! l'amour en juge ainsi ! Voyons ! puisque tu l'aimes, décide-le à entrer dans le commerce.

Adrienne sourit, comme on sourit aux aïeules qui répètent cent fois la même chose en une journée.

Puis, tout aussitôt, elle devint sérieuse, et perdant tout à coup les couleurs qui lui étaient revenues, elle dit :

— Hélas ! il ne m'aime pas !

— Eh bien ! franchement, je me demande pourquoi tu l'aimes.

Adrienne ne répondit point.

— Il ne t'aime pas, continua son père en haussant les épaules, il ne t'aime pas ? En es-tu bien sûre ? Moi, je te dis qu'il t'aime. Seulement, il est toujours dans la lune : un jour, il descendra de son astre, et il partira comme un pistolet :

— Boum ! Boum ! Adrienne, je t'aime ! Boum ! Adrienne, je t'adore ! — Farceur, va !

— Père, je t'en supplie, dit vivement la jeune fille, ne parle pas ainsi, tu me fais mal !

— Non mais, reprit Alexandre, c'est qu'il m'est sympathique ce gaillard-là ! je ne m'en cache pas. Il est gentil, bien tourné, pas sot ; seulement, il a une tête de mule ; il ne veut pas entrer dans les affaires !

Adrienne n'écoutait plus ; elle rêvait. Son père lui avait affirmé que René l'aimait ; elle voulait croire à cette parole enivrante.

— Ainsi, tu es certain qu'il m'aime ? Oh ! si René m'aimait !

Et pourquoi, non ? Il ne m'aime pas, parce qu'il me croit futile, mais quand il saura que je suis sérieuse, quand il saura ce que j'ai fait pour lui...

— Qu'est-ce que tu as fait pour lui ? demanda Alexandre d'un air surpris.

— Moi ? rien, répliqua la jeune fille en rougissant légèrement :

Qu'est-ce que tu veux que j'aie fait pour lui, puisqu'il est à Londres ?

— Qu'il y reste ! il reviendra toujours trop tôt pour mériter le bonheur que tu lui prépares. De quoi t'avises-tu ? N'aimes-tu pas le monde, la toilette, le bal, et René n'est-il pas, comme sa mère, un ours ?

— Père, c'est étrange, et tu vas rire, mais je suis transformée.

Voici que je hais le bruit et les fêtes, et que sentant combien mon éducation a été fausse pour n'avoir pas été celle de René, je me prends à détester la vie que tu m'as faite. René ne hait pas les hommes ; seulement, il les choisit ; il est artiste.

— Oui, fit Alexandre, c'est un petit chef-d'œuvre que ce monsieur ! Mais réponds un peu ; quelle est sa profession à ton René ?

— Il est peintre, dit Adrienne en se redressant.

— Il n'est pas peintre ; il fait de la peinture. C'est comme si je disais que je suis barbier, parce que je me fais la barbe tous les jours. Enfin ! heureusement que mademoiselle Germier va leur rendre la fortune de l'oncle ; ça les enrichira ; ils en ont besoin : ils sont bas percés !

—Et si René ne veut pas être riche ?

— Hein ? C'est absurde. Autant dire s'il ne veut pas boire, s'il ne veut pas manger : eh bien ! il mourra, ce garçon !

— Père, s'il ne veut pas de l'or que lui apporte cette femme ?

S'il déchire l'acte de restitution, s'il renverse l'édifice bâti par son père avec tant d'habileté ?

Alexandre Saveny se leva, et bousculant son fauteuil :

— S'il se conduit comme un fou, je le ferai enfermer, parce que je suis son oncle, moi ; et il ne sera pas mon gendre, lui !

Adrienne eut une quinte de toux attristante.

Son père se mit à deux genoux près d'elle, et lui frappant dans les mains :

— Là ! là ! tu m'arraches l'âme ! Je te défends de tousser : j'ai peur, quand tu tousses comme cela.

Et le pauvre homme essuya une grosse larme qui coulait sur ses joues.

Adrienne arrêta sa respiration pour ne plus tousser. Enfin, dominant le mal qui la rongeait sourdement, elle se tourna vers son père, et lui dit en lui caressant le visage de ses mains diaphanes :

— Tu es mon père adoré, ne me fais pas mourir.

Alexandre Saveny suffoquait.

— Laisse moi épouser René.

— Ma fille, ma fille ! dit Alexandre en commandant à son émotion, je ne veux pas que tu meures !

Et il ajouta, en s'efforçant de sourire :

— C'est bien certain que tu l'épouseras, ce vilain peintre !

Tu sais que je fais selon toutes tes volontés ! Puis,

je sens que je l'aime, comme s'il était mon fils, ce têtu-là !

Radieuse, Adrienne se leva d'un bond. Son père se redressa et jeta un cri.

— Eh bien ! père, dit-elle, t'avais-je menti ? Je suis guérie.

Je suis si heureuse ! Nous irons demain à la fête de mon oncle Jacques.

— Mais fillette, puisque René n'y sera pas, hasarda Alexandre Saveny, en forçant Adrienne à s'appuyer sur son bras.

Adrienne répondit d'un air étrange, indéfinissable :

— J'irai à cette fête, te dis-je, quand je devrais m'y faire porter dans un fauteuil !

## XV

De grand matin, Jacques Saveny avait dit au vieil
Étienne :

— Si tu as compris, ne m'oblige pas à répéter.

Et le vieil Étienne s'en était allé sans répliquer : il
avait réuni tous les domestiques, leur avait donné
force explications d'un ton assez rogue d'ailleurs ;
puis, pour se venger de ce que son maître lui faisait
endurer de chagrins, il avait terminé par ces mots :

— Que vous ayez compris ou non, je m'en moque ;
mais ne m'obligez pas à répéter.

Et lui, estimant que Vatel s'était retiré de la cir-
culation pour un moins grand déshonneur, il s'était
rangé dans un petit cabinet à débarras, et, tout en
se traitant de lâche, il dirigeait les opérations.

Tout était bien, tout était beau, tout allait à souhait : il avait envie de donner congé aux domes-

tiques jusqu'à huit heures du soir pour qu'ils ne vinssent plus l'ennuyer de questions.

— Monsieur Étienne, si au bas de l'estrade où l'on récitera des pièces de théâtre, on faisait une guirlande de géraniums ?

C'est cela qui serait joli.

— Oui, oui, c'est une bonne idée.

— Monsieur Étienne, si l'on mettait tous les géraniums dans l'antichambre ? C'est cela qui aurait du cachet.

— Oui, oui, c'est une bonne idée.

— Monsieur Étienne, le lustre est trop bas.

— Eh bien ! remonte-le.

— Il est trop lourd.

— Eh bien ! laisse-le en place.

Vers onze heures, un colloque s'établit dans le vestibule de l'hôtel.

Étienne descendit et vit un homme qui disparaissait absolument sous les fleurs les plus belles.

— Montez cela, là-haut.

L'homme obéit, et quand il fut débarrassé, il s'essuya le front et dit :

— C'est pour madame Jacques Saveny, de la part de mademoiselle Hortense Germier.

Étienne prit un air sauvage,

— C'est bien, allez-vous-en ; on n'a plus besoin de vous.

Déjà tout le personnel était accouru et s'était groupé autour des fleurs.

— Qu'elles sont belles, et qu'elles sentent bon !

— Vous ne savez pas, les enfants, dit, tout à coup, Étienne ; nous allons les mettre dans le trumeau du milieu, sur une planche, dans une série de vases que nous dissimulerons avec de la mousse ; ça aura l'air d'une vraie corbeille de jardin.

Et tous d'applaudir.

Étienne alla chercher une planche large, longue et épaisse : il la traîna plus qu'il ne la porta ; et quand il l'eut amenée bien au-dessus des fleurs, il la laissa tomber, en criant :

— Mon Dieu ! mon Dieu ! j'ai un étourdissement !

Les fleurs étaient littéralement aplaties, et Étienne n'avait pas le moindre étourdissement.

— Qu'on jette ces fleurs aux ordures, dit-il, et pas de réflexions !

Étienne était un personnage. Ce n'était pas un vulgaire domestique ; c'était un fidèle serviteur.

Il était né chez M. de Melleville : il avait douze ans lorsque Hélène avait vu le jour, et il l'avait bercée dans ses bras.

Il avait eu une respectueuse admiration pour Hélène jeune fille et une tendre pitié pour Hélène femme : il connaissait tous les secrets de la famille et il n'en trahissait aucun.

Il était fier d'obéir à M. René, mais il ne le trouvait pas assez belliqueux, et parfois il était tenté de l'offenser gravement pour avoir à se jeter à ses pieds et lui crier :

— Tu es beau, sois terrible ! écrase-moi ! Hurle, vocifère ! je veux que ta voix ébranle la demeure !

Mais, depuis qu'il savait que son jeune maître était parti pour Londres, abandonnant sa mère, et que celle-ci consentait à donner une fête à l'Impure, il se disait :

— J'ai soixante ans passés et j'ai le cœur encore plus jeune que ces gens-là !

Vers six heures du soir, madame Saveny sortit pour la première fois de son appartement.

Elle était pâle, défaite : ses cheveux avaient blanchi, ses traits s'étaient altérés : ses genoux se dérobaient sous elle.

Les grands chagrins dépriment de la sorte les natures d'élite.

Lorsque l'infortune les frappe, ces êtres supérieurs se révoltent et jettent des cris de colère ; puis bientôt, leur âme tressaille, leur corps défaut, et comme

une masse inerte, ils tombent dans une prostration
voisine de l'idiotisme.

Madame Saveny appela Étienne, et arrivant à le
fixer après un pénible effort :

— As-tu des lettres pour moi, ce soir ?

— Non ; mais j'en ai donné, ce matin, à madame.

Et le pauvre homme ajouta :

— Il y en avait une qui venait d'Angleterre.

Madame Saveny esquissa un sourire. Étienne s'enhardit.

— M. René va bien ?

— Oui.

— Quand reviendra-t-il ?

— Je ne sais pas.

Et elle se retira chez elle.

A ce moment, Jacques Saveny rentrait. Il tenait
des lettres, des revues, des cartes, en un mot tout
ce fatras éblouissant dont on s'entoure volontiers
quand la caisse sonne le creux.

— Prends ces papiers, Étienne ; je n'ai pas le
temps de les dépouiller : je vais m'habiller : envoie-
moi mon valet de chambre.

Et comme Étienne s'éloignait :

— Dis-moi ; c'est toi qui annonceras tout à l'heure ;
tu auras le soin de ne pas écorcher les noms.

Et bien vite, l'heure arriva où les invités affluèrent, et où Étienne cria leurs noms aux échos.

Ce vieux serviteur fut au-dessus de lui-même. Cravaté de blanc, droit comme un piquet, les mains gantées, la tête en arrière, le menton proéminent, l'œil immobile, il débita les noms avec des intonations vengeresses..

Pour toute la séquelle des courtiers marrons, des financiers à la conscience large et à la tête illustrée par les hauts faits de leurs épouses, pour tous les parvenus qui ont la poche garnie et la cervelle vide, pour les bons petits jeunes gens dont l'esprit est plat comme une galette et que les excès ont tellement anémiés qu'on les jetterait à terre avec une chiquenaude, Étienne eut des colères sourdes.

Pour Alexandre Saveny et sa fille Adrienne, il eut de l'indulgence.

Pour madame Viriat et Marie, il eut de l'admiration. Ce fut comique et grandiose à la fois. Sa voix gronda, sa voix pleura, sa voix chanta.

La fête promettait d'être très belle. L'hôtel avait été tranformé en un lieu de plaisance..

Le vestibule regorgeait de plantes au long feuillage : il était doucement éclairé par la demi-clarté de deux lanternes moyen-âge. L'escalier également, était tenu dans les teintes molles ; puis, tout à coup, au premier étage, c'était une telle profusion de lumières et de cristaux que l'on restait ébloui.

Le grand salon avait été déménagé et changé en une salle de concert des plus réussies : le seul luxe consistait dans les fleurs, mais il était absolument stupéfiant : on avait dévalisé tous les horticulteurs de France et de Navarre.

Dans le fond de la pièce était une estrade destinée aux musiciens et aux monologuistes. La disposition des sièges pour les assistants était parfaite : une grande avenue courait dans le milieu, et des sorties étaient ménagées près des portes.

Les fenêtres étaient entre-bâillées : les jalousies seules étaient baissées ; de sorte que la fraîcheur du soir pouvait tempérer la chaleur du lieu : les lustres étaient tenus en respect.

Une porte, sur la gauche, conduisait à une salle transformée en buffet : une porte, derrière l'estrade, conduisait à un fumoir où des tables de jeu étaient dressées ; enfin, une autre porte, diamétralement opposée à l'estrade, conduisait à un petit salon.

C'est par là que les invités devaient entrer.

Ce petit salon était un paradis : tout capitonné, il était sourd et muet. En son centre, était un guéridon qu'on avait garni de palmiers d'appartement si beaux et si larges qu'ils coupaient la pièce en deux,

23

et que chaque invité était obligé de les contourner pour pénétrer dans le grand salon.

La porte intérieure était recouverte d'une tapisserie qu'on avait relevée pour établir une facile communication.

On était accouru à cette fête avec empressement : les hommes savaient Jacques Saveny très atteint par la variation des cours, et ils étaient désireux de se convaincre qu'il n'était pas perdu : les fêtes sont comme les réclames ; nul n'y croit, mais tout le monde s'y laisse prendre. Les femmes estimaient fort madame Saveny, et elles étaient flattées d'être reçues chez elle ; et pour lui témoigner leur gratitude, elle s'étaient mises dans des toilettes insensées.

Ces choses-là se décrivent par tas.

C'était en diamants de quoi monter un magasin du Palais-Royal : c'était en chiffons tout ce que les bariolages les plus osés peuvent produire de baroque : c'était en déshabillé tout ce que l'été peut autoriser, sans que la police le défende.

Il n'y avait plus d'âge, plus de ligne de démarcation, plus de rang social : toutes les femmes étaient également riches.

Madame Saveny et madame Viriat, seules, avaient une tenue conforme à leur caractère.

Madame Saveny avait une robe qui était, hélas !
un avant-goût de la robe de deuil.

Madame Viriat avait trouvé la note juste : elle était
habillée comme une femme honnête.

Deux jeunes filles, entre vingt, étaient ravis-
santes : Marie Viriat dans sa robe blanche et
Adrienne Saveny dans sa robe rose : Adrienne
avait bien un peu trop de fleurs dans les cheveux et
de bracelets aux bras, mais il y avait un tel progrès
dans sa tenue, qu'on devait sans hésitation la déclarer charmante.

Cependant le temps passait, et mademoiselle Germier ne paraissait pas.

Madame Saveny s'efforçait de cacher son trouble
et remplissait son rôle de maîtresse de maison
aussi bien qu'elle le pouvait. Cécile Viriat et Marie
ne la quittaient pas plus que leur ombre et la sou-
tenaient dans la lutte.

Alexandre Saveny fit mille ouvertures à sa belle-
sœur, mais celle-ci n'en prit aucun soin : elle haïssait cet homme qui lui semblait le dernier des êtres
créés, après la scène qu'elle avait eue avec lui.

Cependant, il épia le moment où elle vint se reposer dans le petit salon, et allant à elle :

— Hélène, lui dit-il, avez-vous remarqué la pâleur d'Adrienne ? Le médecin conseille une saison

aux Eaux-Bonnes : hélas ! elle est perdue, ma fille !

Et le malheureux se mit à pleurer. Madame Saveny pensa :

« Cet homme a donc un cœur ? je ne l'aurais jamais cru. »

Elle essaya de le consoler ; elle voulut lui donner la main et le réconforter par un mot ; mais sa main resta inerte et sa bouche fermée.

Alexandre s'en aperçut, et dominant sa douleur, il dit :

— Vous m'en voulez toujours, Hélène ? Vous avez tort, je vous assure que je ne suis pas méchant.

Alors, elle pensa que puisqu'il n'était pas méchant, il était bête, et elle se demanda pourquoi il était riche. Mais elle se rappela que les Anciens avaient aveuglé la Fortune, et elle trouva qu'ils avaient fait sagement.

— Alexandre, dit-elle enfin, ne vous désolez point: on ne meurt pas à vingt ans : tenez, regardez par cette porte ; vous la voyez, votre fille ; elle est vive comme un papillon.

— Mon Dieu ! s'écria Alexandre, en courant vers sa fille ; elle se fatigue.

Et il la réprimanda et la mit sous la protection éclairée de mademoiselle Marie Viriat.

— Mon petit père adoré, dit Adrienne; je m'amuse.

beaucoup, ce soir : viens que je te raconte quelque chose :

Elle obligea son père et sa tante à s'asseoir près d'elle.

— Ma tante, votre fête est très gaie : vous avez quitté le salon au bon moment : l'orchestre a exécuté l'ouverture d'*Oberon* d'une façon magistrale ; mais cela n'est rien : un monsieur, un poète, nous a si drôlement récité une pièce de vers, que mademoiselle Marie et moi nous croyons que ça ne rime pas. C'est comme de la prose : c'est intitulé : *La Petite du cordonnier.*

Ce n'est pas poétique du tout, mais c'est dramatique.

Quand le monsieur a eu fini, madame de Bouleyras, la grosse dame qui cause, en ce moment, avec mon oncle Jacques, s'est écriée :

— Dieu du Ciel, que c'est beau ! quelle facture !

Sa fille Valentine s'est écriée, à son tour :

— La consonne d'appui est à chaque rime !

— Tu vois bien que ça rime, dit en souriant madame Saveny.

Alexandre Saveny fut rassuré par cette franche gaieté, et il alla fumer un cigare en compagnie de son frère Jacques, du juif Richard Bücher flanqué de son élève, M. Brémont, de M. de Bouleyras fils,

mélomane aussi ennuyeux que peu distingué et de
M. Maurin, un homme vexé si jamais il en fut et qui
enseignait la haine de la société, comme la reine
Ranavalo, veuve de Radama, enseignait la haine des
étrangers dans son royaume humide.

Lorsque son père fut parti, Adrienne se pencha
vers sa tante et lui dit :

— Vous souffrez, n'est-ce pas? Vous êtes pâle
comme la mort.

Madame Saveny tressaillit.

— Chère enfant, c'est la chaleur, la fatigue.

— Non, ce n'est pas cela, répliqua résolument
Adrienne.

Un grand silence se fit : ces deux femmes se com-
prirent.

— Ma tante, reprit la jeune fille, la fête est superbe : pourquoi René n'est-il pas là?

— Lui ici, aujourd'hui ! s'écria madame Saveny,
es-tu folle, ou prends-tu plaisir à me torturer ?

Adrienne embrassa sa tante, et doucement, dans
l'oreille, lui murmura :

— Vous seriez moins pâle si René était là !

Madame Saveny ne répondit pas, mais son visage
se colora.

Alors, la jeune fille rentra dans le bruit de la fête
en riant et en sautant ; et comme mademoiselle

Valentine de Bouleyras lui demandait l'explication
de cette joie.

— Voyez-vous, mademoiselle, répondit-elle, je
suis aux anges : j'ai conduit le poète au buffet, et
entre deux brioches, il m'a avoué que la *Petite du
cordonnier* était en prose.

En quittant sa nièce, madame Saveny se croisa
avec Pierre de Mursay : elle lui tendit la main.

Pierre s'inclina respectueusement.

— Vous ne voulez pas me donner la main? interrogea-t-elle.

Pierre mit sa main dans celle de madame Saveny.

— Avez-vous des nouvelles de René? dit-il.

— Oui, René va bien. Pourquoi n'avez-vous pas
amené votre mère, ce soir?

— Ma mère est souffrante.

— Votre mère n'est pas souffrante, riposta madame Saveny d'un ton plein d'autorité. Elle a su par
mon beau-frère que je recevais mademoiselle Germier, et elle a refusé de venir : voilà la vérité.

Pierre resta interdit. Madame Saveny se pencha
vers lui et ajouta tout bas :

— Elle a bien fait : sa place n'est pas à côté de cette
Impure.

Alors, Pierre qui avait toujours respecté madame
Saveny à l'égal de Dieu et aimé René comme un

frère, se demanda s'il ne rêvait pas et chercha à s'expliquer ce qu'il venait d'entendre.

Madame Saveny ne lui permit aucune question.

— Offrez-moi votre bras, lui dit-elle.

Le jeune homme obéit.

— Je vais vous présenter à une femme qui vaut votre mère. Pourquoi est-elle ici? allez-vous penser. Elle est ici, parce qu'elle est mon amie et qu'elle a pris le deuil en même temps que moi.

Et après l'avoir présenté à madame Viriat, elle s'éloigna.

Cependant, le cigare s'était fumé; et tandis que les deux Saveny, sous prétexte de prendre le frais, regardaient par la fenêtre si mademoiselle Germier ne venait pas, Richard Bücher et son élève Brémont contaient tout bas à Maurin et à de Bouleyras fils, que, sans l'intervention de mademoiselle Germier, Jacques était ruiné.

— Qu'est-ce que mademoiselle Germier? interrogea Maurin.

— Une impure, une ancienne à l'oncle épicier.

— Et madame Saveny consent à recevoir cette femme?

— Parbleu! c'est elle qui a le magot de l'oncle!

De Bouleyras fils qui ne restait pas cinq minutes

sans fredonner un air, tourna sur ses talons
et chanta en sourdine :

Faiblesse humaine
Que l'on enchaîne
Par des bienfaits !

Puis mystérieux comme un père chartreux, il dit
à Maurin :

— Mais monsieur, et ma sœur ?

— Eh bien ! qu'est-ce qu'elle a fait votre sœur ?
demanda Maurin qui buvait le scandale Saveny
comme du petit lait.

— Mais, monsieur, continua de Bouleyras, j'ai une
sœur dans cette fête, Valentine, chaste et pure, et la
présence de mademoiselle Germier va être un danger pour elle.

Les deux Saveny interrompirent l'entretien et ramenèrent ces messieurs dans le grand salon.

Mademoiselle Valentine, précisément, était sur
l'estrade et chantait avec des yeux immobiles et
baissés vers la terre les cantiques de madame Judic
dans « la Femme à papa » : c'était adorable.

Maurin se permit de prendre le bras de Bouleyras.

— Ne craignez rien pour votre sœur; elle a été si
bien élevée qu'elle n'y verra que du feu !

Alors, tout à fait remis de ses émotions, de Bouleyras fredonna :

> Dieu de bonté, Dieu tout-puissant,
> De l'oppresseur confonds la rage ;
> Daigne dérober au naufrage
> Le défenseur de l'innocent !

A ce moment, mademoiselle Valentine était pantelante sous les applaudissements d'une salle en délire. Jacques Saveny félicitait madame de Bouleyras sur le talent de sa fille qui, à son avis, avait une voix égale, bien timbrée dans le médium, ample, sonore, conduite avec méthode, sans prouesses, régal des ignares, mais avec du style, plaisir des gens de goût.

Brémont, lui aussi, partait comme une fusée, en gerbes folles ; et ne pouvant jamais faire une phrase sans l'émailler de mots anglais, il s'écriait :

— Beautiful ! first rate ! exquisite !

Alexandre Saveny était ahuri.

— Qu'est-ce que c'est que ce chinois-là ? demanda-t-il à sa fille.

— Père, répondit Adrienne, ce monsieur sait toutes les langues, et même le sanscrit.

— Le sanscrit ! le voilà bien riche ! A-t-on jamais fait pour deux sous d'affaires dans cette langue-là ?

Et s'adressant à Marie Viriat qui causait avec Maurin :

— Qu'en pensez-vous, mademoiselle ?

— Excusez-moi, monsieur, répliqua modestement Marie, je n'entends pas le sanscrit.

— Tiens ! tiens ! dit tout bas Maurin, cette jeune fille a lu « Les Femmes savantes ».

— Le rôle d'Henriette seulement, fit Adrienne.

Et Maurin s'éloigna en pensant :

« Celle-là ! elle a lu la pièce entière ! »

Pierre de Mursay s'était mêlé à la foule, et il avait applaudi Valentine par politesse.

— Merci, monsieur, lui dit madame de Bouleyras qui vint s'asseoir près de lui : ne vous en allez pas, je vous en supplie, et donnez-moi une consultation.

— Mais madame, je ne suis pas médecin.

— J'ai entendu dire que vous étiez misanthrope, c'est la même chose.

Le jeune homme s'inclina.

— Monsieur, mon fils m'apprend que madame Saveny va nous servir tout à l'heure une nommée Germier, une fille perdue, une impure, une gueuse. Dois-je emmener Valentine ? Valentine, c'est ma fille. Vous êtes l'ami de la maison, vous connaissez cette Germier ; répondez.

Pierre de Mursay avait encore dans l'oreille tous les refrains qu'avait chantés Valentine.

— Oh ! madame, dit-il, si vous permettez « La Femme à papa » à mademoiselle votre fille, vous pouvez bien lui permettre « La femme à mon oncle ».

— Que ces misanthropes ont de l'esprit ! fit madame de Bouleyras.

— D'ailleurs, ajouta Pierre, la nommée Germier est très distinguée : elle a fait ses études et elle a des millions !

— Des millions ! des millions ! s'écria madame de Bouleyras, mais alors, elle est très bien, et je compte que vous me la présenterez.

— J'allais vous demander le même service.

— Vous ne la connaissez donc pas ?

— Oh ! dit Pierre en se penchant familièrement sur l'éventail de madame de Bouleyras, il y a vingt-cinq ans entre nous deux ; quand j'ai commencé, elle avait fini.

Madame de Bouleyras joua de l'éventail, mais elle déclara que le mot était charmant et qu'elle le placerait.

Pierre de Mursay quitta madame de Bouleyras et alla bavarder avec Alexandre Saveny qui était en train de gagner une partie d'échecs à Maurin.

— Et M. de Bouleyras père, dit-il tout à coup, viendra-t-il ce soir?

— M. de Bouleyras père, répondit Alexandre Saveny, il y a trente ans qu'on l'attend. Échec à la dame!

— C'est curieux, fit Maurin, je ne croyais pas mademoiselle Valentine si vieille.

Alexandre Saveny reprit :

— Ah! il n'y a peut-être que vingt ans. Tout ce que je sais, c'est qu'il est allé en Amérique, et qu'il est...

— Échec et mat, dit Pierre de Mursay qui voyait la partie terminée.

Brémont vint chercher Maurin avec lequel il était lié; il n'avait aucune de ses idées sur le monde et la ville, mais il le trouvait spirituel et il s'approvisionnait de mots auprès de lui.

— Mon cher, il faut que je m'ouvre à vous. Comment trouvez-vous mademoiselle Valentine de Bouleyras?... chut!... il y a présentation.

Les yeux de Maurin papillotèrent.

— Présentation pour vous, ici?

— Pourquoi pas? Ça se fait. La jeune fille n'est pas prévenue, la maîtresse de la maison ne se doute de rien, on se sert de son salon; voilà!

— Dame! après tout, fit Maurin, quand on n'a

24

pas de salon, il faut bien se servir de celui des autres.

— Pas de salon ! êtes-vous fou ? Deux cent mille francs de dot !

— Allons ! tous mes compliments. Mariez-vous, bon jeune homme, vous faites bien.

Et regardant le crâne de Brémont qui présentait des parties lisses et nettes comme de la mosaïque :

— Mariez-vous, car avant peu, vous serez d'un placement difficile.

Madame Saveny qui avait disparu pendant un long temps reparut, et ramena gracieusement son monde dans le grand salon.

Elle réclama le silence de l'auditoire, et Marie Viriat chanta. Elle était bien émue, la délicieuse enfant, et si Pierre de Mursay ne l'avait pas conduite sur l'estrade, elle n'aurait jamais osé y aller toute seule.

Elle chanta ce que les jeunes filles chantaient jadis dans les vieilles familles, avant l'invention des Magasins de Nouveautés, une romance; et elle la chanta avec la gaucherie charmante de cet être qui est exquis quand il est timide, la femme.

Pierre de Mursay était resté près d'elle, et l'encourageait du geste et du regard, et lorsqu'il la ramena à sa place, il lui dit à mi-voix :

— Pourquoi René n'est-il pas là ? Il serait si heureux !

La jeune fille fixa Pierre avec ses grands yeux intelligents, et ce fut la confidence muette d'un douloureux martyre.

Le groupe Bouleyras, Brémont et Maurin jugea la cantatrice :

— Ça manque de montant, cette mécanique-là. Ne trouvez-vous pas ? dit Brémont.

Maurin répondit :

— La jeune fille est bien gentille, pourtant.

— Ne me parlez pas de ces petites pensionnaires, reprit Brémont, en se tournant vers son futur beau-frère. C'est gauche et mal habillé toute la vie.

Et il ajouta, avec l'accent de l'homme qui cultive des utopies, comme le Hollandais des tulipes :

— Assez d'Agnès !

De Bouleyras s'éloigna en fredonnant :

> Agnès la jouvencelle
> Aussi sage que belle...

Pierre de Mursay le remplaça auprès de Brémont et de Maurin.

— Peste ! dit ce dernier, vous aviez une jolie fille au bras !

— Mademoiselle Viriat? interrogea Pierre. Oh !

celle-là, messieurs, c'est une perfection ; c'est l'innocence même !

— Bah ! riposta Brémont ironique, Cupidon la percera un jour d'une de ses flèches !

— Non, interrompit Maurin ; Cupidon n'a plus de flèches, il a changé son carquois en tirelire.

Pierre se mit à rire, puis, avec entier abandon :

— Vous savez bien, la petite Bouleyras — Valentine — la fille de la femme à papa ? Eh bien ! ses amies racontent qu'elle va se marier. Je plains son mari, s'il est homme de lettres ; il y a des fautes d'orthographe dans les menus qu'elle rédige : elle écrit canard...

— Avec un *k*, hurla Maurin, qui voulait à tout prix arrêter Pierre dans cette voie.

— Non, avec deux *n*.

Brémont fit une grimace de pendu.

— En revanche, poursuivit Pierre, elle ne consomme un consommé qu'avec une seule *m*.

— Très bien pour consommé, très mal pour canard, dit Maurin en entraînant résolument Pierre. L'orthographe, c'est comme le sel dans la soupe : quand il en manque, on peut en remettre ; quand il y en a de trop, on ne peut pas en ôter !

Puis, il ajouta tout bas :

— Malheureux ! c'est la future de Brémont !

— Bon ! j'ai fait un joli coup !

— Parlons d'autre chose : on dit que madame Saveny se vend, ce soir, quatre millions. Est-ce vrai ?

— Silence ! monsieur, cria Pierre, silence ! Madame Saveny est de celles qui ne se vendent pas.

— Si on les vend, ça revient au même, répondit Maurin qui ne s'émouvait point.

— Prenez garde ! elle a un fils.

— Il a mal choisi son moment pour s'absenter.

La colère de Pierre de Mursay tomba toute. Ce mot grossièrement lâché venait de traduire sa pensée.

Il y eut dans le salon une sorte d'entr'acte qui fut le signal d'un tohu-bohu général.

Les dames formèrent un groupe dans lequel il fut raconté en détail qu'on allait voir apparaître mademoiselle Hortense Germier, une grande Impure. Chaque dame se défendit chaudement d'être l'amie de madame Saveny : — Elle était sotte, cette femme, après tout ; ne faisait-elle pas, ce soir, éclater ouvertement sa nullité ? Elle ne tenait pas en place, elle ne disait pas deux mots de suite. On la voyait par politique, parce qu'on avait des intérêts dans la banque de son mari ; on était venu à sa soirée pour passer le temps et donner un peu de distraction à ces demoiselles qui ne sortaient jamais.

24.

Les messieurs formèrent un autre groupe dans lequel il fut raconté que la maison menaçait ruine, et que si on ne se dépêchait pas de partir, on allait recevoir le plafond sur la tête. Jacques Saveny était affreusement compromis dans une nouvelle affaire — les mines de Vénézuela, l'affaire Duboscq : — les administrateurs étaient sous les verrous; les mines étaient aussi inexploitées qu'inaccessibles; elles gisaient quatorze lieues plus loin que le soleil !

Alexandre Saveny se mêla au groupe et annonça à haute et intelligible voix que son frère avait trouvé la poule aux œufs d'or; quelques-uns demandèrent une douzaine d'œufs de cette poule-là; et tous s'inclinèrent si platement qu'on eût dit que le mistral soufflait sur eux.

De Bouleyras chanta :

L'or est une chimère...

Quant à sa sœur Valentine, elle parcourut les groupes et plaça des billets de tombola pour la vieille mère d'un jeune mousse qui s'était cassé le bras en battant la semelle.

Les jolis garçons de la société lui firent mille agaceries, et sous l'œil vigilant de sa mère, elle donna à l'un, pour les bals d'automne, le numéro 3 des valses, et à l'autre le numéro 2 des polkas, le numéro 1 étant promis à un ami de la famille qui passait à l'ancienneté sinon au choix.

Jacques Saveny ne se possédait plus : mademoiselle Germier ne venait pas Il se croisa avec sa femme et lui dit :

— Vous êtes très troublée, Hélène ; remettez-vous, je vous en supplie ; je ne veux pas que vous pâlissiez devant celle qui va venir. Elle sera joyeuse et vous êtes triste ! C'est absurde !

Madame Saveny se redressa sous cette apostrophe.

— Il est plus facile de s'élever que de s'abaisser, dit-elle, mais mon courage ne m'abandonnera pas. Il faut que l'on vous sauve, je vous sauverai. J'entends le bruit de votre ruine courir dans les groupes.

— Vous qui entendez si bien, reprit Jacques avec l'air glacial qu'il prenait dans les jours néfastes, entendez-vous ce qu'on dit de mademoiselle Germier ?

— On en dit ce qu'on doit en dire, répliqua madame Saveny. On dit qu'elle a été à tout le monde.

— Sauf à moi, fit Jacques dont le cœur, sous ce mensonge, battait à rompre ses habits.

— Sauf à vous ! mais si elle avait été à vous, Jacques, vous seriez le dernier des hommes, et je vous abandonnerais comme on abandonne au bourreau un condamné à mort, sans me retourner.

Jacques Saveny pâlit horriblement.

Pendant ce temps, dans le petit salon, deux jeunes filles s'élaient cachées et causaient à voix basse.

— Appelez-moi Adrienne, voulez-vous ?

— Soit, vous m'appellerez Marie.

— Comme vous êtes heureuse d'avoir une marraine qui vous adore ; elle vous mariera.

Marie rougit. Adrienne lui prit les mains :

— Elle vous mariera ; je suis sûre qu'elle vous a déjà fait l'éloge d'un beau jeune homme que vous aimez... un peu... beaucoup...

— Qui donc ?

— Pierre de Mursay.

— Allons, continua Adrienne, vous l'aimez... beaucoup... passionnément...

— Pas du tout, dit vivement Marie, bien qu'il soit, en effet, un parfait gentilhomme.

— Oui... oui, reprit Adrienne en minaudant, nous savons ce que tout cela veut dire, mademoiselle ; vous l'aimez ; et certes, il est joli garçon !

Puis, comme ces papillons qui vont butinant sur toutes les fleurs et ne s'arrêtent sur aucune :

— Il faut pour cimenter notre traité d'alliance que je vous dise un secret, mais vous le garderez pour vous.

Et elle mit un doigt sur ses lèvres pour bien indiquer qu'elle exigeait le silence absolu.

— Je vous le jure, fit doucement Marie.

— Eh bien ! j'aime, moi aussi, un jeune homme, et vous le connaissez.

— Qui ?

— Chut... chut... reprit-elle en se levant ; la première lettre de son nom est une R.

— René Saveny ? s'écria Marie suffoquée.

— Chut ! vous dis-je ; n'est-ce pas qu'il est digne d'être aimé ? je l'adore. Il ne le sait pas, mais, ajouta-t-elle avec un air très sérieux, il le saura bientôt... oui bientôt ; et il m'aimera !

Et comme Marie demeurait inerte, elle lui prit le bras, et l'entraînant dans le grand salon, elle éclata de rire en disant :

— Celui qui m'amuse le plus dans cette fête, c'est M. de Bouleyras fils : il fredonne sans cesse : il vous joue son répertoire, sans vous faire grâce d'un seul morceau : c'est un orgue de barbarie ambulant.

De Bouleyras se trouvait précisément sur le passage des deux jeunes filles.

— Oh ! un petit air, monsieur, dit Adrienne d'un ton suppliant.

Et de Bouleyras chez qui l'habitude était une se-

conde nature, fredonna aussitôt, et sans penser à
mal :

> Fatal amour, triste démence
> Brise mon cœur, fais-moi mourir !

Deux minutes plus tard, le silence était complet :
tous, sans exception, étaient attentifs. L'orchestre
entamait une adorable fantaisie sur le Faust de
Gounod.

# XVI

Les domestiques avaient choisi le buffet comme lieu de méditation : de là, ils entendaient tout ce qui se passait dans le grand salon : ils avaient une éducation musicale et littéraire très soignée : ils savaient parfaitement bien à quel instant le morceau allait finir, et ils prenaient le temps voulu pour se rajuster et se composer une figure. Il étaient au repos. La fête était de leur goût : ils la louaient sans réserve. Ce qu'ils en happaient au passage leur emplissait l'estomac d'une douce sérénité.

L'un deux, grand faiseur de discours, avait servi chez une bonne et honnête dame qui aimait les lettres, et qui, à l'instar de Charlemagne, demandait à ses invités sinon un peu de reconnaissance, du moins beaucoup d'orthographe.

Il causait donc des célébrités de l'époque, en homme autorisé.

Depuis un instant, il tournait autour des gâteaux avec un zèle tout particulier.

— Qu'est-ce que tu fais donc là ? interrogea un de ses camarades.

— Je débarrasse les gâteaux de leurs impuretés.

Et en disant cela, il tapait chaque gâteau contre une assiette.

Quand il eut ainsi tapé tous les gâteaux, l'assiette se trouva couverte d'impuretés.

— Qu'est-ce que tu vas faire de tout cela, maintenant ?

L'opérateur se tâta, agita son assiette, fit des mines, prit des poses, puis finalement, renversa sa tête, ouvrit une bouche immense et y laissa glisser le contenu de l'assiette.

Étienne était en sentinelle dans le petit salon.

Il attendait mademoiselle Germier : il avait ouvert la porte qui donnait accès à l'antichambre, et il se promenait de long en large, la tête en avant et les mains derrière le dos.

Tout à coup, il entendit la porte cochère s'ouvrir et se refermer : Une voiture roula dans la rue : le vestibule résonna : quelqu'un montait, mais chose étrange, le pas était leste et masculin.

Étienne s'immobilisa contre une tenture : il vit

passer devant lui, avec la rapidité de l'éclair, une ombre qui criait :

— Étienne ! Étienne !

Il reconnut René Saveny.

— Étienne ! répéta de nouveau René.

Et comme le brave serviteur se montrait, soudain :

— Étienne ! où est ma mère ?

Étienne que cette apparition inespérée rendait fou de joie, avait perdu la parole : il se remit, peu à peu, et dit :

— Elle est dans la fête.

Et aussitôt :

— Vous allez vous habiller, pas vrai ? et entrer...

— Laisse-moi.

— Ah ! vous voulez entrer comme ça ! Vous êtes très bien, c'est sûr, mais tout le monde est en habit noir et en cravate blanche.

— Qui, tout le monde ? nomme les tous ; nomme-les donc ! mais parleras-tu !

Étienne n'eut pas peur : il se pencha vers son jeune maître et lui dit :

Elle n'est pas là, mademoiselle Germier ; seulement, elle va venir.

Le rouge monta au front du jeune homme : il couvrit son visage de ses mains.

25

Quand il eut rendu ses yeux à la lumière, il vit qu'Étienne avait disparu.

Étienne rejoignit les autres valets et leur dit :

— Le jeune maître est dans le petit salon : celui qui ira par là sans ma permission, aura affaire à moi.

Tous s'inclinèrent respectueusement.

René Saveny courut à la porte du grand salon : il tendit l'oreille ; le bruit de la fête arriva jusqu'à lui.

— Oh ! cria-t-il avec douleur, voilà qui m'affole ! je vais briser cette porte, si l'on ne fait pas silence !

Il détacha précipitamment de son embrasse la portière qui sembla mettre un mur entre la fête et lui.

— Dieu bon ! dit-il, je crois que ma raison s'égare. Quoi ! mon père donne une fête à l'Impure, et ma mère est consentante, ma mère qui dans l'instant qui précéda mon départ, me jura... ma mère !

Et il répéta trois fois ce mot, et il tomba sans courage sur un fauteuil.

Et les coudes sur les genoux, la tête dans les mains, le pauvre enfant songeait :

« Qu'on me vole ma bourse ou ma dernière maîtresse, j'en rirai ; mais que du moins on me laisse ma mère ! C'est ma seule fierté ! Si je ne crois plus en elle, je ne croirai plus en Dieu. »

A ce moment, des applaudissements éclatèrent dans la salle. René bondit.

— Je veux ma mère ! Je l'arracherai à cette femme !

Je ne suis pas fou, dit-il en se calmant un peu, j'ai bien lu.

Il fouilla dans sa poche, et il en sortit une lettre ; il vint à la cheminée, sous la lampe, et dépliant la lettre, il la relut :

— « Tout le monde sait déjà que ton père présen-
» tera, demain soir, mademoiselle Germier à ta
» mère ; nous sommes de la fête ; n'en seras-tu pas ?

    » Ta cousine,

        » ADRIENNE SAVENY. »

— Et pas un mot de ma mère... rien... rien. Dieu me pardonne, je rêve !

Il s'appuya contre la porte du grand salon et il demeura silencieux. Le bruit de la fête allait croissant, comme le bruit de la vague qui bat le rivage ; et le cœur de René s'emplissait de colère.

Bientôt, cet infortuné entendit le frôlement d'une robe sur le parquet. Hortense Germier venait d'entrer.

Elle ne le voyait pas, il était masqué par les palmiers.

Hortense Germier n'avait pas trouvé un seul domestique sur son passage.

Enveloppée dans sa mantille, elle s'arrêta au milieu du petit salon, et dit tout haut, en riant :

— Est-ce que je me suis trompée de porte ?

René Saveny s'avança résolument à sa rencontre :

— Oui, madame, vous vous êtes trompée de porte.

Sa tête pâle et ravagée tranchait sur son veston de couleur sombre et boutonné jusqu'en haut, comme un éclair tranche sur un ciel noir.

Hortense Germier ôta sa mantille et jeta un cri.

Elle était resplendissante. Le rouge de ses lèvres, le feu de ses diamants, fouettaient sa beauté d'antan comme le soleil de midi fouette les fleurs d'automne.

— C'est un piège ! cria-t-elle.

— Non, ce n'est point un piège, dit René doucement, mais sortez ; ma mère ne vous recevra pas.

— Pourquoi m'a-t-elle invitée, alors ?

René ne trouva rien à répondre.

— Allons ! ce n'est point un piège, reprit-elle avec assurance ; l'éclat vient de vous seul, n'est-ce pas ? Il est de votre âge, je vous pardonne ; et maintenant, laissez-moi passer, ou j'appelle votre père.

— Silence ! pas de leçon ! hurla René terrible ;

mon âme est farouche, ma volonté immuable. Sortez, ou je vous brise !

— Vous êtes un brutal ! Une femme a toujours droit à des égards. Dois-je aussi vous faire souvenir que vous vous êtes assis à ma table ?

Pour la seconde fois, René resta confondu. La colère l'aveuglait, sa jeunesse l'emportait sur sa raison; déjà il n'était plus maître de ses mouvements.

Hortense Germier osa le braver.

— Je n'ai pas peur de vous, et je poursuis. Vous savez, sans doute, que votre père est ruiné ?

— Ruiné, mon père ? interrogea René, dont la rage sembla mourir tout à coup. Ruiné ?

— Vous l'ignoriez ? C'est étrange ! vous tranchez absolument comme un homme qui a tout pesé. Donc, votre père est ruiné; il est aux genoux de ses créanciers.

Et elle ajouta, en soulignant chaque mot :

— Je viens le relever; dépêchez-vous d'ouvrir cette porte, je suis en retard.

— Et comment le sauvez-vous? demanda René dont les dents claquaient.

— Par le moyen le plus usité; je lui apporte de l'argent.

— Mensonge ! ignoble mensonge ! De l'argent ! un

homme n'accepte pas d'argent d'une femme ! Vous savez mieux que moi comment cela s'appelle !

— Cela ne s'appelle pas comme vous dites ; l'argent que j'apporte est à vous ; je restitue la fortune de votre grand-oncle Amable.

Et comme René ouvrait des yeux immenses.

— Ah ! voilà qui vous convainc ! c'est heureux !

— J'éclate ! j'éclate ! s'écria-t-il. Dieu fait homme ne refoulerait pas tout ce qui me monte aux lèvres. Écoutez : il y a en ceci une abominable machination de votre part : vous voulez vous venger de ma mère qui, un jour, vous fit chasser de chez elle. Eh bien ! vous vous vengerez de moi aussi, parce que je vais vous jeter dehors.

Hortense Germier frissonna.

— Écoutez, poursuivit René, ma mère ne vous a pas invitée de son plein gré ; on a surpris son cœur, on a forcé sa main.

Quant à moi, je me suis assis à votre table, cela est vrai.

Et cynique, railleur, impudique, la pressant, la poussant vers la porte :

— Les gens de mon âge et de mon sexe ont le privilège de s'asseoir, sans honte, chez les femmes comme vous, et les femmes comme vous se souviennent de ces jours-là avec orgueil.

Puis soudain, ayant toute colère bue et se croisant les bras, il dit :

— Vous êtes l'Impure ! Quelle idée folle avez-vous de venir troubler une famille ? Voyons, c'est un non-sens. Parbleu, si vous étiez plus jeune, je comprendrais tout de suite que c'est à moi que vous en avez, et je vous donnerais un rendez-vous. Mais pas ici... pas ici ; nous tâcherions d'avoir un peu de pudeur, tous les deux ! Qu'en dites-vous ?

Et il répéta :

— Vous êtes l'Impure !

Un nuage de sang passa sur les yeux d'Hortense Germier. La haine l'envahit toute.

— Oh fou ! fou ! cria-t-elle en repoussant René brutalement. Vous venez d'arracher mon masque et vous me frappez en pleine figure, et vos coups font plaie. Vous êtes perdu sans appel ! Votre père marche au déshonneur, comme un fleuve à l'océan, fatalement. Je ne le sauverai pas, mais prenez garde ! je vous hais !

— Ah ! c'est trop ! dit René d'une voix tonnante. Je vais vous faire mettre dans la rue par mon laquais.

Et il se précipita vers la porte.

Les applaudissements les plus nourris retentissaient dans la salle voisine. Hortense Germier s'élança vers la porte du salon.

— Je ne veux pas être chassée ! Pourquoi donc, par qui donc serais-je chassée, moi ? J'entrerai, j'en ai le droit !

René courut à elle, lui saisit le poignet et la rejeta devant lui.

— J'entends du bruit, on vient. Je vais leur crier tous vos noms !...

— On vient ! répéta Hortense Germier d'un accent triomphant, je suis sauvée ! Quelqu'un va donc enfin me défendre contre vous !

— Qui ?

— Mon amant !

— Je lui cracherai à la face !

— Crachez ! dit-elle froidement ; j'attends.

Et elle étendit le bras, René se retourna : Son père était devant lui.

La scène fut poignante.

La mesure outrée et l'excès forcé, le drame devenait plus grand que ses personnages. Ces situations, dans la vie, sont tellement violentes, que l'homme qui les a voulues les subit sans pouvoir les raisonner, et les joue mécaniquement, d'instinct, suivant les vices et les vertus qui lui sont propres.

Et en effet, René s'avançait farouche sur Hortense Germier qui, railleuse, s'accrochait à Jacques, et celui-ci demeurait pâle, immobile, impassible; on eût dit qu'il était bardé de fer.

Enfin, l'émotion qui les tenait crispés céda, et avec la pensée ils retrouvèrent la raison.

— Vous vous perdez, Saveny! cria Hortense Germier.

— Soit! répondit-il.

Et ce « soit » sonna sec, comme le timbre qui ordonne au machiniste d'engloutir le diable dans le cinquième dessous.

Hortense Germier tressaillit : elle se souvint de la menace que Jacques Saveny lui avait faite. Le secret ignominieux était révélé, tous deux étaient perdus.

Elle passa sa main sur son front baigné de sueur froide, saisit sa mantille, recula lentement et toujours, arriva à la porte, fit un suprême effort pour parler, mais le regard de Jacques la dompta toute, et elle sortit sans avoir prononcé une parole.

René tomba épuisé sur un siège. Jacques Saveny s'approcha, s'inclina, et mit ses lèvres sur le front de son fils; on eût dit un dernier adieu.

René lui saisit les mains et l'attira à lui.

— Père, cette femme a menti, n'est-ce pas ?

Jacques Saveny se dégagea doucement.

— Est-ce ta mère qui t'a rappelé ?

— Ce n'est pas elle. je vous le jure ; mais répondez-moi : cette femme a menti ?

— Non, elle n'a pas menti, répliqua Jacques Saveny.

Et il s'éloigna, et sur le seuil de la porte, il dit :

— Silence, mon fils, pour ta mère qui est une sainte.

René se cacha la figure. Bientôt il entendit une voix qui prononçait son nom ; il regarda autour de lui, et il reconnut Marie Viriat. Il était seul avec elle.

Alors, il fut inhabile à enchaîner ses pensées ; il crut qu'il était devenu fou. Il se leva, il enlaça Marie dans ses bras, il approcha ses lèvres de son visage, et il lui dit :

— Tais-toi ! J'ai perdu la raison, aie pitié de ma misère.

La jeune fille poussa un cri, René lui mit la main sur la bouche ; elle essaya de se dégager, il rendit l'étreinte plus étroite.

— Ah ! René, dit-elle, tu me fais peur ! Pourquoi es-tu ici ? Qu'arrive-t-il ? J'appelle ! J'appelle !

— Appelle ! reprit le jeune homme et dis-leur que je déraisonne ! Comme tu es jolie, ce soir ; cette robe blanche te sied si bien ! Ce sont nos fiançailles qu'on célèbre ! Ta beauté trouble mon être !

Et il ferma les yeux de la jeune fille avec un baiser.

— Mon Dieu! murmura-t-elle, ayez pitié de moi! ma tête se perd.

— Tu es ma femme, dit-il.

Ce mot grisa Marie, comme le parfum des fleurs grise les êtres tendres. Elle s'abandonna. Son âme s'emplit de sérénité, sa pensée s'immobilisa, son cœur battit lentement; et cette heure fut exquise et pure à la fois.

— Tu n'as donc plus peur de moi? interrogea René.

Marie s'abandonna davantage.

— Dans tes bras, je n'ai peur de rien.

Et ce fut un spectacle idéal.

Le jeune homme contempla la jeune fille qui semblait dormir sur son épaule, et il lui dit :

— Aie foi en moi! Je souffre, Marie.

— Tu souffres, René?

Elle releva sa belle tête brune et elle regarda son fiancé avec des yeux humides de pleurs; et lui la trouva si pure et se sentit si fort qu'il répéta :

— Aie foi en moi! Je doute de Dieu, dis-moi qu'il est; je doute de l'amour, dis-moi que tu m'aimes. Appelle, si tu l'oses; appelle et je t'emporterai dans mes bras, à la face des hommes et loin des hommes méchants et lâches, loin, bien loin, sous la clarté douce des étoiles, dans le pays des roses et des myrtes.

La terre n'existait plus pour ces deux créatures.

René cherchait l'oubli des chagrins dans cet instant poétique, et Marie écoutait les paroles de son bien-aimé, la tête sur son épaule et les mains blotties contre sa poitrine ; et elle pensait que l'amour était un recueillement, et elle cherchait à prier pendant que son fiancé parlait.

Tout à coup, elle se rappela la confidence d'Adrienne, et elle s'échappa aussitôt des bras de René, et elle s'écria avec un accent douloureux :

— Nous sommes deux insensés ; notre amour est maudit !

René, qui ne pouvait comprendre, vint vers elle et lui dit :

— Ce sont les hommes qui l'ont maudit ! Je briserai les hommes, parce que je les hais : je foulerai leurs lois aux pieds, parce qu'elles sont néfastes.

Et peu à peu, il enlaça de nouveau la jeune fille, et la courbant toute encore sur sa poitrine en feu, il dit :

— Mon âme est déchirée, console-moi : fuyons ; la nuit nous prêtera ses voiles : ton souffle est parfumé, tu viens du Ciel : ton cœur n'est pas double, tu me mèneras vers Dieu !

A ce moment, un cri sourd retentit derrière la tapisserie. René ne l'entendit pas, mais Marie tourna la tête du côté de la porte, et dit en pâlissant :

— Qui donc est là ?

— Nul être humain.

Les deux jeunes gens suspendirent leur respiration pour écouter : Seul le son de la musique frappa leurs oreilles.

— Mais ce bruit ? reprit Marie.

— C'est un battement d'ailes, continua René gris d'amour; c'est notre bon ange qui descend et nous presse de fuir. Ah ! demeure ainsi dans mes bras ! Le pouvoir des hommes s'émousse devant un pareil amour : la foudre est prête à frapper ceux qui veulent nous désunir. Marie, tu es à moi !

Cette fois le bruit fut très distinct derrière la tapisserie.

— Encore ce bruit ! s'écria Marie en se dégageant, on a parlé ! René, ce n'est pas le bon ange qui vient, c'est un démon échappé de l'enfer. Laisse-moi, oublie-moi. Adieu ! Pourquoi donc es-tu revenu, ce soir ? Qui donc t'a rappelé ? et que n'es-tu déjà dans les bras de ta mère ?

— Ah ! fit René douloureusement, le charme est rompu ! tu m'as rendu à la vie, méchante : nous étions si bien ! Ma mère... oui, tu l'as dit, ma mère !

26

Eh bien! soit : rentre dans cette fête, va rire avec
ces fous; mais silence! ma mère doit encore ignorer
mon retour : obéis aveuglément.

La jeune fille s'attacha à ses pas :

— René, ta cousine Adrienne t'aime d'amour :
elle me l'a dit.

— Elle te l'a dit? Que t'a-t-elle dit? Elle voulait
t'éprouver, innocente colombe : tu as été prise au
piège. Aie foi en moi.

— C'est Adrienne qui t'a rappelé?

— Oui, mais il ne s'agit pas d'amour entre elle et
moi; il s'agit de la famille menacée, et la famille
passe avant l'amour. D'ailleurs, si l'amour seul avait
guidé Adrienne, je la haïrais : sa grande action serait un calcul, et ce calcul une iniquité.

La tapisserie s'agita de nouveau : un pas de sylphe
effleura le parquet.

— Quelqu'un a marché, tu disais vrai, Marie.
Viens, tu ne peux rentrer par ici.

Et il entraîna la jeune fille au dehors.

Il la conduisit jusqu'à la porte extérieure du grand
salon, et lui dit :

— A demain et silence!

Il s'éloigna en envoyant un baiser à la jeune fille
qui tardait à rentrer, puis il revint sur ses pas, et

l'enlaçant une fois encore dans la pénombre, il murmura :

— Je doute de Dieu ; dis-moi qu'il est.

— Je crois en Dieu, répondit tout bas Marie.

— Je doute de l'amour; dis-moi que tu m'aimes.

— Je t'aime.

Et ces deux êtres beaux mirent toute leur âme dans un dernier baiser, et se séparèrent meilleurs.

Cependant quelqu'un, une femme, une jeune fille au cœur brisé, Adrienne Saveny, était cachée derrière la tapisserie et avait entendu toute cette scène.

Au moment où elle allait paraître pour maudire ces deux amants, elle avait senti sa poitrine se gonfler sous les sanglots; elle avait étouffé; elle chancelait; le salon était vide maintenant; elle s'accrochait aux meubles, pour se soutenir; elle étouffait toujours.

Enfin, elle porta la main à sa gorge, arracha la dentelle qui lui servait de collerette, fit un suprême effort pour respirer, puis, les membres raides, le regard fixe, la bouche ouverte, elle tomba tout d'une pièce sur le parquet.

Peu après, la porte du grand salon s'ouvrit, et Pierre de Mursay entra.

— Au secours! cria-t-il, en voyant Adrienne étendue sur le sol; et tout en appelant, il s'agenouilla près de la jeune fille et lui souleva la tête.

On accourut et on ranima la pauvre enfant.

Alexandre Saveny, attiré par le bruit, fendit la foule, et voyant son Adrienne inanimée, il se jeta sur elle, et lui baisant follement les mains et le front, il dit d'une voix déchirante :

— Ma fille ! ma fille ! ne meurs pas ! Mon Dieu ! ne me prenez pas mon enfant ! Je veux ma fille ! Je veux ma fille !

Adrienne rouvrit les yeux et reconnut son père : elle enroula ses bras autour de son cou, et murmura dans un sourire :

— Je t'aime bien, mon petit père ; mais, je t'en supplie, laisse-moi mourir.

Quelques instants après, ce père infortuné emportait sa fille loin de tous, pour la mieux soigner et la mieux embrasser.

Les convives qui fuyaient la tristesse, comme les hiboux fuient le jour, se retirèrent en chœur ; et l'hôtel Saveny retomba dans son silence sépulcral : la mort semblait le couvrir de son aile.

# XVII

Après avoir quitté son fils, Jacques Saveny dità un domestique :

— Portez deux lampes dans mon cabinet.

Il rentra dans son appartement privé et il alluma tous les flambeaux et tous les candélabres de sa chambre à coucher où il s'enferma.

Au travers de la porte, le valet lui demanda :

— Monsieur a-t-il besoin de moi ?

Il répondit :

— Non, qu'on me laisse.

Et quand il fut certain que le domestique s'était retiré, il ouvrit la porte intérieure de sa chambre, et pénétra dans son cabinet de travail que les deux lampes éclairaient de leur lumière douce.

Ce cabinet était une pièce petite à une seule fenêtre et assez simplement meublée.

Près de la fenêtre était un bureau-ministre en bois

26.

noir mat : dans le fond de la pièce il y avait une
bibliothèque de même bois, vitrée, fermée à clef,
pleine de livres à reliure riche, rangés comme les
soldats d'un bataillon et dormant dans leur gloire
avec la quiétude des gens qui ont une concession à
perpétuité dans un cimetière de campagne.

La cheminée était du premier empire, en marbre
blanc sculpté sur les côtés de divinités égyptiennes,
à la tête raide, aux seins fermes, et sur le fronton de
guirlandes de fleurs aussi empesées que les divinités
égyptiennes.

Au centre de la cheminée s'élevait un fort joli
groupe en porcelaine de Saxe représentant un éléphant monté sur le dos par un personnage de fantaisie en riche costume oriental, et sur la trompe
par un négrillon nu ; le tout disposé sur une terrasse
de bronze ciselé, avec ornements rocaille constellés
de fleurs en porcelaine. De chaque côté de la cheminée, en porcelaine de Saxe également, étaient deux
vasques supportées par un Satyre et un Silène.

Des sièges achevaient de meubler la pièce : les
murs étaient recouverts d'un papier de prix, dont les
tons et les demi-tons étaient si mathématiquement
distribués, qu'on croyait à une natte ; l'illusion était
complète, et l'effet très original.

Au-dessus de son bureau et sur la muraille

appendu, Jacques Saveny avait le portrait de son fils, fait au pastel et vivant de ressemblance.

Sur le bureau même, il y avait un bronze représentant « la Fortune » selon la tradition, aveugle, avec des ailes aux deux pieds, un pied en l'air, l'autre pied posé légèrement sur une roue : dans cette roue était enchâssé un cadran qui marquait les heures.

Jacques Saveny s'assit à son bureau et dépouilla la correspondance qu'il avait reçue.

— C'est bien cela, dit-il froidement, je suis ruiné !

Une lettre fixa plus particulièrement son attention : sa main trembla et sa tête tomba en avant comme sous le coup d'une massue.

— Cette fois, dit-il, c'est le déshonneur ! J'ai joué ma vie, je l'ai perdue ; je n'ai plus qu'à mourir.

Il se leva, repoussa brutalement son fauteuil de bureau, et mettant ses deux mains dans ses poches, haussant les épaules, fixant le sol, il arpenta la chambre d'un pas rapide.

— C'est le déshonneur ! Je suis dans un cercle de fer : la honte au dedans et la honte au dehors. Méprisé par mon fils et ma femme, et traîné devant les tribunaux — en voici la nouvelle — pour une affaire dans laquelle je me suis associé à des coquins. Allons ! il faut en finir !

Et il prononça ce mot sans émoi. Il alla à la cheminée, alluma un flambeau à tige surmontée d'un mufle de lion et à base décorée de coquilles, et mettant sa figure en pleine lumière devant la glace :

— Je n'ai pas changé de visage : je suis beau joueur.

Il replaça le flambeau.

— C'est superbe de raisonner ainsi la mort.

Et il sourit.

— Je ne regrette pas la vie, je n'aime personne, je veux mourir, parce que je cesse de m'élever : je suis un ambitieux. Je suis parti de rien, et voici que je ne suis rien ; donc, je suis manqué. On aurait dû me laisser dans mon village.

L'instruction m'a ouvert les portes d'un monde qui m'a ébloui par ses couleurs multiples et grisé par ses éclats sonores; et j'ai marché écartant les petits sans voir que j'étais un renégat, et écrasant les grands sans voir que j'étais un criminel. Aujourd'hui, je suis déshonoré et je meurs, non parce que j'ai des remords, mais parce que je ne veux pas qu'on me montre au doigt.

Ses yeux rencontrèrent le portrait de son fils; il se prit à le contempler.

— Ce qu'il a fait est sublime ; il m'a empêché d'asseoir ma maîtresse à côté de ma femme. Cet acte me perd et je le loue, parce qu'il flatte mon orgueil ; il me semble que demain j'en aurai comme une fierté posthume !

Allons ! que demain soit tout de suite !

Il alla à son bureau, et avec une petite clef qu'il portait sur lui il ouvrit un tiroir duquel il sortit un revolver.

A ce moment, on frappa à la porte. Sans trahir la moindre impatience ni la moindre émotion, Jacques Saveny replaça son revolver, referma son tiroir et demanda :

— Qui est là ?

— C'est moi, Jacques.

Et il reconnut la voix de sa femme.

Et soudain il pensa :

— René a menti ; c'est sa mère qui l'a rappelé, et elle vient s'accuser de ne pas m'avoir sauvé de la ruine !

Son visage se colora doucement : cette pensée lui était agréable. Cette femme dont la vertu lui avait toujours été à charge, cette femme à qui il ne pardonnait pas sa supériorité, s'était donc oubliée, à son tour ; elle avait donc manqué à sa parole !

Il tourna la clef dans la serrure. Madame Saveny entra.

— Vous travailliez, Jacques ? Je vous dérange.

— Que voulez-vous de moi? interrogea Jacques Saveny avec ce ton glacial qu'il prenait quand il voulait faire parler les gens et ne rien leur dire.

Madame Saveny s'assit dans un fauteuil bas, le bureau formait écran devant elle, les lampes n'éclairaient point sa figure.

— Jacques, pourquoi cette femme n'est-elle pas venue, ce soir?

Jacques Saveny sentit son cœur battre en sa poitrine. Décidément René n'avait pas menti; madame Saveny ne savait rien de ce qui s'était passé, elle ignorait peut-être même le retour de son fils.

Et cependant Jacques doutait toujours.

— Elle n'est pas venue, répondit-il, en scandant ses mots, en rhythmant ses phrases, parce que j'ai compris — tardivement sans doute — qu'elle ne devait pas venir; j'ai définitivement rejeté ses offres.

— Jacques, sois béni! s'écria madame Saveny, René pourra donc encore relever le front quand il rentrera au foyer paternel!

Jacques saisit une lampe et éclaira brusquement la figure de sa femme; le doute n'était plus permis; cette figure était tranquille; cette sainte ne savait pas mentir.

— Qu'avez-vous? demanda-t-elle.

— Rien, dit-il, en reposant la lampe sur son bureau, je cherche une lettre...

Et prenant un papier au hasard, il le mit en ve-
dette comme s'il rappelait une affaire à laquelle il
dût donner ses soins, dès le lendemain.

Madame Saveny était rayonnante de joie. Cette
femme à qui tout artifice de langage était inconnu
croyait à la parole de son mari.

— Soyez béni, répéta-t-elle en se levant, soyez
béni !

Jacques éprouvait une grande gêne sous ce tribut
de remerciements. Son masque de glace ne lui semblait pas couvrir suffisamment ses desseins.

Démasqué il allait être lâche ou bravache !

Ces deux états lui inspirèrent un égal dégoût.

La question se posait ainsi : Vivre de propos déli-
béré, c'était consentir à la dégradation, c'était tendre
la joue aux soufflets. Lâche ! Se tuer devant sa
femme, c'était vouloir échapper à la mort, c'était
tourner au grotesque personnage de roman à qui on
arrache un pistolet de salon comme au petit enfant
un grand couteau de table. Bravache !

Jacques Saveny résolut de mourir en héros.

Il prit une cigarette dans un délicieux porte-ciga-
rettes en cristal de Bohême.

— Vous permettez ? dit-il.

Et il alluma sa cigarette à la lampe. Puis, il s'assit

dans la pénombre, et s'enveloppant d'un nuage de fumée, il écouta.

— Enfin ! s'écria madame Saveny, vous voilà donc tel que je vous ai rêvé : vous mettez la famille au-dessus de l'argent ! Nous sommes ruinés, avez-vous dit ? Eh qu'importe ! Est-on jamais dans la misère quand on a un fils ?

Vous êtes déshonoré, avez-vous dit encore ! Mais vous n'êtes déshonoré que parce que vous êtes ruiné ; le monde est féroce envers qui lui doit.

Et le visage enflammé, le geste décuplé en sa force, elle s'avança vers Jacques.

— Vous n'êtes déshonoré qu'ici, moi seule jugerai de ce déshonneur, c'est affaire entre nous deux ; Jacques, je vous pardonne !

— A cause de votre fils, fit-il avec ironie.

— Non, à cause de vous qui m'inspirez de la pitié

Et se rapprochant davantage, et tendant vers lui ses mains jointes :

— Vous n'avez jamais voulu me comprendre.

Jacques eut un mouvement de protestation.

— Jamais, reprit-elle. Si vous m'aviez comprise j'aurais fait de vous un homme !

Jacques souffrait, il était mortifié, il était sous un talon de fer. On lui crachait sa sentence en plein visage.

Eh quoi ! lui si fier, si résolu, si courageux, n'était pas un homme, et c'est une femme qui le lui disait !

— Que fallait-il faire pour vous comprendre ? demanda-t-il avec colère.

— Voir que vous me preniez vierge et deviner que votre trahison pouvait me rendre folle de douleur ; voir que vous me faisiez femme et sentir que je vibrais sous vos baisers ; craindre, enfin, qu'en devenant mère, je ne fusse consolée tout à coup, et sans amour désormais !

J'ai des cheveux blancs, aujourd'hui, je puis tout dire ; j'ai eu un fils à élever, j'ai dû tout savoir. Eh bien ! vous n'étiez pas assez fort pour m'épouser, ou mieux, vous n'aviez pas assez vécu, puisque vous étiez encore l'amant d'une femme mariée !

Jacques était terrassé. Jamais il n'avait entendu parler de la sorte. Il tenta de secouer le joug.

— Vous niez l'entraînement, la passion, dit-il avec timidité.

— Je nie la maîtresse dans le monde auquel nous appartenons, reprit-elle. Chez l'ouvrier et chez le poète, je la comprends et je l'excuse. Il y a là amour sincère, dévouement sans bornes, fidélité constante. Ces gens ont besoin d'aimer pour oublier leur misère ; ne chicanez pas sur la qualité de leur amour•

Mais les hommes comme vous n'obéissent qu'à la vanité ou à la cupidité. C'est si vrai, que vos maîtresses sont invariablement des femmes mariées. Vous mettez de l'orgueil à souffler la femme de ce pauvre mari, et vous poussez l'infamie jusqu'à aller manger la soupe de ce malheureux ; et quand vous sortez de cette maison-là, vous vous écriez : « Décidément, cette femme est dégoûtante ! » Où est l'amour ? où est la passion ? répondez.

Voilà la vie vraie, la vie vécue, ajouta-t-elle sans attendre la réplique. Les faiseurs de drames vous montrent des femmes mariées qui ont un amant qu'elles adorent, qu'elles veulent sans cesse, et qui seul les comprend, et qui seul est beau. Eh bien ! Jacques, celles-là ne vont ni au Louvre-Nouveautés, ni aux fêtes de charité en plein vent, et elles préfèrent le clair de lune et les feuilles d'automne aux petits gâteaux du pâtissier ; enfin, elles s'empoisonnent au cinquième acte. Combien se sont empoisonnées pour vous ? répondez, cette fois.

Et madame Saveny attendit, mais Jacques demeura muet.

— Ah ! tenez, ajouta-t-elle, il n'y a chez la femme du monde que débauche et désœuvrement. Elle s'ennuie ; elle voit un homme, elle se le donne ; ça la distrait. Je ne m'en occuperais même pas si elle devait rester éternellement stérile ; le malheur en cela, c'est qu'elle peut devenir mère !

Jacques se leva. Il prit la main de madame Saveny et la baisa respectueusement.

— Avez-vous dû souffrir pour en arriver là ! dit-il. Ah ! je comprends, Hélène, que vous vous soyez révoltée à la pensée de recevoir mademoiselle Germier ! Je n'avais pas le droit de demander cette humiliation à une femme comme vous.

Doucement émue par ces paroles, madame Saveny se rapprocha de Jacques, puis elle s'appuya affectueusement sur son épaule et lui dit :

— Pourquoi as-tu donné cette fête, puisque tu en avais excepté l'Impure ? Il y avait dans ce salon des gens qui te veulent du mal. Pourquoi m'as-tu abusée jusqu'à la fin de la soirée ? Tu sais bien, Jacques, nous nous sommes rencontrés, et tu m'as dit de commander à mon trouble, et tu m'as dit qu'elle allait venir, cette fille maudite.

Jacques sentait l'haleine de sa femme monter chaude à son visage glacé, il écoutait cette voix mélodieuse, et il croyait entendre une sérénade dans la nuit parfumée ; le ciel était plein d'étoiles ; une main passait sur son front et emportait avec elle le souvenir des heures mauvaises.

— Reste ainsi, dit-il tout bas, tu me rends meilleur !

Puis tout à coup, il se fit honte à lui-même. Son âme était-elle à ce point débile ? Avait-il peur de la mort ? Allait-il éluder la question pour ne pas la résoudre ?

Superbe empire de l'homme sur soi ! Son sang se ralentit dans ses veines, son front devint plus glacé. Il était maître de lui.

— J'ai reçu ces gens, reprit-il, parce que je voulais que la vengeance fût éclatante pour vous, Hélène.

— Jacques, tu as froid.

— Non.

— Si. Oublie les mauvais jours. Tu as un fils dont tu seras fier quand tu le connaîtras mieux ; c'est lui qui te sauvera.

— Me pardonnez-vous, Hélène ?

— Tu es glacé. J'ai peur.

— Dites que vous me pardonnez.

— Je te pardonne.

Jacques serra sa femme ardemment dans ses bras.

— Dis que tu m'aimes d'amour.

Madame Saveny frissonna, tressaillit, s'arracha à l'étreinte et s'écria :

— Je te jure que je t'ai aimé, Jacques, je te le jure !

— Mais tu ne m'aimes plus, et c'est justice !

Il prononça ces mots avec un si lugubre accent que madame Saveny éprouva un grand trouble. Elle eut un moment de douloureuse hésitation. Elle trouvait le désespoir de son mari effrayant, mais elle revivait le passé et elle se sentait outragée cruellement.

— Jacques, dit-elle avec tristesse, je n'ai jamais menti, pourquoi voulez-vous que je mente ?

Jacques courut à elle.

— Eh ! qu'importe pourquoi ? Je veux que tu mentes, ce soir, je le veux !

— Je t'aime ! dit madame Saveny d'une voix claire.

Puis, cette femme sublime eut regret d'avoir menti, et pour atténuer son mensonge, elle dit en sortant :

— Tu as compris que tu devais respecter le foyer de famille, Jacques, sois béni ! A demain.

Quand il fut sûr qu'elle était rentrée chez elle, Jacques s'enferma à double tour, puis il reprit le revolver qu'il avait replacé.

Et froidement, sans geste désespéré, sans cri farouche, il se fit sauter la tête.

27.

## XVIII

Ce fut un spectacle terrifiant. Au bruit de la détonation, madame Saveny accourut et tenta d'ouvrir la porte du cabinet.

Malédiction ! la porte était fermée à clef !

— Jacques ! Jacques ! cria-t-elle.

Tout se taisait. Elle parcourut la maison en appelant à elle ; en un instant, tous les domestiques furent debout. Le vieil Étienne voulut éloigner sa maîtresse.

— Rentrez, madame, rentrez ; monsieur René est là.

— Mon fils est ici ? Pourquoi ? Qu'a-t-il fait ? Réponds.

— Il a chassé cette femme.

Madame Saveny jeta un cri. Sa tête lui pesait comme un fardeau, sa raison l'abandonnait. Ce que disait ce domestique n'était pas conforme à ce qu

Jacques venait de lui dire. On mentait. Qui donc
mentait ? Quelqu'un s'était tué. Qui donc s'était tué ?

Elle cria :

— Mon fils ! mon fils ! où es-tu ?

Et René tomba dans ses bras. Alors, désignant la
porte du geste :

— Ton père !

La porte cédait sous les efforts des domestiques.
René se précipita dans la chambre.

— Tout est fini, dit-il douloureusement, il est
mort.

Il souleva la tête de son père; elle était sanglante.
Il cria d'une voix terrible :

— Qu'on emmène ma mère !

Madame Saveny repoussa doucement tous ses
domestiques ; et superbe, le visage baigné de pleurs,
mais l'âme haute, elle s'agenouilla et dit :

— Priez tous pour votre maître !

Tous se mirent à genoux et se courbèrent humbles et tristes; et dans le silence de la prière, on
entendit René déposer un dernier baiser sur le front
de son père.

Quand madame Saveny eut prié, elle entraîna son
fils au dehors et lui dit :

— Regarde-moi; je suis calme, je veux savoir
toute la vérité.

René lui raconta à voix basse tout ce qui s'était passé ; et lorsqu'il eut fini, elle s'écria avec douleur :

— Quoi ! c'est Adrienne qui t'a rappelé, mon pauvre enfant !

Elle se souvint que Marie Viriat était rentrée troublée dans la fête ; sans doute elle sortait du petit salon où, un moment après, on avait trouvé Adrienne sans connaissance ; une scène terrible s'était déroulée là. Laquelle? Elle l'ignorait, mais elle devina qu'Adrienne aimait son fils, et cette pensée la rendit folle de désespoir.

— René, dit-elle en refoulant ses larmes et en enveloppant le jeune homme de ce regard d'ambition que la grande Cornélie eut pour ses deux fils à la mort de Sempronius Gracchus, te voici chef de famille, souviens-toi ! Ton oncle aurait dû sauver ton père ; il ne l'a pas fait, qu'il soit maudit, et que ma malédiction retombe sur sa fille !

— Grâce pour elle ! répliqua René sévèrement. Adrienne a réparé la faute de son père : sans elle, je serais à cette heure loin de toi, et tu aurais pour compagne la maîtresse de...

Dieux ! Il allait se trahir. Sa mère n'avait-elle pas assez souffert ! Fallait-il lui crier aussi que l'Impure avait été la maîtresse de son époux.

René s'arrêta.

— Sans doute, dit tristement madame Saveny,
mais ton père vivrait.

René répondit :

— Non; mon père ne pouvait plus vivre; la ruine
dans son métier équivaut au déshonneur.

Madame Saveny pâlit, mais elle se dressa résolue ;
ses yeux étaient fixes : elle semblait suivre une
pensée qui l'obsédait : Elle fit prévenir madame
Viriat et sa fille, et lorsque Marie fut là, elle lui dit :

— Mon chagrin est grand, ne le rends pas immense : ne quitte pas mon fils, un seul instant : tu
es sa fiancée, je veux que tu sois sa femme; tu as
une rivale !

Mais hélas, triste et pâle la jeune fille fit taire son
cœur : elle s'en vint auprès de son fiancé, et lui dit
doucement :

— Je te rends ta parole; puisque tu mets la famille au-dessus de l'amour, sois l'époux de ta cousine : c'est elle qui sauvera la famille.

Mais il répondit :

— C'est toi qui l'incarnes, et c'est toi seule que
j'aime !

Et il ajouta :

— Silence en ce jour de deuil !

Madame Saveny sentit son courage renaître, et
elle répéta la parole de son fils :

— Silence en ce jour de deuil !

Elle exigea que René ensevelît son père ; et quand il eut accompli ce devoir suprême qui courbe, brise, anéantit les hommes les plus virils, elle l'éloigna d'elle.

— Va, je l'exige, c'est moi seule qui veillerai ton père.

Et pieuse et recueillie, elle s'assit auprès du mort qu'elle ne quitta plus.

Durant ce temps, Alexandre Saveny, l'âme désespérée était au chevet de sa fille. Il se penchait sur le lit, épiant le frisson des draps pour s'assurer que son enfant respirait encore : il jugeait par la coloration du visage que la mignonne devait avoir froid, et il la couvrait davantage : il entretenait la flamme d'un réchaud sur lequel il faisait tiédir une tisane : il préparait une cuillerée de la potion qu'Adrienne prenait lorsqu'elle se sentait oppressée.

Déjà le jour naissait : Vite, il courait à la fenêtre, rapprochait bien étroitement les deux rideaux pour qu'aucun rayon ne troublât le sommeil de la malade : il maudissait le bruit de la rue qui s'éveillait ; il avait envie de descendre et de crier à tous les habitants du quartier :

— Taisez-vous ! ma fille est malade : elle repose, taisez-vous !

Ces gens-là avaient des enfants; ils comprendraient ses angoisses et ils se tairaient.

La femme de chambre entr'ouvrait la porte pour demander si on avait besoin d'elle et si mademoiselle était mieux : il la chassait du geste et lui faisait signe de ne plus revenir.

Cependant, Adrienne ouvrit les yeux et murmura :

— Père, où es-tu ?

Alors, célant son émotion comme il pouvait, il s'avança sans bruit, et répondit tout bas :

— Je suis là : es-tu mieux ?

La jeune fille s'éveilla complètement, se mit sur son séant et dit avec gaîté :

— Il doit faire grand jour : ouvre les rideaux, mon petit père.

— Si tu dormais encore une heure ? Veux-tu, fillette ? Tu serais si gentille.

— Non ; je t'en prie, ouvre les rideaux.

Alexandre Saveny obéit, et soudain la chambre fut inondée de lumière.

— Comme c'est beau le jour ! dit la jeune fille : il va faire une journée splendide : le ciel est sans nuages. Oh ! le soleil, le grand soleil, voilà ce qu'il me faut !

Son père était près d'elle et souriait.

— Es-tu fatigué ? interrogea-t-elle.

— Fatigué, moi? Quelle idée!

— Bien vrai? C'est bien vrai?

— Je suis solide comme le Pont-Neuf, dit Alexandre en riant, et il cachait son émotion dans ce rire forcé.

Adrienne mit ses bras autour du cou de son père.

— Eh bien! nous allons partir tout de suite : je veux quitter Paris.

— Partir tout de suite! Es-tu folle! Où veux-tu aller?

— Du côté du soleil, là-bas, tu sais bien au pied de ces Pyrénées magistrales que j'aime tant, là-bas, à Pau.

Alexandre Saveny s'appliqua à rire plus fort.

— Voilà bien ma petite toquée : elle se sent mieux, elle veut aller se promener ; et quand elle va se promener, ce n'est ni aux Champs-Élysées, ni aux Tuileries, c'est à Pau. Diable! une jolie course! oh! la folle!

Adrienne embrassa son père.

— Alors, c'est que tu es fatigué : n'en parlons plus.

— Je ne suis pas fatigué du tout; je suis de fer : c'est de toi seulement qu'il s'agit.

— De moi? répliqua Adrienne d'un petit air étonné et gamin, mais je suis guérie, papa. Si tu es solide comme le Pont-Neuf, je suis solide comme le Pont-Royal. En route !

Alexandre Saveny ne voulait pas y croire ; mais il fut tant et tant de fois embrassé, qu'il finit par ne plus y voir clair, et qu'il se laissa conduire comme un mouton.

— Mais les malles ?

— Ma femme de chambre les fera et nous rejoindra demain.

— Mais la fatigue du voyage ?

— Le Pont-Neuf et le Pont-Royal ne sont jamais fatigués.

— Mais je ne veux pas partir sans avoir l'avis du médecin.

— Je suis guérie.

— Tu es folle, ma fille.

— Oh ! si tu disais vrai !

Elle prononça ce mot avec une telle tristesse, qu'Alexandre Saveny fut repris de terreur et s'écria :

— Partons ! partons ! puisque tu le veux.

En chemin de fer, il dit :

— Sait-on chez ta tante quand René sera de retour ?

— Non, répondit la jeune fille grandement troublée : tu as besoin de le savoir ?

28

— Tiens, parbleu! c'est sûr; je veux vous marier.

Et sans remarquer que sa fille pâlissait affreusement, il ajouta :

— C'est insensé de quitter Paris dans un moment
pareil.

Mademoiselle Germier est-elle venue? Comment
l'a-t-on reçue?

Adrienne se remit un peu et répliqua :

— J'ai tout lieu de penser qu'on l'a reçue comme
il convenait.

— Tant mieux, fit Alexandre en hochant la tête,
tant mieux pour cet imbécile de Jacques qui s'est si
sottement ruiné.

Quelques minutes plus tard, Alexandre s'endormait dans son coin, et Adrienne pouvait se livrer
sans réserve à ses pensées.

Malgré la défense que lui en fit sa mère, René
courut chez son oncle pour lui annoncer le terrible
malheur qui le frappait.

Le père et la fille avaient déjà quitté Paris; il ne
connut leur adresse que quatre jours après; il écrivit à son oncle, et celui-ci lui répondit une lettre
assez sèche où il annonçait que sa fille était très
malade et où il déplorait en termes très durs le coupable suicide de son frère.

Cette lettre déplut fort à René qui résolut de partager désormais les sentiments de sa mère à l'endroit de son oncle.

Cependant, Adrienne s'affaiblissait de jour en jour.

Sa pauvre petite figure était blanche comme les lis, ses grands yeux étaient bordés de noir et regardaient fixement; ses tempes étaient déprimées, ses joues creusées, ses lèvres décolorées; des plaques de sang s'arrêtaient sous la peau à l'endroit des pommettes, le nez s'effilait, les mains s'amaigrissaient et devenaient transparentes, et les ongles des mains étaient si rouges qu'on eût dit qu'on les avait trempés dans des fraises. La malade se soignait à peine, elle ne voulait rien changer à ses habitudes; le soir seulement, elle consentait à se laisser emmitoufler à cause de la fraîcheur des montagnes; mais à midi, elle s'en allait, avec une robe légère et un petit chapeau de paille, faire une promenade. Elle appelait cela — prendre un bain de soleil.

Elle partait de la place Royale, prenait la terrasse qui longe et surplombe le Gave, et elle ne pouvait détacher son regard de cette chaîne des Pyrénées couronnée de neiges, bordée de verdure, coiffant l'hiver, chaussant le printemps.

Lentement, buvant le soleil, écoutant chanter le Gave, elle passait sur l'esplanade du château : elle

aimait à contourner la Tour Montaüzet, à laquelle
tant de légendes horribles sont encore rattachées ;
elle n'y croyait pas et elle était de l'opinion de
Favyn, l'historien de Navarre, qui dit que le château
« a esté plustôt basty pour la beauté de son
assiette ».

Puis, elle entrait dans le parc, s'asseyait un instant à l'ombre des grands arbres, et regagnait la
place Royale par les rues de la blanche ville.

Alors, une dernière fois, elle voulait voir ce spectacle unique dans le monde entier : elle se posait
près de la statue du Grand Henri, et contemplait
dans leur splendeur différente, la montagne éternellement vierge sous la neige et la ville éternellement
fêtée sous le soleil ; elle trouvait le sort de la montagne plus enviable, et par la pensée, elle se faisait
un tombeau dans ce manteau blanc bleuté d'azur.

Le médecin déclara que sa malade était déraison-
nable ; il se fâcha et se prononça catégoriquement
pour une saison aux Eaux-Bonnes ; mais Adrienne à
force de grâce dans le geste et de charme dans la
parole lui persuada qu'elle allait très bien, et il finit
par se taire.

La jeune fille étendait la main droite du côté du
château et disait en riant :

— C'est là les Eaux-Bonnes, n'est-ce pas, là où on

voit des champs et des habitations ? Eh bien ! c'est laid ; j'aime mieux aller faire une saison en face.

Et elle désignait le pic du Midi.

A quelque temps de là, son père se lia avec un officier en retraite, qui avait beaucoup connu Maurice Viriat lorsqu'il était en garnison à Pau.

Adrienne se fit indiquer par lui la petite maison où Marie Viriat était née, et chaque jour, en cachette, elle y vint passer quelques instants.

Pauvre jeune fille ! Elle mourait au printemps de la vie, elle mourait souriante et debout ; et son âme qui descendait au tombeau dans tout son rayonnement parlait aux murs de cette maison et leur disait :

— Contez-moi qu'elle est charmante pour que je lui pardonne d'être aimée ; contez-moi qu'elle l'aime pour que je sois heureuse de mourir !

Parfois, le matin, elle se levait avec l'aurore, et regardant par la croisée le soleil croître et l'ombre décroître, elle pensait :

— Voici l'image de la vie. Elle est le soleil, moi je suis l'ombre : c'est ici qu'elle est née, c'est ici que je vais mourir.

Et à cette pensée, son cœur ne s'emplissait ni de colère ni de rancune ; elle aimait René avec une telle passion qu'elle le voulait heureux avant tout ; elle se

rappelait maintenant sans torture la scène du petit
salon, elle revoyait Marie dans les bras de René, et
elle murmurait :

— Qu'ils sont beaux !

Il lui semblait qu'elle vivrait bien à côté d'eux
sans troubler leur chanson d'amour; puis, comme
elle se sentait le lendemain plus faible que la veille,
elle se disait :

— Non, il vaut mieux que j'aille au Ciel : de là-
haut je les verrai également bien, et quand ils dor-
miront je prendrai des étoiles et j'en sèmerai dans
leurs rêves !

Un jour, elle cracha le sang, et son père jeta des
cris lamentables; mais elle déclara qu'elle se sentait,
tout à coup, beaucoup mieux, et pour appuyer son
dire, elle aspira l'air profondément et en souriant;
et ce fut pitié de la voir !

Ses lèvres étaient cyanosées, et ses yeux avides et
brillants tranchaient sur son sourire éteint comme
deux torches sur la nuit.

Le médecin exigea le repos absolu, et Adrienne se
coucha sur une chaise longue, près de la fenêtre, en
face de ses montagnes adorées.

Vers le soir, elle parcourut un journal et elle vit
que René Saveny venait de remporter le prix du
Salon avec son « Othello ».

Alors, ce fut une grande joie qui la brisa toute, et elle s'assoupit.

Elle fit un rêve où René, son bien-aimé, était acclamé par la foule et mis au-dessus des autres hommes par ses juges.

O félicité suprême, il venait à elle, lui prenait la main et lui disait : « Sois ma femme ! » Elle s'abandonnait, et tous deux demeuraient de longues heures dans l'extase de l'amour.

Tout à coup, elle était transportée dans le flanc des Pyrénées où elle s'endormait du sommeil éternel, mais dans ce dernier sommeil, elle voyait les chérubins lui tresser des couronnes.

Hélas ! elle s'éveilla, et son âme fut mélancolique jusqu'à la fin du jour ; et il lui sembla que l'automne était venu, que les feuilles étaient tombées, et que les hirondelles avaient fui.

Le lendemain, elle eut entre les mains un journal · où l'on parlait de René avec grands détails.

« La France avait désormais un remarquable
» peintre, un de ces hommes vraiment virils qui
» percent, en dépit des ouragans déchaînés autour
» d'eux, et qui dans leur pinceau font passer leur
» virilité triomphante. Son père s'était tué laissant
» d'énormes dettes d'honneur ; et voici que ce jeune

» homme, élevé dans le luxe, et à qui il était si facile
» d'invoquer l'exception pour jeu, se dépouillait
» pour réhabiliter le nom de son père. »

Et l'article finissait ainsi :

« Puisse ce jeune artiste rencontrer sur son che-
» min une femme qui le comprenne et qui préfère
» les gloires franches de l'atelier aux compliments
» hypocrites du bal ! »

Adrienne sentit ses yeux se mouiller de larmes.

Eh quoi ! René souffrait, il était dans la misère.
Peut-être même, n'avait-il pas payé toutes les dettes
de son père !

Peut-être, cette Hortense Germier le tenait-elle
dans ses griffes, cherchant à le perdre, voulant se
venger.

Son cœur saignait ; elle en vint à penser que si elle
n'avait pas rappelé son cousin, son oncle eût été
sauvé ; elle en vint à s'accuser de la mort de ce dernier, et cette pensée l'excéda. Alors elle voulut écrire
à René pour lui demander pardon, mais elle n'en eut
pas la force ; alors elle voulut maudire l'amour, mais
ses lèvres se refusèrent à prononcer cette malédiction. Elle porta ses mains à sa poitrine, elle étouffait.

— Ah ! dit-elle tout bas, puisque je ne serai jamais

à lui, qu'il me soit du moins permis de l'aimer encore en mourant.

Et de nouveau elle l'aima, et si fort fut cet amour
qu'elle étendit les mains comme si elle caressait un
être invisible, et qu'elle murmura :

— Mon bien-aimé, nul ici-bas ne pourra t'abattre,
parce que je te protégerai de là-haut !

Son père était à ses côtés, écoutant sans comprendre :

Elle l'attira doucement à elle :

— Père chéri, jure-moi devant Dieu que tu feras
aveuglément tout ce que je vais te demander, jure.

Alexandre Saveny jura.

— Eh bien ! écoute, reprit-elle, en fermant ses
yeux qui déjà ne pouvaient plus supporter la lumière
du jour, je vais mourir.

L'infortuné vieillard courbait la tête et pleurait à
chaudes larmes.

— Quand je serai morte, tu te lèveras humble et
repentant...

A ce moment, un oiseau chanta sur le rebord de
la fenêtre, puis bientôt s'élança dans les airs ; et il
montait si rapide et si léger qu'on eût dit qu'il retournait au ciel d'où les anges l'avaient envoyé en
mission sur la terre.

.   .   .   .   .   .   .   .   .   .   .   .   .   .   .   .

Hortense Germier faillit perdre la raison en quittant l'hôtel Saveny ; elle se jeta dans une voiture, couvrit d'or les mains du cocher et lui cria : A Montmorency.

Durant toute la nuit, elle erra dans son parc en répétant :

— Mon Dieu ! je vous en supplie, ne me rendez pas folle, je veux me venger.

Ainsi, elle implorait le ciel pour un crime nouveau !

Lorsque l'aurore teinta discrètement la nue, Hortense pénétra dans son boudoir ; brisée d'émotion et de fatigue, elle se laissa tomber sur le sofa ; ses yeux se fermèrent, et son âme s'abîma dans un rêve de sang.

Cependant le jour entrait par les fenêtres, mais si timide encore, que les objets inégalement éclairés sur leurs différentes faces, prenaient des formes fantastiques et affolantes.

Déjà Hortense avait rouvert les yeux, et elle prenait un malin plaisir à contempler ce spectacle étrange.

L'objet avait beau se rendre effrayant en s'allongeant ou en s'aplatissant dans l'ombre, il avait beau souffleter le jour de toute sa masse difforme, le jour grandissait, le jour triomphait. L'objet devenait sa proie, et soudain, s'avouant vaincu il cessait de lutter, et honorant son vainqueur, il resplendissait dans tout l'éclat de sa beauté.

Hortense riait d'un petit rire méchant; elle était satisfaite.

— Voilà ce que deviendra ce jeune homme qui s'est dressé entre son père et moi — ma proie — je l'asservirai, je le déchirerai. Elle se pencha, et saisissant à pleines mains le pied d'une console :

— J'emprunterai, s'il le faut, la griffe de ce fauve pour lui arracher le cœur !

Elle se leva et se promena fiévreusement dans son boudoir, heurtant les meubles, brisant mille bibelots qui lui déplaisaient, arrachant par lambeaux sa toilette de bal, et dispersant au hasard ses diamants et ses bracelets.

— Vous êtes l'Impure ! a-t-il dit. Eh bien ! soit, je suis l'Impure ! Mais nous verrons bien si, dans cette société moderne où l'on n'est rien sans or, tu ne te vendras pas à l'Impure pour racheter ton père, jeune homme, et ta rançon sera proportionnée à ton insolence !

Elle se tut; elle était fière d'elle-même. Elle se regarda dans la glace de la cheminée, et voyant que sa chevelure conservait encore le souvenir de la veille, elle arracha les fleurs dont elle s'était parée et dénoua ses cheveux qu'elle laissa flotter au vent.

Puis, riant d'un rire sinistre qui secoua les objets par sa sonorité, elle dit :

— Je veux me venger !

La passion est aveugle, la haine déchaînée ne peut plus s'enchaîner. Cette femme n'avait-elle pas assez d'argent pour acheter le silence des bavards? Ne pouvait-elle pas changer de quartier? Ne pouvait-elle pas se tailler à l'aise une robe d'innocence dans la crédulité de provinciaux lointains ?

Certes ! mais chaque injure de René Saveny avait pénétré en elle comme le ciseau pénètre dans la pierre, en faisant jaillir des éclats de tous côtés. Il lui semblait qu'un fer rouge avait marqué le mot « Impure » sur son front; elle y portait la main, et quand elle la retirait, elle trouvait ses doigts brûlants.

Bien décidément, elle ne pouvait ni oublier, ni pardonner. Elle exigeait qu'on lui livrât madame Saveny en proie, comme on avait livré Babylone à Cyrus. N'avait-elle pas, elle aussi, conduit son œuvre avec astuce ? N'avait-elle pas détourné les eaux de l'Euphrate ? Jacques Saveny n'était-il pas en son pouvoir?

Quand elle apprit par les journaux que Jacques

s'était suicidé, elle jeta un cri farouche : sa haine ne tombait pas.

— Il a été fidèle à son programme, dit-elle, je serai fidèle au mien !

Mais bientôt, refoulant toute passion, brisant toute colère, revenant à la vie vraie, elle réfléchit aux conséquences de ce suicide, et elle pensa que si René Saveny renonçait à la succession de son père, elle était à jamais perdue.

Alors elle s'inquiéta et passa de longues nuits sans sommeil.

Un jour, Pierre de Mursay lui fit présenter sa carte ; elle ordonna qu'on l'introduisît sur-le-champ et lui désignant un siège :

— Monsieur, quel sujet vous amène ?

— Madame, dit Pierre de Mursay sans s'asseoir, et avec la plus exquise distinction dans la tenue, M. René Saveny, mon ami, me charge de vous faire savoir qu'il accepte la succession de son père ; il se reconnaît donc votre débiteur pour la somme de deux cent mille francs. Maintenant, ma mission est remplie.

Il s'inclina et se dirigea vers la porte.

— En vérité, s'écria Hortense Germier, dont la joie éclatait ouvertement, ne voulez-vous pas vous reposer, un instant chez moi?

29

Pierre de Mursay s'arrêta.

— Asseyez-vous, je vous prie, et causons.

Pierre resta debout.

— Je vous écoute, madame, parlez.

Hortense Germier s'assit; elle tenait la carte du jeune homme.

— Monsieur Pierre de Mursay, dit-elle, oui, c'est bien ce nom; vous êtes sculpteur; je ne me trompe pas, vous avez envoyé, cette année, au salon, une jeune fille qui dépose un laurier sur la tombe de Théocrite. C'est superbe d'allure, et je vous en fais mon sincère compliment.

Pierre marcha d'un pas résolu vers la porte.

Hortense Germier bondit jusqu'à lui.

— Soit, monsieur! Vous aussi, appelez-moi « l'Impure! » Eh bien! on lui doit deux cent mille francs, à cette Impure! Quand la payera-t-on?

Pierre de Mursay attendait cette brutalité. Il resta impassible.

— M. René Saveny, dit-il après une pause et avec une froideur affectée, est en train de vendre son hôtel, sa maison de campagne et son mobilier. Laissez-le additionner, il soustraira ensuite.

Et il ajouta avec persuasion :

— Vous serez payée, je m'en porte garant.

Hortense Germier devint blême.

— Je serai payée ! Et que me fait l'argent !

Pierre de Mursay était dans le plus grand calme et jouait la surprise.

— Je ne veux pas être payée, continua-t-elle avec véhémence ; entendez-moi, je veux enrichir ce jeune homme de toute ma fortune.

— Ce sera difficile, dit Pierre en minaudant, car vous êtes... l'Impure.

Et il mit tant de finesse dans cette épithète outrageante, que son ironie amère sonna comme un marivaudage adorable, et qu'Hortense Germier prise au piège lui tendit la main en se séparant de lui.

Toutefois, elle ne put supporter plus longtemps l'idée qu'elle serait payée à bref délai ; elle courut chez le notaire des Saveny, et quand elle rentra, elle était radieuse.

Pierre de Mursay s'était moqué d'elle. Tant mieux !

Toutes les ressources de René étaient absorbées par les créanciers de jeu. Tant mieux !

Elle restait donc menaçante, implacable.

— La victoire est trop facile avec ce nigaud, dit-elle.

Elle avait appris une série de petites nouvelles qui la comblaient de joie.

Madame Saveny et René vivaient pauvrement dans un coin obscur de Paris. René aimait et voulait épouser une jeune fille sans fortune, du nom de Marie Viriat. Cœur simple ! Il pensait faire vivre sa mère et sa femme avec la pension que le gouvernement allait lui servir en Italie. Quelle pitié ! C'était la misère noire.

Fort habilement, Hortense Germier compatit au chagrin d'Alexandre Saveny qui était à Pau avec sa fille malade, et elle lui écrivit lettres sur lettres. Il était curieux, il répondit ; et à l'insu d'Adrienne, une correspondance suivie fut échangée entre Montmorency et Pau.

Tenue au courant des événements qui se déroulaient de tous côtés, Hortense Germier laissa les jours se succéder, attendant patiemment l'heure où elle devait livrer la bataille et remporter enfin la victoire.

## XIX

Dans la rue des Dames, aux Batignolles, au sixième étage d'un escalier tortueux et noir, madame Saveny s'est logée avec son fils bien-aimé et son fidèle Étienne.

Le logement, bas de plafond et carrelé, se compose de deux pièces, d'une cuisine et d'un petit cabinet qui reçoit un second jour. La première pièce fait la chambre de René, c'est dans l'autre pièce que couche madame Saveny : c'est là aussi qu'elle prend ses repas avec son fils, et qu'elle reçoit Cécile Viriat et Marie et Pierre de Mursay, les trois seules personnes pour lesquelles sa porte ne demeure pas impitoyablement fermée.

Étienne habite la cuisine et le petit cabinet.

Et c'est, en somme, un nid délicieux que ce vilain réduit de pauvre.

29.

René a obligé sa mère à conserver quelques
meubles et quelques objets personnels ; et les épaves
de cette fortune éblouissante des Saveny masquent
tout ce que d'habitude la pauvreté révèle de na-
vrant. Cette misère est d'une coquetterie adorable.
René a apporté de son atelier tel dessin, telle toile,
telle statuette qu'un camarade ou qu'un maître lui
a offerts avec une dédicace souvent originale et toujours pleine de cœur ; et madame Saveny a disposé
tout cela de place en place avec un goût et un tact
infinis : elle a recouvert le sol d'un bout de tapis qui
eût fait rire les créanciers à qui elle l'eût donné en
pâture.

Elle a orné la cheminée de bibelots dépareillés,
elle a fait pour la chambre de son fils avec ses doigts
de fée ces mille riens qui jettent une lueur dans la
vie des infortunés, elle a gardé avec un soin jaloux
les toiles de son fils ; elle les a mises en belle place
dans sa chambre, elle vient les contempler dix fois
en un jour, et il lui semble que les heures coulent
trop rapides, que les années de bonheur qu'elle a à
vivre sont en trop petit nombre, et elle est tentée de
réclamer auprès du bon Dieu dans sa fervente prière
du soir.

C'est maintenant Pierre de Mursay qui a les deux
ateliers de la rue de Vaugirard, et il s'est fâché tout,

rouge quand René a déclaré qu'il n'y viendrait plus travailler, parce qu'il n'y était plus chez lui.

— Si René ne vient pas travailler à l'atelier, a-t-il dit un matin qu'il déjeunait aux Batignolles, je ne monterai plus jamais ici.

Et comme madame Saveny lui tendait les deux mains et le remerciait, il a ajouté :

— Vous ne savez donc pas qu'un Anglais m'a offert mille francs si je lui donnais la chaise sur laquelle René s'est assis pour peindre son *Othello !*

— Et qu'avez-vous répondu? interrogea madame Saveny en souriant.

— J'ai dit la vérité, c'est que René est resté debout tout le temps qu'il a peint son chef-d'œuvre. O fils d'Albion infortuné !

Étienne est tout courbé, mais robuste encore et joyeux parfois. Il va aux provisions, et autant que la bourse du ménage le lui permet, il achète des douceurs à ses maîtres.

— Vous allez me gronder, dit-il en vidant son panier sur la table de la cuisine, j'ai fait des folies, mais nous n'avons seulement pas fêté le grand succès de M. René !

Et à ce mot, madame Saveny relève sa belle tête fière :

— N'est-ce pas que mon René a du talent?

Étienne avale ses larmes pour articuler un oui dans lequel il sous-entend un monde de pensées charmantes, et madame Saveny continue :

— Vois-tu, Étienne, je me suis dépouillée, et les hommes trouvent mon sacrifice héroïque, parce que le plus grand malheur qui les puisse frapper est la perte de leur argent : eh bien, c'est seulement depuis que je suis pauvre que je suis heureuse.

Et madame Saveny regarde l'heure et elle pense : Il va rentrer ; et vite, elle achève de ranger la demeure, et elle apporte en cette besogne un soin particulier, car René est difficile, et pour un rien il se laisserait aller au découragement ; elle met bien en vue sur la petite table où il écrit le paquet de lettres que le concierge a donné à Étienne quand il est revenu du marché ; il y en a de toutes les couleurs : René les lira toutes : c'est amusant au possible. Celui-ci est amateur et ne résiste pas au désir qu'il a d'exprimer son admiration pour l'auteur d'*Othello :* celui-là est un littérateur incompris et dès lors un personnage bavard et rageur, qui trouve le tableau superbe, mais qui reproche à son auteur un véritable croc-en-jambe au texte de Shakespeare : puis, voici les lettres de femmes ; ce sont des éloges sans fin, des déclarations éthérées.

Madame Saveny sourit et dit :

— Si j'étais à la place de Marie, je ne serais pas rassurée.

Et René répond en souriant à son tour :

— Eh bien! moi, je dormirais sur mes deux oreilles.

Aujourd'hui, René tarde à rentrer, et madame Saveny a déjà regardé la pendule à plusieurs reprises, mais elle a pensé :

— Il est allé chez Marie, car le grand jour approche. Et elle s'est tranquillement assise près de la table de son fils; et faisant un rêve d'or, elle a patiemment attendu.

Enfin, un pas résonne sur le palier; elle se précipite à la porte, elle ouvre et elle reçoit sur son front le baiser filial. René pose son chapeau sur un meuble et s'assied à sa petite table, comme s'il voulait écrire : l'ingrat! il repousse les lettres qui lui souhaitent la bienvenue. Puis, il s'accoude, laisse tomber sa tête dans ses mains et se prend à rêver tristement.

Madame Saveny s'approche sans bruit de son fils.

— Tu souffres, n'est-ce pas, mon enfant? Tu souffres, je le vois; le sacrifice est au-dessus de tes forces.

René se lève.

— Ah! dit-il avec amertume, la vie est mauvaise pour qui veut réformer le monde, je me suis cru un

Dieu, je n'étais qu'un homme ! Chaque soir, le remords m'envahit comme l'ombre envahit la terre,
et je doute.

— De quoi peux-tu douter ? Quel remords t'as-
saille ?

— Celui d'avoir tué...

Et le malheureux suffoque et n'achève pas. Sa
mère le fait asseoir, et s'asseyant tout près de lui :

— Incline ta tête sur mon sein : tu es mon bébé
toujours, et j'ai le droit de clore ta paupière par
une chanson : écoute bien, car je vais parler bas ;
je suis lasse, et la chanson est lugubre.

Et René obéit, il a le cœur déchiré, son courage
est abattu.

— Mon fils, reprend madame Saveny, un jour,
tu es rentré au foyer de famille où ta mère allait asseoir l'Impure : terrible, tu t'es montré, et l'Impure s'en est allée ; cependant, ton père s'est tué.
Qui donc se tue ainsi ? Tu le sais ; tu as parcouru la
ville, priant celui-ci, suppliant celui-là, payant les
deux ; tu le sais ; et puisque tu le sais, que sais-tu ?

Était-ce seulement la dette d'argent qu'on acquitte, la ruine dont on se relève, la misère qu'on
égaie, ou était-ce le déshonneur qu'on n'efface pas ?
Dis, dis bien bas, tout bas ; je veux entendre, et cependant je veux douter d'avoir entendu !

René cache son front et murmure :

— C'était le déshonneur, le père était déshonoré !

Alors madame Saveny se dresse fièrement.

— Tu es sans reproche, sois sans peur ; je te ferai sans chagrin parce que je te veux glorieux.

Puis, changeant aussitôt ce ton sévère contre un ton tout entier d'amour maternel et de grâce féminine :

— Comme tu as tardé, aujourd'hui, méchant! Si tu as fait l'école buissonnière, viens m'embrasser, pour gagner ton pardon ; si tu es allé voir ta fiancée, conte-moi ce qu'elle t'a dit.

René ébauche un sourire, et pour ne pas répondre va s'asseoir de nouveau à la table.

Il se fit alors un grand silence pendant lequel madame Saveny chercha à pénétrer les secrètes pensées de son fils.

René souffrait, mais elle ne pouvait attribuer sa souffrance à sa condition misérable ; ce n'était pas un enfant du siècle et il n'enviait la fortune qu'à ceux qui l'ont gagnée en même temps que la croix d'honneur ; s'il ne connaissait pas le nom de tous les épiciers millionnaires, il connaissait, en revanche, le nom des grands guerriers et des grands savants dont la France s'honore.

Ainsi pensait madame Saveny.

Hélas! René était sans courage; il était las, cette lutte noire de l'homme contre l'homme l'épuisait. A son tour, il était pris de vertige, il trouvait une consolation dans le scepticisme et une force dans le sarcasme.

Insensiblement, il niait Dieu et envisageait la mort comme un bien, se refusant à admettre une vie future; et finalement, il arrivait à se demander pourquoi il était honnête homme puisque son honnêteté ne profitait qu'à des fripons.

L'âme mourait en lui, doucement, par degrés, ainsi que le feu de Vesta entre les mains d'une prêtresse sacrilège.

— Voici bien des lettres, dit-il.

Et il commença à les ouvrir.

— Écoute, ma mère, tu vas voir si c'est aussi gai que tu le crois.

— De Bouleyras. « Honneur à l'illustre peintre qui a obtenu le prix du Salon; honte à lui qui fuit le monde. Quand viendra-t-il sans façons dîner chez son vieil ami? »

— Madame de Bouleyras, à présent : « Vous voilà quelqu'un, bravo! Mariez-vous avant d'aller en Italie; faites vite, mon cher; les Italiennes ne valent pas les Françaises. »

— Eh bien! dit madame Saveny qui cherchait à se

posséder toute, c'est très gai, au contraire : le fils t'offre son dîner, la mère t'offre sa fille. Que te faut-il de plus ?

René poursuivit : •

— Brémont. — C'est un courtier qui m'a été d'un grand secours, dans ces temps derniers, pour arranger les affaires de mon père ; il devait épouser mademoiselle de Bouleyras, mais quand il a su qu'on faisait la rente de la dot, il a rendu sa parole.

Voici ce qu'il écrit : « Tous mes compliments, vous êtes sur le chemin de la fortune. »

— Voyons René, ce n'est pas là le mot d'un méchant homme ! dit madame Saveny avec ironie.

René prit une autre lettre et frissonna.

— C'est assez ! hurla-t-il, c'est assez !

Et il repoussa brutalement les lettres qui restaient.

Cette fois, madame Saveny entra jusqu'au cœur de son enfant.

— Tu me caches quelque chose ! Cette lettre ! montre-moi cette lettre !

René se dressa devant sa mère.

— Tu ne la verras pas !

— Alors, elle est de cette femme, et nous sommes maudits. Tu m'as trompée, tu as menti ; cette

30

femme n'est pas payée : nous sommes encore à sa merci.

— Eh bien ! oui, dit René dont le visage livide était marbré de place en place, oui, j'ai menti, j'ai payé tous les créanciers de mon père, mais je n'ai pas payé cette femme à qui je dois deux cent mille francs, et je n'ai rien pour la payer, rien... entends-tu... pas un sou. De sorte qu'elle a le droit d'entrer ici, maintenant.

— Va la chercher, cria madame Saveny d'une voix terrible. C'est assez de luttes, c'est trop de misère ! je veux que tu sois célèbre ; l'ambition me dévore, moi aussi, je ne mourrai pas sans avoir entendu les hommes chanter ton nom. Va la chercher ; que tout soit aplani ! nous la mettrons entre nous ; chaque journée sera maudite, mais le soir finira bien par venir ; et quand elle aura regagné son gîte, nous prendrons notre vol et nous monterons au ciel sous la nuit calme. Va la chercher ! te dis-je, je veux que tu sois glorieux, la gloire ne s'accommode ni du chagrin ni de la pauvreté !

— Mais elle s'accommode de l'honneur, répliqua sévèrement René.

— L'honneur ! oh ! taisons-nous ; ton père l'a joué au jeu et l'a perdu.

René lui prit violemment les mains, et l'attirant à lui :

— Chut ! chut ! dit-il si bas que sa voix ne fut plus qu'un murmure, « je veux entendre et cepen- » dant je veux douter d'avoir entendu ! ».

Madame Saveny comprit tout ce que son fils rappelait par ces mots, et elle s'apaisa.

Alors, simplement, avec naturel, sans geste théâtral, son fils tomba à ses genoux :

— Pardon, dit-il, mère chérie, d'attrister encore tes jours et de détruire le rêve que tu as fait; mais écoute-moi bien, j'ai irrévocablement décidé que cette femme n'entrerait jamais ici, c'est impossible, elle a été la...

Il hésita, il frissonnait : la chair est si prompte, l'esprit est si faible ! il allait révéler le secret qu'il s'était juré de garder éternellement.

— Elle a été la grande Impure, continua-t-il avec froideur.

Il faut qu'elle soit payée; elle le sera, je le veux.

J'épouserai Adrienne, elle m'aime ; elle porte mon nom avant d'être ma femme, elle peut me sauver sans m'humilier, elle me sauvera.

Cette fois madame Saveny se révolta superbement: elle releva son fils, sa lèvre était frémissante, ses yeux étincelaient sous ses cheveux blancs ; on eût dit le soleil qui fait resplendir les cimes neigeuses des glaciers.

— Et ta fiancée ?

— Elle est consentante.

— Ainsi, cria-t-elle d'une voix qui fit trembler la demeure, cette Impure va me prendre mon enfant, à présent !

René, mon fils, as-tu résolu de me rendre folle ? Entends-moi : sous le premier baiser qui fait l'épouse j'ai trouvé l'outrage — tu le sais, et d'ailleurs je n'ai plus à me taire — et j'ai dévoré mes larmes en silence, et j'ai voulu être vieille femme à vingt ans pour faire de toi un homme ; tu étais à peine un jouvenceau, que déjà je te cherchais une fiancée ; et je te trouvais une vierge adorable : elle a une voix de chérubin, et c'est Dieu qui a pétri son cœur. O l'heureux hyménée. Or, voici que ces deux créatures que j'ai élevées l'une pour l'autre deviennent ingrates et payent mes sublimes efforts d'un trait noir !

Sa voix allait grandissant comme la voix d'un peuple trop longtemps opprimé.

— Erreur monstrueuse qui ne sera pas ! Je vous riverai l'un à l'autre ; l'amour fera son œuvre, moi j'aurai fait mon devoir. Le ciel jugera.

Déjà elle s'était vêtue pour sortir ; elle mettait son

chapeau et se gantait. René demeurait ébranlé, ter-
rifié.

— Es-tu un homme? j'en doute. Marie Viriat est
si chaste qu'elle pense avoir goûté l'amour, parce
qu'elle a connu l'extase sous tes baisers honnêtes, et
elle se croit payée. Et toi, toi un homme, toi qui as
vécu et qui sais ce que sont les lois affolantes de la
chair, tu ne devines pas qu'époux d'Adrienne tu seras l'amant de Marie ! Avec toute ta science tu ne
vois pas que ce mariage qui nous sauve d'une
impure nous en ramène une autre !

Elle gagna la porte.

— Où vas-tu ? interrogea René.

— Chercher Marie Viriat; l'épreuve va être cruelle
pour toi; j'exige que tu prononces devant elle l'arrêt qui nous condamne tous à l'éternelle imbécillité.

René tenta de l'arrêter ; mais déjà, elle était loin.

Ce jeune homme était résolu, une seule pensée le
dominait : Hortense Germier avait été la maîtresse
de son père; jamais, dût-il labourer le sol de ses
ongles, il n'accepterait qu'elle vînt s'asseoir à côté
de sa mère.

Comme Hamlet, obéissant au sort impitoyable, il
était allé au-devant d'Ophélie et il l'avait suppliée
de se retirer en un cloître, et Ophélie avait consenti
au sacrifice, et elle avait dit :

— Nous voilà désunis par le devoir comme nous étions unis par l'amour ! Notre jeunesse a passé entre deux aurores.

René retira de sa poche la lettre qu'il avait refusé de montrer à sa mère ; il la lut et il appela Étienne :

— Mademoiselle Germier va venir dans un instant, tu la feras entrer ici.

Depuis un moment, il était assis, rêveur, étranger à tout bruit, lorsqu'une main se posa sur son épaule.

Il se retourna brusquement et vit Pierre de Mursay.

— René, dit celui-ci, il faut que tu épouses Marie Viriat.

— Ainsi la torture va recommencer ! s'écria René avec brutalité. J'épouserai Adrienne Saveny, que le mot soit sans réplique et qu'on me laisse !

Et il s'éloigna ; mais Pierre de Mursay le saisit à bras-le-corps, et le ployant et le broyant sur sa poitrine, il l'embrassa et lui dit :

— Parbleu ! tu vois bien que je suis plus fort que toi et que tu m'obéiras. Ose prétendre le contraire !

Et il ouvrit les bras : il souriait, et deux larmes brillaient au-dessus de son sourire.

— Je viens te sauver, continua-t-il avec émotion : je trouverai la somme qui t'est nécessaire ; mon père me l'a promise; voilà l'ami que je suis, et pas de réflexions ! Serre-moi la main, dépêche-toi, je suis pressé. Avant ce soir j'aurai arrangé ta petite affaire avec mademoiselle Germier ; elle et moi, nous sommes une paire d'amis; je suis reçu dans le boudoir chinois, moins chinois qu'elle, va !

René embrassa son ami en pleurant, puis il se dégagea et retrouvant aussitôt son air triste et décidé :

— Pierre, je n'oublierai jamais ce que tu as fait là ; désormais ma vie t'appartient, mais je n'accepte pas. Ma résolution est irrévocable : Dieu lui-même ne pourrait rien contre ma volonté. Tu ne t'appelles pas Saveny ! Seule, Adrienne a le droit de me sauver, parce qu'elle partage ma honte ; seule elle me sauvera. Je lui donnerai un peu d'amour en revanche, et nous serons quittes.

— Tu mens, répliqua simplement Pierre; tu n'aimeras jamais ta cousine, puisque tu aimes Marie Viriat.

Puis il comprit que la lutte était impossible et il se retira sans même tendre la main à son ami, mais avec la ferme intention d'agir sans lui et en dehors de lui.

Un instant après, la porte s'ouvrit et mademoiselle Germier entra.

Sa tenue était fort simple : elle était vêtue d'une robe noire avec ornements de jais; elle avait un chapeau de crêpe. Son visage était rayonnant; sans doute elle était sûre de la victoire; sans doute elle apportait quelque nouvelle accablante, et René allait tomber en son pouvoir, épeuré, meurtri, suppliant, comme le passereau sous la griffe du chat.

René ne l'invita pas à s'asseoir, mais elle s'assit; il ne lui adressa aucune parole de bienvenue, mais elle n'y fit nulle attention.

— Bonjour, dit-elle; êtes-vous enfin raisonnable?

Le jeune homme ne répondit pas.

— Apparemment vous avez ma lettre, puisque vous daignez me recevoir : merci. Eh bien! Que comptez-vous faire?

René garda le même silence.

— Partir pour l'Italie? Vous m'emmenez, n'est-ce pas? Calmez-vous : ne crispez pas ainsi vos doigts; vous en faites craquer vos phalanges; je n'aime point ce petit bruit-là. Reprenons : je suis forcément du voyage. Voyons! ne vous emportez pas, la colère ne mène à rien, la raison mène à tout. Vous allez voir que mes propositions sont décentes et que nous traiterons ensemble. Vous avez le prix du Salon, vous serez un très grand peintre, un jour; c'est aussi certain que nous sommes deux dans cette chambre;

mais à la condition, bien entendu, que vous dor-
miez toutes vos nuits, et que vous mangiez solidement à tous vos repas; autrement, si vous avez des
cauchemars et si vous vous nourrissez de charcuterie, vous ferez de la peinture exécrable.

René était au supplice, il s'arrachait les cheveux
par poignées.

— Je n'ai pas fini : Vous avez tué votre père !

René poussa un gémissement, la rage couvait en
lui.

— Hein ! ne gémissez pas ainsi, vous m'effrayez.
Je disais donc que vous aviez tué votre père, cela
n'est pas niable. Si vous étiez resté à Londres,
comme un vrai sage, j'aurais sauvé votre père.

— Et vous seriez de la famille ! s'écria René à bout
de patience. Quelle infamie !

Il avait enfin articulé une parole de colère. Hortense Germier était radieuse. Elle s'appliquait à
exaspérer son ennemi; elle voulait le terrasser au
moment où il serait dans le paroxysme de la rage ;
elle rêvait un triomphe de dompteuse; elle voulait
que les larmes du lion fussent faites de bave, et elle
se servait de chaque mot comme d'une lanière pour
en cingler la figure du jeune homme. Elle reprit :

— Je serais de la famille, en effet; l'événement se
fût accompli dans de bien meilleures conditions

pour vous. Notez qu'il va s'accomplir; le profit sera le même pour moi, seulement vos tergiversations vous auront rendu ridicule. Pouah du ridicule!

— Savez-vous, interrompit René en se croisant les bras et en s'avançant vers elle, que je me lasse et qu'il faut en finir? Vous voulez votre argent, n'est-ce pas? Vous l'aurez. Patience!

— Oh! patience! reprit Hortense Germier qui voyait dans cette riposte incolore les préludes de la reddition, patience! je veux bien patienter; seulement, comme le Czar et Napoléon faisons chacun la moitié du chemin : ouvrez-moi cette porte et laissez-moi voir votre mère.

— Ma mère n'est point ici, hurla René, et vous ne pénétrerez jamais dans cette chambre!

Et les bras étendus, il couvrit la porte de tout son corps. Il était superbe ainsi.

— Vous ne raisonnez pas, mon cher monsieur, c'est là qu'est le salut pour vous. Vous ne pouvez pas me payer, et un soir que votre mère aura faim, elle m'enverra chercher.

— Ah! prenez garde! c'est trop d'audace! cria René dont la colère grandissait, je vais vous châtier!

Cette fois Hortense Germier fut touchée en plein cœur. Elle sentit que son ennemi allait se défendre avant de se rendre, et elle eut peur de la maladresse de ses coups. Elle se leva.

— Payez-moi donc, dit-elle.

René laissa tomber ses bras le long de son corps et soupira tristement :

— Je ne peux pas encore.

— Tenez! Vous me faites de la peine!

Et elle le toisa des pieds à la tête avec un dégoût souligné.

— Dans une heure, mon huissier va vous saisir; rassurez-vous, je ne cherche pas là une affaire; votre mobilier ne me tente pas. Vous partez en Italie, je m'encadre dans tous vos triomphes. Vous achevez une toile, je la fais vendre; un journal proclame votre talent ; à prix d'or, dans le même journal je publie que vous êtes mon débiteur !

René était calme; son visage avait repris son expression ordinaire. Ses mains ne tremblaient pas, son geste était naturel.

— C'est votre droit, madame, dit-il simplement. Puis il ajouta d'un ton qui n'admettait pas la réplique :

— Retirez-vous.

A ce mot, Hortense Germier pâlit. Cette attitude soudaine la dérouta; un voile descendit sur ses yeux;

elle ne voyait plus nettement les choses, elle rusa; elle atténua la rudesse de son discours.

— Ce serait si facile d'échapper à ma haine !

Elle se rapprocha de René; elle était femme; elle avait des mouvements de félin; son corps ondulait.

— Persuadez votre mère! Qu'elle me tende la main, et le passé s'effacera comme un trait blanc sur un tableau noir, et nul ne pourra lire ce qui y était écrit avant. La dette du père, billevesée, chimère, rêve! — Ma fortune, à vous toute !

René s'était détourné, et Hortense Germier était à demi penchée à son oreille. La scène était grandiose : cette femme chantait ses paroles et cette musique était satanique.

Biondetta violant Don Alvare et lui criant :

Je suis le Diable, mon cher Alvare, je suis le Diable !

n'avait pas eu d'accent plus corrupteur et plus effroyable à la fois.

— N'aimez-vous donc pas une jeune fille pure comme l'eau des sources? — Je sais tout, moi; rien ne m'échappe !

— Vous ne savez rien, répondit René froidement; et voici qui va mettre fin à notre entretien : j'en aime une autre riche et puissante, et je vous payerai !

Hortense Germier se mit à rire comme les Faunes, avec des grimaces.

— Vous vous êtes vendu, le calcul est ignoble !

— On ne se vend pas en famille, on s'allie ; cette jeune fille est ma cousine.

— Adrienne Saveny? Malheureux! elle est morte.

— Morte? cria René. Adrienne est morte?

— Elle est morte à Pau, il y a six jours, dans les bras de son père qui ne reparaîtra jamais chez vous, parce qu'il sent qu'il a failli au plus sacré des devoirs en ne sauvant pas votre père.

— Je suis maudit! fit douloureusement René.

Et il se laissa tomber sur un siège.

Hortense Germier fut cynique : elle s'approcha de lui et joua avec sa douleur, comme Néron jouait avec les têtes de ses soldats.

— Nous voilà réconciliés, n'est-ce pas? Votre fiancée est charmante, et j'aurai plaisir à la parer pour ses noces! Nous irons à Rome, à Florence où vous ferez des chefs-d'œuvre sous les regards de la bien-aimée; et quand vous rentrerez en France, vous serez le plus choyé des hommes et vous n'aurez cessé d'être le meilleur des fils.

René ne l'écoutait pas. L'unique pensée qui l'avait obsédé jusqu'ici, l'obsédait encore. Cette femme s'était donnée à son père ; ne fût-ce qu'une fois, elle s'était donnée; et voici qu'elle apportait de l'argent pour restaurer le foyer de famille.

Et lui, oserait accepter cet or! Était-ce des dommages et intérêts? Était-ce le prix d'un marché?

Non, c'était... Il trouva le mot juste dans la langue qui ne s'écrit pas, et le cœur lui leva.

Et pendant que le cœur lui levait, combien, dans la société moderne, plus pratiques et moins sujets aux nausées, installaient l'Impure au coin de l'âtre en disant aux enfants : « Embrassez votre tante; c'est la tante Trésor ! »

René Saveny se dressa terrible : il était sauvé!

Pierre de Mursay ne lui avait-il pas offert le salut?

Maintenant, il acceptait le sacrifice de son ami; il avait l'avenir pour s'acquitter.

Sa chevelure était rejetée en arrière comme la crinière d'un lion, sa main, convulsivement tendue ressemblait à une griffe, ses yeux étaient pleins de flammes.

— Vous êtes l'Impure! cria-t-il, et vous allez sortir!

Et sa voix roulait par éclats, comme un tonnerre dans un ciel déchiré.

— On est venu vous offrir de l'argent! dit-elle.

Elle poussa l'audace jusqu'à la démence.

— Payez-moi tout de suite, payez-moi séance te-

nante; je ne m'en irai pas que je ne sois payée. Votre
mère finira bien par se montrer, et j'aurai une satisfaction, celle de lui dire que je lui ai volé son mari !

Un instant plus tard, cette femme était châtiée du
châtiment des esclaves rebelles. René Saveny venait
de détacher du mur une cravache, et il allait lui en
fendre le visage.

Un bras arrêta son bras ; Alexandre Saveny était
entré.

Hortense Germier jeta un cri ; René pâlit. Le vieillard s'avança. Ses cheveux avaient blanchi, ses yeux
étaient caves, ses joues émaciées ; la douleur l'avait
creusé comme les hivers creusent un tronc de chêne
sur la route.

— Madame, dit-il d'une voix claire à Hortense
Germier, vous torturiez ce jeune homme, écoutez :
Il a payé les dettes publiques de son père, sa tâche
est accomplie. La dette qui nous occupe est une
dette privée, une dette de famille ; dans la famille,
je passe avant mon neveu, je vous paierai. Je m'appelle Saveny !

Hortense Germier cria hardiment :

— C'est s'en souvenir un peu tard !

Puis toute sa force l'abandonna. Elle revit le bras
de René qui se levait sur elle ; ses pensées ne s'en-
chaînèrent plus, ses muscles cédèrent, ses membres

fléchirent, ses yeux se fermèrent, elle eut le vertige.
Son corps pivota, ses pieds se heurtèrent contre les
marches de l'escalier ; elle descendait !

Et les habits en désordre, la chair meurtrie, l'air
effaré, la tête lourde, les jambes raides, elle demeura
accrochée à une maison de la rue.

Un passant vint à elle pour lui porter secours,
mais elle le repoussa et lui dit avec un accent idiot :

— Est-ce qu'on voit sur mon front la marque de
sa cravache ?

Quand l'Impure fut sortie, Alexandre Saveny se
jeta aux genoux de René et pleura abondamment.

— J'ai été cruel envers ton père, Dieu m'a puni !
Le malheur qui m'écrase me fait voir que ma félicité
était insolente et mon cœur injuste. Dieu m'a puni,
Adrienne est morte ! Et pardon ! veux-tu me pardonner ?

René releva le vieillard et lui dit :

— Soyez le bienvenu ici ; nos deuils sont com-
muns.

— Elle est morte, celle qui veillait sur ma vie,
continua l'infortuné ; elle s'est envolée vers ses
frères les anges, et elle a murmuré en prenant son
vol : « Père, tu iras humblement demander une place
au foyer qui est resté pur, et tu marieras René à
celle qu'il aime : Elle s'appelle Marie. »

René ne put soutenir plus longtemps la vue de ce vieillard désolé et repentant, il l'attira dans ses bras.

A ce moment, madame Saveny entra avec Marie Viriat.

— Cet homme ici ! mon fils, vous vous oubliez !

René, d'un geste superbe arrêta sa mère :

— Silence ! sa fille est morte !

— Ah ! le ciel est barbare ! répliqua madame Saveny. Sa fille ! sa fille est morte !

Et elle alla droit à Alexandre Saveny et lui dit :

— Nous sommes bien pauvres, mais il y a encore à ce foyer une place pour vous !

— Ma sœur, répondit le vieillard, j'ai le droit de m'asseoir entre vous et votre fils, je viens de chasser l'Impure pour jamais !

Le cœur de madame Saveny s'ouvrit sous ces mots comme la fleur s'ouvre sous un rayon d'avril. Son fils était sauvé !

Elle se livra au bonheur avec abandon. Elle ferma les yeux pour voir tout à son aise son rêve béni. Elle tendit ses bras au vieillard, et dans cette étreinte le passé s'effaça.

Cependant René était auprès de Marie et lui disait :

— Tu es ma femme ; jamais, entends-tu, nous ne nous souviendrons de ces jours maudits qui ont

31.

frappé nos amours, tout à coup, comme le feu du ciel frappe la forêt tranquille et mystérieuse !

Il rayonnait de tendresse ; jusqu'à ses lèvres Marie se pencha, et en recevant le baiser de son époux, elle murmura :

— Je me souviens seulement que je t'aime !

.   .   .   .   .   .   .   .   .   .   .   .   .

René Saveny a épousé Marie Viriat.

Pierre de Mursay a été son témoin, et au sortir de l'église, la jeune épousée a tendu la main à cet ami véritable, et lui a dit finement :

— Vous savez que l'année prochaine c'est à la Sculpture de remporter le prix du Salon !

Au commencement de l'automne, avec les légères hirondelles, toute la famille s'est enfuie vers le pays des Arts.

Madame Saveny s'est installée à Rome ; madame Viriat, Alexandre Saveny et le vieil Étienne sont avec elle et ne doivent plus la quitter.

Puis, elle a patiemment attendu les deux amoureux qui ont pris le chemin des écoliers.

Enfin, après avoir cueilli toutes les noisettes des bois d'alentour, ils sont venus, ces jeunes époux, apportant l'oubli des maux dans le rayonnement de leur jeunesse et l'épanouissement de leur amour.

O jours délicieux qu'on voudrait fixer ! Printemps

dont l'âme s'enivre et se grise toute après ces batailles de la vie qui font les héros.

Alexandre Saveny s'épure à ce foyer vivifiant, et
madame Saveny contemple son œuvre avec orgueil.

Le vieil Étienne ne pardonne pas aux Italiens de
parler une autre langue que celle de ses maîtres, et
quand il revient du marché, il s'écrie :

— Je suis sûr que ces bandits-là m'ont encore
volé !

René sourit à son vieux serviteur.

— Tu ne sais pas, mon bon Étienne, je vais faire
ton portrait.

Et cet humble dont l'âme est si haute se rase de
frais tous les matins et pose une heure.

Et à chaque visiteur qu'il introduit dans la maison
il dit :

— Le maître fait mon portrait, et je vous réponds
que c'est un peu soigné !

Marie est femme ; et après ces soirées enchante-
resses passées sous la brise caressante du sud, elle
ne sait pas si le ciel a plus d'étoiles que son bien-
aimé ne lui a donné de baisers ; et quand le jour est
venu, elle court se cacher le visage dans le sein de
madame Saveny, et elle murmure :

— Marraine, petite marraine, soyez bénie entre
toutes les marraines !

## XX

Hortense Germier est rentrée à sa villa de Montmorency et s'est enfermée dans son boudoir qu'elle a incendié en riant.

A la lueur des flammes, les domestiques sont accourus en poussant des cris d'effroi; le jardinier Césaire a pénétré par une vitre qu'il a brisée et il a sauvé sa maîtresse qui lui a dit en éclatant de rire :

— Je suis l'Impure ! c'est le nom que je porterai désormais.

Hortense Germier est folle.

Elle a une folie douce, mais incurable.

Tous les jours elle va faire une longue promenade en compagnie de Césaire qui s'est nommé d'office son intendant général.

On la connaît dans le pays et on se garde de l'irriter.

Elle entre chez les paysans et leur demande humblement à s'asseoir à leur table, et comme ils accèdent toujours à son désir, elle leur dit :

— C'est beau, ce que vous faites là ! Si vous connaissiez mon nom !

Et elle ajoute aussitôt, en se penchant à leur oreille :

— Je suis l'Impure !

Les enfants ont peur d'elle. Du plus loin qu'ils aperçoivent sa villa, ils viennent se serrer contre leur maman, et disent :

— Donne-moi la main, petite mère, pour passer devant la maison de l'Impure !

FIN

F. Aureau. — Imprimerie de Lagny.